图书在版编目（CIP）数据

枕草子 / （日）清少纳言著；陈德文译． -- 北京：人民文学出版社，2025． -- ISBN 978-7-02-019152-9

Ⅰ．I313.63

中国国家版本馆CIP数据核字第2025RA3782号

责任编辑　陈　旻
装帧设计　陶　雷
责任印制　宋佳月

出版发行　人民文学出版社
社　　址　北京市朝内大街166号
邮政编码　100705

印　　刷　北京盛通印刷股份有限公司
经　　销　全国新华书店等

字　　数　211千字
开　　本　710毫米×1020毫米　1/32
印　　张　24.25　插页8
印　　数　1—4000
版　　次　2025年5月北京第1版
印　　次　2025年5月第1次印刷

书　　号　978-7-02-019152-9
定　　价　99.00元

如有印装质量问题，请与本社图书销售中心调换。电话：010-65233595

目录

一	春天的黎明	一
二	节令	三
三	正月初一	四
四	同样的话	一二
五	爱子当和尚	一三
六	大进生昌家	一四
七	皇上身边的御猫	二三
八	正月初一，三月三	三〇
九	叙位拜官仪式	三一
十	新宫殿之东	三二
一一	山	三四
一二	市	三五
一三	峰	三六
一四	原	三七
一五	渊	三八
一六	海	三九
一七	陵	四〇
一八	渡	四一
一九	馆	四二
二〇	宫院	四三
二一	清凉殿东北隅	四四
二二	前途无望，认真对待	五四
二三	扫兴的事	五六

4

二四	容易懈怠的事	六四	
二五	人家瞧不起的事	六五	
二六	令人不快的事	六六	
二七	令人激动的事	七三	
二八	值得怀恋的往事	七四	
二九	心情舒畅的事	七五	
三〇	槟榔毛车	七七	
三一	讲经师	七八	
三二	菩提寺	八四	
三三	小白川这地方	八五	
三四	七月,残暑	九四	
三五	花木	九九	

三六	池子	一〇二	
三七	节日	一〇四	
三八	不供观花的树木	一〇七	
三九	鸟	一一二	
四〇	高雅之物	一一七	
四一	虫	一一八	
四二	七月刮大风	一二〇	
四三	不相配的东西	一二一	
四四	细殿的女官	一二三	
四五	主殿司	一二四	
四六	随身的男佣	一二五	

四七	中宫御曹司西面屏风附近	一二六
四八	马	一三四
四九	牛	一三五
五〇	猫	一三六
五一	杂役和随从	一三七
五二	小舍人童	一三八
五三	牛车驭者	一三九
五四	殿上的点名	一四〇
五五	年轻而有身份的男子	一四三
五六	青年和婴儿	一四四
五七	稚儿	一四五
五八	漂亮的宅第中门敞开着	一四六
五九	瀑布	一四七
六〇	河川	一四八
六一	晓归的人	一五〇
六二	桥	一五三
六三	村落	一五四
六四	草	一五五
六五	草花	一五八
六六	歌集	一六一
六七	歌题	一六二
六八	说不出的担心	一六二

6

- 六九 无法相比 ... 一六四
- 七〇 秘密的幽会 ... 一六五
- 七一 恋人来访 ... 一六七
- 七二 稀罕的事 ... 一六九
- 七三 宫中女官宿舍 ... 一七〇
- 七四 中宫住在职所时，庭树茂密 ... 一七五
- 七五 无聊的事 ... 一七六
- 七六 令人愉悦的事 ... 一七九
- 七七 御佛名祭的第二天 ... 一八〇
- 七八 头中将听逸言 ... 一八二
- 七九 翌年二月二十余日 ... 一九二
- 八〇 出宫返乡 ... 一九九
- 八一 可怜相 ... 二〇六
- 八二 拜访左卫门卫所之后 ... 二〇六
- 八三 职院的西厢 ... 二〇九
- 八四 难得一见的事物 ... 二二九
- 八五 优雅的事物 ... 二三三
- 八六 五节舞女 ... 二三五
- 八七 细长的佩剑 ... 二四一
- 八八 宫内五节的时候 ... 二四二

- 八九 无名琵琶 二四五
- 九〇 帘前奏乐 二四八
- 九一 懊恼的事 二五〇
- 九二 难为情的事 二五四
- 九三 遗憾的事 二五六
- 九四 意外的事 二五八
- 九五 五月的斋戒 二六〇
- 九六 在职院的时候 二七五
- 九七 中宫的姐妹、公卿、殿上人 二七六
- 九八 中纳言来访 二七九
- 九九 连续阴雨 二八一

- 一〇〇 淑景舍入宫为妃 二八五
- 一〇一 来自殿上 二九六
- 一〇二 二月晦日风劲吹 二九七
- 一〇三 遥远的事 三〇〇
- 一〇四 为弘遭人嘲笑 三〇一
- 一〇五 难看的事 三〇五
- 一〇六 难以表述的事 三〇七
- 一〇七 关 三〇八
- 一〇八 森林 三〇九
- 一〇九 原 三一〇
- 一一〇 四月末 三一一
- 一一一 非同寻常的声音 三一二

8

一二二　入画效果差的东西　　　　　　三一三

一二三　入画效果好的东西　　　　　　三一三

一二四　冬天　　　　　　　　　　　　三一四

一二五　可哀的事　　　　　　　　　　三一五

一二六　正月的宿寺　　　　　　　　　三一六

一二七　可厌的事　　　　　　　　　　三一九

一二八　看着寒酸的事　　　　　　　　三二一

一二九　热的东西　　　　　　　　　　三二二

一三〇　羞惭的事　　　　　　　　　　三二三

一三一　不像样子的事　　　　　　　　三二六

一三二　修法　　　　　　　　　　　　三二七

一二三　难为情的事　　　　　　　　　三二八

一二四　关白公从黑门进出　　　　　　三四一

一二五　九月的夜雨　　　　　　　　　三四四

一二六　七日的嫩菜　　　　　　　　　三四五

一二七　二月的官厅　　　　　　　　　三四七

一二八　六位新官的笏　　　　　　　　三五一

一二九　关白公忌日　　　　　　　　　三五三

一三〇　头弁到职院来　　　　　　　　三五七

一三一　五月，没有月亮的暗夜　　　　三六二

一三二　圆融院殁后一年　　　　　　　三六六

一三三　无聊的事　　　　　　　　　　三七一

一三四	解闷的事	三七二	
一三五	无可取的事	三七三	
一三六	最有趣的事	三七四	
一三七	关白公逝世,世间多变故	三八〇	
一三八	正月初十,天空十分阴暗	三八〇	
一三九	美男子玩双六	三九〇	
一四〇	贵人下围棋	三九一	
一四一	可怕的东西	三九二	
一四二	洁净的东西	三九三	
一四三	粗俗的东西	三九四	
一四四	焦急的事	三九五	

一四五	可爱的东西	三九七	
一四六	当着别人就愈加得意的事	三九九	
一四七	名字可怕的东西	四〇一	
一四八	看了不觉特别,写出字来觉得有点儿夸大	四〇二	
一四九	看上去挺瘆人的事	四〇三	
一五〇	无足挂齿的人或物,一时得意	四〇四	
一五一	苦恼的事	四〇六	
一五二	使人羡慕的事	四〇七	
一五三	想早些知道结果的事	四一一	

一五四 令人心焦的事	四一二		一六六 权守	四四〇
一五五 为已故关白服丧	四一六		一六七 大夫	四四一
一五六 弘徽殿	四二八		一六八 法师	四四二
一五七 老旧不用的古物	四三一		一六九 女官	四四三
一五八 不可靠的人或事	四三二		一七〇 六位藏人等	四四四
一五九 读经	四三三		一七一 女人独居的地方	四四六
一六〇 近而实远	四三四		一七二 宫中女子回娘家	四四七
一六一 远而实近	四三五		一七三 某个地方，有个叫作某君的人	四五一
一六二 井	四三六		一七四 积雪不深	四五三
一六三 野	四三七		一七五 村上先帝时代	四五五
一六四 三位以上的公卿	四三八		一七六 御生宣旨	四五八
一六五 摄关、大臣家的子弟	四三九			

一七七 初进宫时 ……四五九

一七八 喜形于色的事 ……四六〇

一七九 官位很要紧 ……四七二

一八〇 了不起的人 ……四七四

一八一 病 ……四七六

一八二 深通风流之道的男人 ……四七八

一八三 炎热的正午 ……四八〇

一八四 南厢房或东厢房 ……四八一

一八五 大路附近所闻 ……四八三

一八六 立即觉得幻灭的事 ……四八四

一八七 在女官房里吃东西的人 ……四八六

一八八 风 ……四八七

一八九 风暴过后的第二天 ……四八九

一九〇 令人辄向往之的事 ……四九一

一九一 岛 ……四九七

一九二 浜 ……四九八

一九三 浦 ……四九九

一九四 森林 ……五〇〇

一九五 寺 ……五〇一

一九六 经 ……五〇二

一九七 佛	五〇三	
一九八 文	五〇四	
一九九 物语	五〇五	
二〇〇 陀罗尼	五〇六	
二〇一 交游	五〇七	
二〇二 游艺	五〇八	
二〇三 舞	五〇九	
二〇四 弹乐器	五一〇	
二〇五 笛	五一一	
二〇六 可观之物	五一三	
二〇七 五月的山村	五二一	
二〇八 晚凉	五二二	
二〇九 五月四日傍晚	五二三	
二一〇 参拜贺茂神社的路上	五二四	
二一一 八月末，参拜大秦	五二六	
二一二 过了九月二十日	五二八	
二一三 参谒清水寺，爬山坡	五二九	
二一四 五月菖蒲达秋冬	五三〇	
二一五 充分薰香的衣物	五三一	
二一六 月光皎洁	五三二	
二一七 越大越好的东西	五三三	
二一八 短而适当的东西	五三四	

二二九	家庭用的东西	五三五
二三〇	出行的路上	五三六
二三一	寒碜的车子最讨人嫌	五三七
二三二	不可住在细殿的男人	五四一
二三三	住在三条宫的时候	五四四
二三四	乳母大辅到日向去	五四六
二三五	住宿清水寺	五四八
二三六	驿站	五四九
二三七	神社	五五〇

二二八	一条院如今称内里	五五六
二二九	转生而为天人的人	五五九
二三〇	积雪很深，如今仍在瑟瑟而降	五六一
二三一	细殿后门很早打开	五六二
二三二	凶	五六三
二三三	天降之物	五六四
二三四	日	五六五
二三五	月	五六六
二三六	星	五六七

14

二三七 云	五六八
二三八 吵闹的东西	五六九
二三九 毛糙的东西	五七〇
二四〇 言语粗鲁者	五七一
二四一 小聪明的事	五七二
二四二 说过即过的东西	五七四
二四三 不易为人所知的事	五七五
二四四 信中言语粗俗的人	五七六
二四五 肮脏的东西	五七九
二四六 可怕的东西	五八〇
二四七 快慰的事	五八一
二四八 费尽心血招来的女婿	五八二
二四九 世上最忧心的事	五八四
二五〇 男人这东西	五八六
二五一 最可贵者是同情心	五八八
二五二 为闲话而生气的人	五九〇
二五三 人的相貌	五九一
二五四 古人的布裤	五九二
二五五 十月十日过后	五九三
二五六 成信中将	五九四
二五七 大藏卿的耳朵	五九五

一五八 高兴的事	五九六	二六九 神社	六四四
一五九 中宫御前的女官们	六〇一	二七〇 崎	六四六
一六〇 关白道隆公	六〇六	二七一 屋	六四七
一六一 尊贵的东西	六三六	二七二 报时	六四八
一六二 歌谣	六三七	二七三 阳光灿烂的午时	六四九
一六三 指贯裤	六三八	二七四 成信中将	六五〇
一六四 狩衣	六三九	二七五 时常来信的人	六五八
一六五 单衣	六四〇	二七六 辉煌的东西	六六一
一六六 下袭	六四一	二七七 雷鸣之时	六六三
一六七 扇骨	六四二	二七八 《坤元录》御屏风	六六四
一六八 桧扇	六四三	二七九 季节变换	六六五
		二八〇 积雪很深	六六七

二八一	阴阳家的侍童	六六八
二八二	三月的避忌	六六九
二八三	十二月二十四日	六七三
二八四	女官们的退职	六七五
二八五	看了要学的事	六七七
二八六	不可大意的事	六八二
二八七	右卫门尉	六八二
二八八	小原殿之母	六八四
二八九	业平中将	六八五
二九〇	有趣的歌	六八六
二九一	使女称赞的男人	六八七
二九二	左右卫门尉	六八八
二九三	大纳言参见	六八九
二九四	僧都的乳母	六九三
二九五	失去母亲的男人	六九六
二九六	一位女官	六九八
二九七	不方便的地方	六九九
二九八	离开京城	七〇〇

附录

抄本

一	夜间愈美者	七〇三
二	灯下不宜观者	七〇五
三	听而不快者	七〇六

四 『形』『义』不合的汉字 ... 七〇七
五 华而不实者 ... 七〇八
六 女子的礼服 ... 七〇九
七 唐衣 ... 七一〇
八 裳 ... 七一一
九 汗衫 ... 七一二
〇 织物 ... 七一三
一 绫子的花纹 ... 七一四
二 色纸 ... 七一五
三 砚箱 ... 七一六
四 笔 ... 七一七

一五 墨 ... 七一八
一六 贝 ... 七一九
一七 香奁盒 ... 七二〇
一八 镜子 ... 七二一
一九 描金画 ... 七二二
二〇 火桶 ... 七二三
二一 榻榻米 ... 七二四
二二 槟榔毛车 ... 七二五
二三 松树高耸之邸 ... 七二六
二四 奉事之所 ... 七二九
二五 荒废之家 ... 七三〇
二六 有水池的地方 ... 七三二

二七	参谒长谷寺	七三三
二八	女官的进退	七三五
跋文		七三七
《枕草子》译后记		七四三

一　春天的黎明

春天的黎明最美好。山头渐渐露出鱼肚白，天空微微明亮了，横斜着细细的紫云。

夏天的夜晚最迷人。有月时不必说了，漆黑的暗夜，萤火交飞，一点，两点，微光闪烁，好看极了。碰到下雨，也很有趣。

秋天的夕暮最难忘。夕阳接近山端，乌鸦归巢，或三只四只，或二只三只，那急急飞行的样子招人怜爱。更有那联翩的雁阵，望上去越变越小，好不叫人心醉。落日西沉，风声、虫声，不绝于耳。那情趣妙不可言。

二

冬天的早晨最有趣。不必说降雪,白霜遍地或严寒难耐时节,急忙生起炭火,手捧火桶分发各处{于圆型的火钵里生炭火分配给各宫室。},那情景和冬天的早晨最相宜。到了晌午,寒气渐消,火盆的炭火变成白灰,也着实叫人扫兴呢。

二　节令

节令数正月、三月、四月、五月、七月、八月、九月、十一月、十二月，应时顺势，一年到头，都很有趣味。

三　正月初一

正月初一，趁着空中清澄、明丽，云霞飞升之时，世上所有的人，穿戴和脸面都精心打扮一番，给主君拜年，同时也给自己道一声平安。其盛况热闹非常，令人高兴。

初七，踏雪采嫩菜｛采七种野菜煮粥食之以驱邪。｝，菜叶青碧。平时难得一见的东西，在这高贵的处所，传观、赏玩，热热闹闹，实在有趣。宫中有白马会｛中国旧俗，马属阳兽，青为春之色，传正月初七观青马可以袯除全年之不祥。当日宫中有天览（皇上御览）。后改为白马（发音仍照青马读）。｝，不在宫中做事的大家庭的女眷们都乘着洁净的牛车前往观看。

五

通过待贤门的门槛时,女人们的头全向一个方向摇晃,因为谁也没有料到,有的头碰头,有的花梳掉在地上,甚至折断了。于是,引起一阵哄笑,好不快乐呢。建春门外南侧左卫门有守卫的居所,那里站着许多殿上人{允许进入清凉殿的人,一般指四位、五位,以及六位的藏人(见下注)。},借过舍人{近卫府的舍人。担当宿役、杂役的下级官人。左右近卫各三百人。此处指前来警卫白马会的舍人。殿上人借取以表调笑。}手里的弓箭,吓唬一下那些马,惹来一阵欢笑。这时,倏忽瞥一眼门内,只见迎面立着木板影壁,主殿司{后宫十二司之一。专司宫中灯油薪火等事。}和女官出出进进的,看了令人高兴。这些人都是交了好运,该享清福的,可以想象他们在九重之地{皇宫。}是那般自由自在,亲亲热热,多么叫人羡慕。眼下，也只是宫中极为狭小的一角。可是，舍人们赤裸的脸孔，黝黑的肌肤涂着白粉，有的又露出一块来，宛如黑土地上残雪斑斑，那样子很是寒碜。马儿踢踏蹦跳，变得凶暴起来，真叫人害怕，身子自然缩到车子里，什么也看不清楚了。

初八，人们兴高采烈{初七日，为五、六日加阶的男性贵族举行授位记，八日入宫谢恩。}，车声隆隆，不同凡响，听了心里很是激动。

十五，向主君进奉福膳{即望日粥。七种谷物熬制的粥，食之驱除邪气。}。贵族家里，上了岁数的女官将搅粥的木棒藏在背后，对着年轻的女眷以及其他妇女们，瞅空子击打她们的纤腰。那些女子又时时提防不被击打，然而一不小心还是中了算计。一旦巧妙地打到了,打的人洋洋自得,大伙儿也跟着哄笑起来,那场景热烈非常。被打到的人显得一脸晦气,细想想倒也难怪。

住在媳妇家的新闺女婿进宫参拜,女官们都等着这个时刻。她们都是在各家吃得开的头面人物,待在后面等待时机。坐在新媳妇对面的女官看到她们那副样子,呵呵笑了。于是,她们连忙打着手势:"嘘——安静些。"新媳妇没有在意,大大方方地坐在那里。这边的人跑过来,说了声:"这里的东西拿走吧。"猛然朝新娘子纤腰里打了一下,连忙逃走。那边的人一齐笑起来。新郎也不会生气,只是好意地微笑;新娘子并不感到吃惊,只是微微涨红了脸蛋儿。那场面很动人。还

八

有，女人们互相打，连男人也都挨打了。不知是出于怎样的心情，有的啼哭，有的生气，有的骂人，还有的认为不吉利。这情景倒是挺好笑的。宫中本是讲求礼仪的尊贵之所，如今却打打闹闹，乱成一团。

除目{指官吏异动，除去现职之名。指官吏的升迁，每年春秋两次。春为"县召"（地方官），秋为"司召"（京官）。}的时候也很有意思。大雪崩腾，冰冻三尺。官职在四位、五位的人，手里拿着晋升的申请书，个个显得年轻有为，踌躇满志。年老的白发皤然，絮絮叨叨对人述说自己的情况。他们来到女官所，兴高采烈地讲着自己的好处，女官们学着他们的做派嘲笑一番。这情景他本人哪里会知道？他央求道："请务必美言一声，禀奏主上和中宫。"经过帮衬，获了官的很高兴，没有得到的就可怜了。

三月初三，上巳节{借兰亭燕集"曲水流觞"之意。}，要是遇到天气晴朗、阳光普照就好了。桃花初放，杨柳依依，其风姿自不待言。那柳芽初放暗裹，状似凝眉，亦如蚕茧，也很有情趣。可是待叶片长大，就觉得很可厌了。花朵灿烂的樱花，折下长长的一枝，插在大花瓶里，很是赏心悦目。穿着白面红里的直衣，一副"出袿"{"直衣"，贵人常服，下着"指贯"（裤）。"出袿"，指袿裾露在"指贯"之外的装扮。}打扮，不管是寻常来客，还是皇亲贵戚，一律坐在这枝樱花近旁，说着话儿。别有一番情调。

四月的贺茂节{四月中酉日举行。有敕吏奉币，供观众乘坐牛车游

一〇

观等活动。}，也颇有意思。上达部{公卿。三位以上以及参议。}和殿上人，袍服的颜色仅有浓淡之别，每人的白袭{白色的薄夏衣。}也一样，看了令人眼目生凉。这时节，树叶还不太繁密，只是一派嫩绿。天上不见一丝雾霭，碧空澄澈。很是令人欣喜。然而到了微阴的夕暮或夜晚，远方传来布谷鸟细微的鸣叫，有时又将信将疑，以为听错了，这时候的心情真是难以言说呢。

节日近了，把黄绿色和赤褐色的布料裹成卷儿，包在纸里，只是拿着做个样子，走来走去地到处送礼。倒也挺有意思。深色的裙裾和染成团团花纹的衣服也很引人注目。女童们梳洗一番，衣衫褴褛，有的绽开了线，木屐和草鞋也破旧了，

二

于是吵嚷着说:"给我穿好木屐鼻儿、缝上草鞋里子吧。"她们到处奔走,巴望节日及早来临。那急匆匆的样子也别具风情。这些打扮奇特、蹦蹦跳跳的女孩子,到了节日这天,忽然一身华丽的衣裳,人人花枝招展,像法会上的定者和尚{手捧香炉前行的向导僧。},排着整齐的队列,战战兢兢,慢慢前行。这时候,她们的心里,想必很是紧张不安吧? 女孩儿们各自不同身份的母亲、姨娘、姐妹,前后照料着相伴而行,看起来颇为有趣。

一心想做藏人{照料天皇衣食和杂务的服务人员。}、而又苦于不习惯这一行的人,节日这天,身穿蓝色的袍子,似乎一时不想脱下来。这袍子如果不是绫罗的,就没有意思了{藏人允许着绫罗,但地位低下者除外。}。

四　同样的话

同样的话听起来不同者，有法师的话，男人的话，女人的话。而身份卑贱者的话，一定是废话连篇。

五　爱子当和尚

　　叫心爱的儿子当和尚，着实是令人心酸的事。而世人把法师视同木石，认为是毫无感情之人，这就更可怜了。对于他们食粗粝、寝草席也说三道四，喋喋不休。年轻的和尚，好奇心强，怎好叫他们对于女人的居所心生厌倦，瞧都不瞧一眼呢？但也把这种事儿说成是不正派。说到那些修验者{为人治病息灾、祈祷平安的行者。}，就更痛心了。累了躺下来歇一会儿，就遭斥责："又睡懒觉！"动辄得咎，他本人心里是什么滋味啊！不过，这都是过去的事了，现在法师的生活很自在。

六　大进生昌家

中宫｛作者当时所侍奉的是一条天皇的中宫定子，时年二十三岁。｝临幸大进生昌家｛料理中宫事务的三等官位。｝的时候，东门改造成四足之门｛即四柱门，又称四脚门，主柱粗大圆浑，前后各设二辅柱，两侧共六柱，成二"中"字形，相互对峙，撑起门楼。中心为本柱（Honbasira），或称亲柱（Oyabasira）、栋柱（Munebasira）；前后较细四副柱（Soebasira），或称控柱（Hikaebasira）。此外更有"八脚门"者，结构亦同。八脚门由十二根柱组成，每侧中心横排四柱，前后纵立四柱。｝，中宫的彩舆从那里进来。女官们的车子走的是北门。那里没有一个看门的卫士，似乎进出自由，有的人头发也不整一整，以为车驾能直接停在房舍旁边。没想到乘的是槟榔

一五

毛车{女官乘坐的用蒲葵叶贴敷车厢的牛车。},门太小,进不去,只得照例在道路上铺设了草席走进去。这真叫人生气,可也没办法。殿上人和地下人{与殿上人相对,不许上殿服务的官人。}站在卫所前瞅着这一切,真是可厌。

我到中宫面前说了这事,中宫笑道:

"哎呀,这里就没有人看见了吗?怎么可以这样马虎呢?"

"不过,这里的人都司空见惯了,要是故意打扮,反而惹人吃惊。可万万没想到,这等大户人家,门窄得连车驾都进不来。等见了主人,讥笑他一番看看。"

正说着,生昌来了。

"请把这个送上去吧。"

一六

生昌说着，将御砚｛"御"，中宫用的砚台。一说用砚盖盛着点心进呈。｝等从帘子底下递了进来。

"你呀，真了不起，宅子里干吗要造一座窄门呢？"

听我一说，他笑了："住宅的规模，总得合乎自己的身份呀。"

我又说："也有单单把门造得很高的。"

"那可真是太可怕了。"他不由一惊，"你说的是于定国｛于定国，西汉人，其父说："少高大闾门，令容驷马高盖车。我治狱多阴德，未尝有所冤，子孙必有兴者。"至定国为相，一门繁荣。此故事见于《汉书》等典籍。｝的故事吧？要不就是年高德劭的老进士，又有谁会知道这类事情呢？因为我时常进入此种文章之道，至少也懂得一些。"

一七

"你这个'道'可真不够高明啊。铺一条草席路,大家一起陷进淤泥里,好不热闹呀。"

"下了雨,总是这样的。好了好了,再待下去,你又会为难于我,干脆告辞了吧。"说着,他离开了。

中宫问道:"究竟怎么啦? 生昌有些惶惶然嘛。"

"也没有什么,我对他说了车子进不去的事。"我说罢,回到自己的屋子。

和年轻女官住在同一间居室{原文作"局",宫中或贵族之家的客厅,这里临时供贵客寝所。}里,因为太困,很快睡着了,所以什么也不知道。这屋子是东偏殿的西厢房,北面的隔扇没有插栓。可谁也没有在意。生昌是

一八

这家主人，当然是知道的。他拉开隔扇，沙哑着嗓子，阴阳怪气地嚷嚷道："我可以进来吗？我能不能进来呢？"

他连连叫了几遍。醒来一看，几帐上放着烛台，光明耀眼，隔扇拉开了五寸多宽。真是个有意思的人。做梦也没人会把他看成一个好色之徒，也许因为东宫到自己家里来了，他有些得意忘形吧？这事可真好笑。

我摇醒身旁的女官："你看，那里站着一个陌生人呢。"

她抬头朝那里瞥了一眼，大笑起来。我问："那是谁呀？从未见过嘛。"

"不对，我是主人，有件事要商量啊。"

一九

我说:"门的事我是说了,可没让你打开隔扇呀。"

"我就是来说这事的。我能进来吗?我进来成不成?"

身旁的女官说:"多难为情啊,这事用不着进来就能决定嘛。"她说罢笑了。

"没想到里边还有个年轻的女子。"生昌这才关上隔扇,走了。

后来,大家觉得这事太离奇,都笑了。既然打开了隔扇,就只管进来好了,还问什么"能不能进来",谁会说"快请进来"呢?这事儿真有意思。

第二天早晨禀告中宫,中宫说:"从未听说过他有什么风流之事。也许昨晚关于门的事,使他

二

太惦记着了，才特来说说情况的吧？好可怜呀。让这么个死心眼儿的人受一番难为，倒也是挺好玩的呢。"她说罢笑了。

中宫嘱咐要给公主身边的童女们装束一番，生昌问道："那女童的衵衣{"衵衣"，即普通内衣，女子的汗衫。}的罩衫，用什么颜色的好呢？"

女官们听罢都笑起来，也难怪大家笑。

他又问："公主的御膳，要是用普通的饭盘太寒酸了。用方形饭盘和饭板好不好？"

我说："这么一来，穿着上袭的女童和公主在一起，倒是很好啊。"

中宫说："切莫把生昌当寻常人一样取笑。他是个很守规矩的人。"中宫充满同情的话语，听起

二

来也很有趣。

中宫正在谈要紧事的间歇里,有人报告说:"大进说有事情要禀报于您呢。"

听到这话,中宫说:"究竟是什么事情呢,又要遭到取笑了吧?"中宫真是有意思。

"你去听他说什么。"

我特意去了,生昌说:"前天晚上关于那门的事。对中纳言〔指生昌的哥哥平惟仲,当时为中纳言,才学出众。〕说了,他很佩服你,说想找机会见面好好谈谈,多多领教。"如此而已,别的没有什么。

我正盘算要不要把前天夜里来访的事拿来奚落他一番,正巧他说:"回头我到你们房间里慢慢说吧。"说罢,他回去了。

二

我回来之后,中宫问我:"他有什么事?"我照实说了一遍,女官们说:"也不是什么大不了的事,非要叫出去不可。在外头偶然遇见或回到房间里时说一说,不就得了吗?"

中宫说:"还不是听到中纳言称赞你,他想你一定会高兴,特来转告一下呗。"中宫这话说得实在好。{据《日本纪略》记载:长保元年(999)中宫定子为生产住进生昌家。此时中宫之父藤原道隆已经辞世,中关白家没落。道隆弟道长将女儿彰子进献给一条天皇的女御,以图伸张势力。中宫宅第焚毁后,因惮于道长之权势,未获新居,遂移居生昌之宅。}

七　皇上身边的御猫

皇上｛指一条天皇。以下事件发生于长保二年（1000）三月中旬，清凉殿内。同年二月二十五日，定子做了皇后，彰子为中宫。十二月二十六日，定子薨。一条天皇时年二十一岁。｝身边的御猫，叙爵五位，称"命妇｛五位以上女官。｝"，因生得娇小可爱，受到精心照料。此猫卧于廊下，伺候它的乳母马命妇看了叫道："这怎么成，快进来吧。"

谁知这猫躺在太阳地里睡着一动不动。为了吓唬它，马命妇说："翁麻吕｛宫中喂养的狗。｝哪儿去了？快来咬命妇啊。"

这时，愚蠢的狗当真了，赶紧跑了过来。猫

二四

吃了一惊,急忙钻进帘子里了。此时,皇上正在御膳房里用早点,看到这情景甚感惊讶,随手把猫抱在怀里,一面将殿上的男人们召集在一起,这时藏人忠隆也来了。皇上下旨道:把翁麻吕痛打一顿,发配犬岛,立即执行!

大伙围成一团儿,一同叫嚷着追捕那只狗。皇上又责备了马命妇,说道:"乳母也该换一换了,否则太不放心了。"从此,马命妇不再到御膳房去,狗也被抓住,交由藏人忠隆宫中侍卫流放了。

我对这只狗很是同情:"唉,以前它显得得意洋洋,走起路来大摇大摆的。三月三日桃花节那天,头弁{弁官兼藏人的头头。}给它头上扎上柳条圈儿,簪上桃花,腰里也插着樱树枝,让它走来走去。

二五

那时它也想不到会这么倒霉。"我实在太可怜它了,"皇后每当用膳的时候,它总是坐在对面等候,现在少了这只狗,总觉得怪冷清的。"

过了三四天后的中午,突然听到狗狂吠起来。心想,这是哪家的狗这样一个劲儿嚎叫。一听,似乎又有好多狗跑过去观望。

管理厕所的女官跑来说:"哎呀,不得了啦,两个藏人在打那狗哩,它一定会被打死的呀。那狗被流放以后又跑回来了,所以受到严惩。"

真可怜,看来一定是翁麻吕了。听说是忠隆和实房在打狗。我派人去制止,好容易狗才不叫了。又听说,狗死了,拖到宫门外扔掉了。

真是个令人伤心的晚上,有一只浑身浮肿、失

二六

魂落魄的狗,没精打采、瑟瑟缩缩地走着。我说:"是翁麻吕吧?可这时候它怎么会在这里呢?"呼唤它"翁麻吕",它也似乎没听到。有人说是翁麻吕,有人说不是,大家你一言我一语议论开了。

皇后说:"右近{右近内侍,伺候皇上的女官,深得皇后定子的信任。}总该知道的,叫她来一下。"派人去叫,右近来了。

皇后叫她看看狗,问道:"是翁麻吕吗?"

右近回禀道:"像是像,可是这副样子太寒碜了。平时只要唤一声'翁麻吕',它总是欢天喜地跑过来,可这会儿叫它,也不到我身边来了。看来不像是的。我听有人说了,翁麻吕的确是给打死扔掉了。两个人那般凶狠地打它,哪里还会得

二七

活呀!"听到右近这番话,皇后感到非常伤心。

天黑以后,喂它东西它不吃,于是断定是别的狗,当晚就这么过去了。翌日早晨,皇后正在梳洗,她叫我在拿着镜子对着看了看发型,这时候发现那狗正趴在跟前的柱子旁边。我说:"昨天翁麻吕被打成那样,或许是死了,真的好可怜。下一辈子会托生成什么呢?它该有多难过啊!"

我正说着,看到趴在地上的狗不住颤抖着身子,眼泪扑簌扑簌掉落下来。真是没想到,这正是翁麻吕呀。"昨夜一直忍受过来了。"这就显得更加可怜了。这件事实在叫人好感动。我把镜子放在地上给它照照,问道:"你是翁麻吕吗?"它便大声嚎叫起来。皇后听到后大吃一惊,接着又笑了。

二八

皇后把右近内侍召来，一五一十地说了一遍，大家笑着，嚷着。皇上也听到了，走了过来。皇上笑着说："好奇怪，狗也通人性呢。"皇上身边的女官们也都蜂拥而至，一起呼喊"翁麻吕"。这时，那狗开始走动了。

我说："脸还肿着呢。该给它点儿东西吃呀。"

女官们对我说："你到底是个喜欢翁麻吕的人啊。"

忠隆听到了，在台盘所{摆放餐具的场所。}里搭话说："真有这样的事情吗？我去看看吧。"

"哎呀，太可怕了，那绝对不是翁麻吕啊。"

忠隆说："这样下去，肯定会被发现的，瞒是瞒不住的。"

二九

此后,翁麻吕获得赦免,回到原来的生活了。当时,它得到人们的怜爱,瑟缩着身子一边喊叫一边出来,那样子是当今人世最有趣的一幕,十分令人感动。大凡人,每每听别人谈起什么伤心事,就会动情地哭起来呢。

八　正月初一，三月三

正月初一，三月三，晴天丽日最好。五月五日，整天阴霾为宜。七月七日呢，白天里阴沉，晚上晴朗，皓月当空，明星历历可数，最理想。九月九日，一大早下点儿雨，菊花带露，覆盖在菊上的丝棉〔重九前一日，将丝棉盖在菊花瓣上，使之浸满夜露。翌日用以揩拭身体，据说可以乐而忘老。〕也湿透了，上面浸满菊花的香味。清晨，雨住了，天气微阴，似乎随时都会下上一阵子。那才最有意思哩。

九　叙位拜官仪式

　　叙位拜官仪式很好看。衣裾长长地拖曳在后头，面向皇上，恭谨而立。然后是拜舞，袍袖翻飞，欢然跳跃。

三二

十　新宫殿之东

新宫殿之东{指一条大宫院。自长保元年（999）六月十四日皇宫焚毁，至翌年十月入新筑皇宫之前，此地一直是皇上临时居处。}，称为北阵。梨树高高耸立。人们见了，都问："树有几寻？"

权中将{右近权中将源成信。}说："把这棵树从根砍了，想给定澄僧都做枝扇{取三叉树枝，一枝作骨，两枝糊纸。因定澄身材高大，故戏言之。}。"僧都做了山阶寺{奈良兴福寺别称。}的别当{长官。}，面奏谢恩。作为近卫府官员，源成信陪同前往。僧都足蹬高齿木屐，显得身姿更加高大。僧都回来之后，我问他："你为何不拿那把枝扇入朝呢？"

他笑笑回答:"你倒是没忘记。"

有人说得更好:"定澄僧都不穿中裓,宿世君{不详。或指身材矮小之人。}不着裙兜。"

一一　山

山：小仓山、鹿背山、三笠山、木暗山、入立山、不忘山、末之松山。方去山，总是躲在一边，看起来很有意思。还有五幡山、回返山、后濑山，朝仓山的"何处相见{《夫木抄·杂二》："眼望朝仓山，春霭锁岫峦，往昔心上人，何处再相见。"}"那首歌，很有情味。大比礼山{所在不详。贺茂、石清水临时祭礼，舞人退场时唱《东游片降歌》。}也很有趣，令人想起石清水八幡临时祭的舞人们。

三轮山，很好。此外还有：手向山、待兼山、玉板山、无耳山。

一二　市

　　市：辰市、里市。椿市是大和众多市集中的一个，到长谷参拜的人，必定在这里住宿。也许同观音有缘吧，心里特别受感动。小房市、饰磨市、飞鸟市。

一三 峰

峰:让叶峰、阿弥陀峰、弥高峰。

一四 原

原：三日原、朝原、园原。

一五　渊

渊：贤渊，究竟藏了多少心思被人看穿，才有了这个名字呢？真有意思。勿入渊，是谁，又是叫什么人"莫要进入"呢？青色的渊最好，和藏人等穿的袍服颜色颇相似。还有隐渊、稻渊。

一六 海

海：淡水湖琵琶湖好。盐湖里有与谢海、河口海。

一七 陵

陵 {皇家陵墓。}：莺陵、柏木陵、天陵。

一八　渡

渡：然菅渡｛位于爱知县宝饭郡的著名渡口。｝、古利须磨渡、水桥渡。

一九 馆

馆：玉造馆。

二〇　宫院

宫院：近卫御门、二条。未开、一条也很好。还有染殿宫、清和院、菅原院、冷泉院、闲院、朱雀院、小野宫、红梅殿、县之井户殿、竹三条院、小八条院、小一条院。

二一　清凉殿东北隅

清凉殿{天皇常在的御殿。}东北隅，北面的隔扇上绘着海浪图和各种凶猛的动物，还有长手长脚的野人。推开弘徽殿的门，总是一眼看到这些画，令人又厌恶又好笑。高大的栏杆近旁，放着一只青瓷大花瓶，满插着美丽的樱花，枝长五尺，繁盛的花朵一直开到栏杆外面。正午时分，大纳言{藤原伊周，道隆之子，定子之兄。}穿着轻柔的外白内紫的便服、绛紫色的直贯裤和白袷衫，还有大红的、鲜艳的绫罗褂，前来参见皇上{一条天皇，当时十五岁。}。因为皇上来了这里，大纳言便坐在门口狭小的板道上说话。

四五

　　皇上的御帘内，女官们一起披着宽大的白面红里的礼服，闪露着紫藤色或棠棣花色的内装，五颜六色，蜂拥着从小木格子门的御帘下面挤出来。这时，御座前边，传来了运送御膳的藏人们响亮的脚步声。先到的人还发出一阵阵警告之声。春日迟迟，气候和暖。这时候，众多藏人搬来最后的膳盘，报告御膳已经齐备。于是，皇上由中门走出，在筵席上落座。

　　大纳言从厢房出来，陪侍皇上进去，又回到刚才的樱花近旁坐下来。中宫｛中宫定子，当时十八岁。因主上用膳，她到伊周那里去。｝推开围屏坐在门边。看到她那娴静、优美的身姿，随侍在左右的人们感到无上的满足。大纳言悠然自得地缓缓吟唱了一首和歌：

四六

日月变化永无穷,
三诸山立天地中。

这情景真是难忘。可不嘛,这一切要是千年不变,那该多好。

御膳结束,殿上人将要招呼藏人撤膳,皇上到这里来了。中宫吩咐道:"磨墨吧。"

我只顾抬眼注视着皇上的表情,磨着磨着,差点儿使墨从夹子里滑脱出来了。中宫将白色的色纸{色纸,专供题辞留言的正方形硬纸板。}板折叠了一下,对女官们说道:"在这上面,每人各写一首记得的和歌吧。"

我问大纳言:"如何是好呢?"

大纳言说:"你们就快些写吧。这事男人们是不便插嘴的。"

他说着,将那纸板从帘子底下退回来了。中宫也把砚台递过来,催促道:"快写,快写,不要再想了,《难波津》{"冬天花开难波津,此花又开在今春。"(《古今集》)。常用来作习字的开头语句。}什么的,都行。就写你临时想起来的一首。"

我真不知道自己为何这样畏畏缩缩,脸都涨红了,一时不知所措起来。

上级女官写了二三首关于游春、赏花的和歌,接着对我说:"写在这里吧。"

于是,我写了一首古歌:

四八

逝水年华人渐老，

看花又使芳颜开。

我故意将"看花"写成"看君"了。中宫对比着看了一会儿，满心欢喜。说道："就是想知道你们的心思嘛。"

接着，中宫讲了一个故事：

"圆融院{一条天皇之父，在位安和二年（969）至永官二年（984）。}时代，有一天皇上命殿上人道：'你们在这个册子上每人写一首歌。'因为太难了，有好些人极力推辞。皇上便说：'字各有好坏，歌，不合乎季节也无妨。'人们只得勉强写了。其中只有现在的关白

{中宫、伊周之父,藤原道隆。关白,禀告之意。《汉书·霍光传》:"诸事皆先关白光,然后奏天子。"日本古代,凡政务需奏天子,事先关白特定大臣,然后奏闻。},当时还是个三位中将。他写道:

潮来潮去满河湾,
日夜思君到永远。

只是把末句改为'思君',就被皇上大加褒扬。"

听了中宫的话,我更加惶恐不安,几乎要淌冷汗了。我想自己毕竟老了。再说,年轻人也不会写出这样的歌来。不过,平时字写得好的人,因为临场太紧张,也有把字写糟了的。

五〇

中宫拿来线装本《古今集》放在面前，念出每首歌的上句，然后问我下句是什么。这些都是昼夜烂熟于心、自然浮于脑际的歌，可临时就是记不起来。这到底是怎么了？宰相君{藤原重辅之女，伺候定子的才女。}倒是好容易说出了十首。这些时时搁在心头的歌，即便说出五首六首来，又算得什么？还不如说一首也不记得更好。

女官们失望地说："要是一味说不记得，不记得，不就辜负了中宫的良苦用心了吗？"这虽然是件遗憾事儿，说来倒也很有意思。没有人应声回答的歌，中宫从头到尾念上一遍，大家便叹息道："这都是熟悉的，怎么一时记不起来呢？"其中，也有的将《古今集》抄写过一遍，本该能背诵下来的。

五一

中宫说道:"村上天皇〔一条天皇祖父,在位天庆九年(946)至康保四年(967)。〕时代,有个叫做宣耀殿女御的女子,她是小一条左大臣的女儿,谁人不晓? 在她还是个姑娘的时候,父亲就教她:'第一要习字,其次学弹琴,要比别人弹得好,还要把《古今集》二十卷和歌全都背诵下来。'皇上也听说过这件事。宫中避忌的一天,皇上拿着《古今集》来到女御房内,遮上围屏。女御好生奇怪,觉得同平时不一样。皇上摊开书本,问道:'何年何月何人作了什么歌?'女御心里明白:'这是考试。'觉得很好玩。但又生怕说错或者忘记了,要是那样怎么了得? 所以一时犯起了嘀咕。皇上找来两三位通晓和歌的女官,用棋子计算有多少错误的答案。皇

五二

上硬要女御作答时那副神情，看上去是多么令人感动啊！就连在御前伺候的人们，也都十分羡慕。对于皇上的提问，虽然未能十分伶俐地将整首和歌全部吟出，可也回答得没有一点差错。皇上本想无论如何也得找出点错误来，这样才好收场啊。皇上似乎有些心不情愿，这时，十卷书已经问完了。皇上说：'实在是白考了。'于是，将书签夹在书里，就此安歇了。这件事多有意思！过了很久，皇上醒过来，想道：'这事没有个输赢就草草结束，总是不大好吧？下十卷，到明天或者参考别本，对女御再细加考问。今天就这么定了。'于是，叫人在大殿里掌灯，一直读到深夜。然而，女御到底没有输。起初，皇上到女御房里时，侧近的人都给她父亲通风报信，左大臣十分担心，连忙请求寺里和尚焚香诵经，保佑女儿无虞。他自己也对着宫中日夜祈祷不止。这件事风流千古，流芳百世。"

这个故事一条天皇听了也很感动，说："我怎么三四卷都读不完呢？"

"过去不管多么没有身份的人，都是富有情趣的。现在再没有听说过了。"此时，那些在御前伺候的人，以及扶侍中宫的女官们，都允许一起到这里来参见。大家异口同声，人人畅所欲言，个个无拘无束，实在难得。

二二　前途无望，认真对待

生存没有希望，只是一味把享福的幻影当作真正的幸福，浑浑噩噩地打发日子，这样的女子我是瞧不起的。我以为，有着相当地位的人家出身的姑娘，还是应该到宫中去，多交往，见世面。当个内侍{内侍司次官，典侍。}什么的，做些事情。

有的男人说，在宫里当差的都是轻薄不好的女子，这话太讨厌了。不过，这种说法也不是完全没有道理。既然入宫，平时说话最多的当然是主上了，此外还有上达部、殿上人、五位、四位，见面的肯定不少。还有，女官的随从，女官的家人、长女{下

五五

级女官长，在后宫打杂的女人。｝、厕所女的随从｛打扫宫中厕所女子的用人。｝，以及那些拉拉杂杂的人物。这些人怎能躲着不见呢？而男人就不会像女人那样什么人都能碰到。但是只要在宫中当差，男女恐怕都是一样的吧。

娶个在宫里做事的女子为妻，在大庭广众之中觉得没面子。虽说也有道理，但要是个宫中内侍，时时到宫内走动，甚至参加贺茂祭的仪仗队，能说不感到光荣吗？

宫里事做完之后，又在自家当主妇，这是很理想的。假如一年之中的五个节日，地方官都把女儿送来学舞，在宫里做过事的妻子，就不必像乡巴佬一样，向别的人问这问那。这种人不是很高雅吗？

二三　扫兴的事

扫兴的事：白天里狂吠的狗。春天的鱼帐｛冬天用竹木编成帐子架于河上，以捕冰鱼。｝。三四月间仍然穿着红梅的衣服。牛死了的牛倌。婴儿死后的产房。不生火的方火钵、地炉。博士家连生女孩儿｛大学寮的明经、文章博士是世袭的，女子则无资格。｝。为了避开风水的忌讳而投宿别家，那家人却不肯应承下来｛按阴阳道说法，为避开居所方角的不合风水，可暂时移居别处一宿，风水之忌则不复存在。｝。尤其是逢立春前等四季转换的时节，更使人感到没趣。

地方上寄来的信没有附任何礼物，也是令人扫兴的。京城发出的信也一样，不过汇集了许多

五七

对方想知道的消息,还有世上各种见闻之类,倒也是很好的事。为了尽量使收信人看得清楚的回函,心里巴望着邮差就要送来了,可就是迟迟不见人影。或者等着等着,不论是正式的信还是随便打结的信,都弄得很脏,皱皱巴巴的,甚至连封口的墨迹也磨光了,说什么"收信人不在"或"适逢忌日,不便接受",被退了回来。这就更是叫人扫兴了。

还有,估计一定会来的人,派了牛车去接,等着等着,好容易来了,人们出去一看,牛车眼见着进了车库,车辕{车子两侧的长柄。}子也砰的一声卸下来。问道:"怎么回事呀?"回答说:"客人说了,今天要到别的地方去,不能到这儿来了。"应和着，就给牛卸了套，牵走了。

到夫家接闺女婿，结果不来了，这也是十分懊恼而扫兴的事。或者女婿被在宫中做事的很有身份的女人夺去了，剩下妻子在家中很是没脸面，这才更叫人受不了呢。

婴儿的乳母，请假说出去一会儿就回来。这期间，孩子哭闹不止，叫人递过话去："快点儿回来。"结果回答说："今晚上不回来了。"听到这话，不但扫兴，而且很可恨。

迎心爱的女子的男人就更可想而知了。男人一直等着，夜深了，听到小心翼翼的敲门声，胸中怦怦直跳。叫人去问，一听到名字，却是个毫不相干的人。这就不光是什么扫兴不扫兴了。

五九

　　修验者说能"降服妖精",露出得意的神色,取出降妖剑和念珠,让护法童子拿着,用挤出来的蝉鸣般的嗓音坐着念经。可是妖魔丝毫没有退去的样子,也没有附身于护法童子。全家人集中在一起念经,男女老幼也觉得蹊跷。一直念了两个钟头,时间到了,大家都累了。这时修验者就吩咐童子:"既然不附身,那就离开吧。"说罢便从护法童子身上要回念珠,"怎么会一点儿不显灵呢?"说着忤脑门上抚了一把,打了个哈欠,似乎自己被妖精缠上身,昏昏欲睡了。

　　正困得想睡的时候,被一个不怎么亲近的人硬叫起来,强打精神听他说三道四一通,是非常扫兴的事。

六〇

除官式上没有获得官职的人家，这是很扫兴的。听说今年一定封官，从前在这家里供职的用人，还有到四面八方去的人，以及住在农村的人们，大家都集中来到这户人家里，高官出出进进，车辆盈门。酒宴上，觥筹交错，祝贺声、喧闹声，不绝于耳。但是，过了三日，到议官期限结束，天亮后也听不到有人敲门报喜。"好不奇怪。"侧耳静听，传来参与除目的清道的吆喝声，上达部的人眼看也要宫中退去了。为了等消息，头天晚上守在任所门口的用人，冻得瑟缩着身子回来了。人们看到他哭丧着脸，也都不再问"到底怎么样"之类的话了。可是别处来的人都问："老爷新任何处？"必定应道："某某国前司{间接表达未获新任的

六一

意思。}。"一心相信主人高就的人，立即感到失望，高声浩叹起来。到了翌日早晨，本来挤得水泄不通的人们，一个个悄悄溜走了。一直在这家伺候的人，不便马上离开，掐指计算明年会有哪些国司将会阙官，那样走来走去的情景，实在既好笑，又可怜。

自己满以为写得不错的和歌，送到人家手里，人家也没有寄来答歌。要是恋人，倒也罢了。如果是吟咏季节风情之类的歌，又是附载了信里，不作回答，倒是令人不快的事。一个忙于仕途、正春风得意的人那里，有老派的人，无所事事，多暇多癖，写了毫无内容的怀旧的歌寄去，这是大煞风景的。

六二

　　过节或一些仪式上用的折扇,自己很是珍爱,教给这方面有兴趣的人看看。结果到了当天,他忘记还回来了,或者还回来画上了画什么的扇子。

　　出席婴儿降生祝筵或饯别宴会的使者,没有获得报酬。那些东奔西走分送一点儿香荷包或驱邪槌儿{五月五日,将药草装入袋中("药玉"),或将桃木小槌("卯槌")挂于廊柱以避邪。}的使者,也应给他们一些报酬。意想不到的事,忽然获得奖赏,他一定大喜过望。这些本该到手、使得使者们兴奋非常的报偿,最后没有拿到,当然是非常扫兴的事。

　　招了女婿,四五年不生孩子,产房里也听不到动静,这样的家庭可真够冷清的。或者孩子都大了,弄不好都有孙子到处爬了,可父母白天睡

六三

觉。近旁的孩子眼瞅着父母午睡,自己没个倚靠,心里多难受啊!十二月末的晚上,睡过了又起来洗澡,不但扫兴,简直叫人生气。十二月末,雨下个没完,只好把这样的日子,称为"一整天吃素斋戒之日"。

二四　容易懈怠的事

　　自然使人懈怠的事：吃斋那天的修行。时候还很早的准备。长久呆在寺庙里祈祷。

二五　人家瞧不起的事

人家瞧不起的事：土墙坍塌。被人知道是个好好先生的人。

二六　令人不快的事

令人不快的事：越是有急事，越是说个没完没了的客人。要是随便一些的人，说句"以后再聊"，打发他走就是了，可是遇到有身份的，那就很伤脑筋。

磨墨时砚台里落入了头发。还有，墨里有小石子儿，磨起来刺拉刺拉响。

有人得了急病，要找修验者师傅禳除，但偏偏不在原来的地方。到别处寻找，耽搁了好长时间。好容易等来了，高兴地请他祈祷。也许近来老是为人降妖捉怪，弄得劳累不堪，坐着念经，

六七

念着念着，声音就好像睡着了似的，真叫人气恼。

一个没啥作为的平凡之人，嬉皮笑脸、喋喋不休地说个不停。坐在火钵或火炉旁边，手掌不断翻来覆去，胳膊一会儿伸一会儿缩的人。什么时候看见过年轻人有这种毛病呢？只有上了岁数的老年人，才会把两脚翘在火钵沿儿上，一边说话，一边不住地搓脚。这种不懂规矩的人，到了别人家，将要坐下来之前，先用扇子把自己要坐的地方扇来扇去，把灰尘吹干净。坐得也不安稳，慌慌张张地，把狩衣{原为猎装，后来用做贵族的常服。按礼仪坐时应将腰带以下部分展于面前。}的前襟都卷到膝盖底下去了。这种事儿，要是那些没有什么身份的人，也就罢了，可都是些有头面的，例如式部大夫之类的人。

另外，喝了酒又喊又叫，撇嘴弄舌，长胡须的人捋着胡须，把酒杯递给别人的那副派头，实在叫人看不惯。他一定对别人说："再喝一杯！"颤抖着身子，摇晃着脑袋，耷拉着嘴唇，就像小孩子唱"进了这座殿"时的样子。一般人也还好说，尤其是身份高贵的人，这种态度实在叫人看不顺眼。

一味艳羡别人，慨叹自身，喜欢议论他人。鸡毛蒜皮的小事也要刨根问底，打探清楚。人家要是不告诉他，他就衔恨在心，造谣生事。稍稍听到一点皮毛，就仿佛未卜先知，到处对其他人播扬开去。这种作为真叫人无法容忍。

正想听人说话时，吃奶的孩子"哇"地哭起来。

六
九

乌鸦群集着飞来飞去，呼啦啦扇动着羽翅，呀呀啼叫。狗儿对着悄然来会的男人狂吠不止。

出于无奈将人藏在一个不适当的地方，他睡觉竟然打起呼噜来。还有，本不该戴着乌帽子前来幽会，既然来了，尽量不要让人知道，不巧，乌帽子碰在什么东西上，"当"地发出了响声。从挂着竹帘子的地方钻进去时，不小心碰了头，哗啦哗啦响起来。真是使人哭笑不得。帘子上端镶着布片，两头都连着木条，那声音很响亮。不过，要是轻轻撩开来，哪里还会响呢？有的人猛地一使劲儿打开拉门，真是不可理解。稍微向上提着点儿拉开，不就没有响声了吗？要是方法不对头，打开隔扇也会发出嘎哒嘎哒的响声，特别震人耳朵。

困倦了刚刚躺下,就响起蚊子细细的鸣叫,在脸边打着旋儿,"嗡"的一声报告了身份。从翅膀裹来的一阵风上,可以知道是一只大蚊子。这就更加可憎。

乘在车上吱吱嘎嘎到处转悠的人,难道他自己的耳朵听不到吗?真是可厌。自己坐上去的时候,甚至会怪罪起车主来。

说话时老是有人插嘴,一个人抢在头里,说个没完。这种爱出风头的人不论小孩还是大人,都令人反感。

偶尔来玩玩的小孩或婴儿,看着可爱,就拿出一些好玩的东西。谁知习惯了便经常来,一来

七一

就坐着不走,把家里的东西弄得乱七八糟的。想想真是扫兴。

待在自己家或进宫当差,逢到不想见到的人来访,正在装睡着的时候,身边的用人跑过来,以为自己正在贪睡,随便将自己叫醒。弄得心里好不痛快。

刚刚出道的新手,越过原来的前辈,带着一副无所不知的神色,到处指手画脚,喜欢多管闲事,这是很可厌的。

眼下成为自己恋人的男子,对从前相好的女人赞不绝口,虽然事过境迁,但总是感到不快。要是现在还藕断丝连,那股子气就更可想而知了。但由于时间和地点不同,情况也不完全一样。

七二

　　遇到打喷嚏还念咒的人，除非自己家里的老爷，肆无忌惮地大声打喷嚏，实在令人不悦。

　　跳蚤惹人讨厌。一个劲儿在衣服里头乱蹦乱跳，仿佛要把衣服掀起来。群狗一齐狂吠不止，这是不吉的征兆，尤其可憎。

　　出来进去不关门的人，也很使人生厌。

二七　令人激动的事

　　令人激动不安的事：喂养小麻雀。打幼儿玩耍的地方前头经过。点燃优质的熏香独自一人躺着。看到唐镜上有一小片儿雾斑的时候。身份高贵的男人于家门前停下牛车，使唤下人前来商谈拜访的事。洗头，化妆，换上熏得香喷喷的衣服。虽然没有人特别在意，可自己打心里感到舒适、愉快。夜晚，等待前来会面的男人，听着阵阵雨声和哗啦哗啦的风声，心中自然激动不已。

二八　值得怀恋的往事

　　值得怀恋的往事：枯萎的葵叶。三月女孩儿节棚架上的小偶人。看到深褐色或淡紫色的布条儿夹在线装书里。一个雨天，百无聊赖之际，找出过去心上人的信笺阅读。去年用的蝙蝠伞。

二九　心情舒畅的事

　　心情舒畅的事：画得很好的仕女图上，题了一大段内容精彩的说明文字。参观回来的路上，牛车上坐满了女子，衣袖耷拉到车厢外头，还带着一些男仆；技术高超的御者，赶着牛车飞跑。洁白无垢的檀树皮纸上，用笔尖儿极为纤细的毛笔书写的信笺。经灰汁煮过的匀称而美丽的丝线，两股紧紧绞结成的穗子。掷双六时屡屡掷出同花来。请能言善辩的阴阳师到贺茂川的河原上禳除诅咒。夜间醒来喝的冷水。寂寞难耐的时候，一个不算太知己的朋友来访，谈论些世间闲话，包括最近发生的有趣的、可厌的、奇妙的,天南海北,有公有私,森罗万象,说得头头是道,听了以后心情很舒畅。到神社或佛阁祈祷,寺里的法师,神社的祢宜{职位较低的神官。},出于意料,竟能用明白流畅的语言,讲明了自己的心愿,真叫人高兴。

不必这样。

　　往昔，藏人等不像现在行幸时作为前驱，他们到了退官的年龄，就自觉地不大在宫中走动了。如今不同了，称作"藏人之五位"{退去藏人的五位之人，用此称呼以区别五位藏人。}的人，依然被大肆起用。然而藏人一旦退职，也就失去了原来的地位，本人心里也自觉有了余暇，起初来讲经场听上一二次，以后就频繁地想到这里来。夏季盛暑时节，穿着颜色鲜丽的单衣，套着淡紫或浅灰的宽脚裤子，迈着方步走进来，很随便地坐在那里。乌帽子上插着"禁忌"的牌子。自然这天有禁忌，就需要谨慎行动，但听讲经文是一种功德无量的事，所以并不妨碍外出。即便别人看到了也无关紧要。到了讲经场和讲经的法师搭个话儿，照顾着坐在外面一排排车子上听经的女子。看起来，一副熟门熟路的样子。遇到长久不见的人也来听讲，觉得很是难得，紧挨着坐下来，又打招呼又点头，谈到有趣的事，打开折扇，掩口微笑，一边捻着装有各种饰物的佛珠。手里不停地动着，眼睛到处瞄着，嘴里评品着院里车子的好坏。又说在某地看见某人举办法华八讲{《法华经》八卷，四天内朝夕讲完。}和写经供佛等，东拉西扯，评头论足，一坐下来就说个没完没了。至于讲经一点儿也没有听进耳里。不，这是哪儿的话呢，因为经常来听，耳朵惯了，也就不当回事儿了。

有些人却不像"藏人五位"那样，例如讲师坐

八一

定之后不久，在呼喊开道的声音里，停下牛车来，穿着比蝉翼还轻的直衣、裤子和生丝单衣，也有的穿着猎装。这是一些风度翩翩的青年，三四个人结伙而来，各人跟着一个随从，一起走进来。原来坐着的人，稍微移动一下身子，让出些空当儿，请他们坐在高座附近的柱子下边，手里悄悄揉搓着佛珠，坐着听讲经文。看到这个情景，讲师大概也觉得很有面子吧？似乎要给后世留下些传扬的话题，他越发讲得更起劲了。这些贵公子们，说是来听经也并非大肆吵嚷、热情过度，他们到了一定的时辰就起身退席，一面朝女车扫上一眼，一边互相聊着，谁也不知道他们到底说些什么。对于这帮公子哥儿，要是自己认识，那该

八二

有多好。对于不认识的,心中猜测着,他究竟是谁啊? 是不是那个人儿呢? 心里念叨,眼睛自然目送着,这是很令人高兴的事。"哪里哪里讲经啦,是八讲。"当有人传言时,就一个劲儿问:"那人在吗?""他不会不去的呀。"这种一味追问的人,实在有些过分。当然,也不是说,讲经的场合完全不该露面,去一下也是可以的。甚至有些身份低贱的女子,据说也去热心地听讲。当然,说教一开始也没有人到处跟着去听讲。偶尔有一些女人一身壶装{贵族女子外出装束,垂领广袖,腰间系带,两胁衣服折返曳带中,戴市女笠(用营草或竹皮编成,中央高起,晴雨两用。男子外出亦可使用)。},优雅地化着妆,婀娜地走着,不过她们除了听经以外,还要去神社参拜的。她们去讲经场的事倒是不大有人提起。现在看来，当时出入讲经场的古人要是活到现在，看到今天的情景，不知他们会如何谴责和咒骂啊！

三二　菩提寺

菩提寺{位于京都东山阿弥陀峰。}有结缘八讲{与佛道结缘的法华八讲。}，自己也去听了。这时，有人{指丈夫、恋人或朋友等。}带信来说："快回去吧，真是没意思。"于是在莲叶的背面写上一首和歌送去：

执意求得法华露，何能抛却归尘寰？

经文实在尊贵，句句打动人心，心想就这么呆在寺里多好。至于像等湘中老人{《列仙传》：湘中老人好黄老之书，耽读而忘归巴陵之道。}归宅的焦急的家人，几乎把他们全给忘了。

三三 小白川这地方

小白川殿，是小一条大将{小一条左大臣师尹的次子藤原济时，小白川由师尹传给济时。}的宅第。所以，王公贵族都在那里举行结缘的法华八讲。世人皆以为盛事，传言说："去晚了，连停车子的地方都没有。"趁着朝露满天的早晨起来，赶到那里一看，确实没有空地方了。后来的车子车台叠在前车的车辕上。连隔着三辆车子，还一定能稍微听到讲经的声音。六月十几日那天，酷热得破了常例，这时看一眼池里的荷花，倒能感受到一脉清凉。

除了左右两大臣{左大臣源雅信（六十七岁），右大臣藤原兼家

八六

(五十八岁)。}之外,全体公卿都来了。他们穿着二蓝的裤子、直衣,透着淡青的里子。稍稍年老些的,穿着纯蓝的裤子,洁白的裤裙,给人清凉的感觉。佐理宰相{藤原实赖的孙子,三迹之一,当时从三位参议,四十三岁。}等,也都显得年轻英俊。他们的光临愈加使得法会万般尊贵,给场面带来明丽、欢快的色彩。

厢间竹帘高挂,长廊上的公卿们一律面朝里头,坐成长长一排。下一排是殿上人和青年公卿,身着猎装、直衣,风度翩翩,也不安安稳稳坐下来,而是到处转悠,看样子非常有趣。实方{小一条大臣师尹之孙。因父早夭,做叔父济时之养子。}兵卫佐、长命{济时之子相任幼名长命。}侍从等,都是小一条家的人,更是出出进进,自由自在。尚在幼年的公卿{指相任之弟通任

{十二岁。} 等，样子也很讨人喜爱。

太阳稍稍升起的时候，三位中将（即今天的关白）身穿二蓝薄绸直衣，二蓝丝绸裤子，浓苏芳色{紫红色。}的裙裤，以及鲜明的白绢单衣，全场众人都觉得清凉宜人之时，他却感到燠热难耐，这就愈加显得高贵。扇子是厚朴木的，扇骨涂漆，虽说与众不同，但也是红纸的扇面，拿在手中与众人一样，宛如一簇盛开的石竹花。

讲师还没有登上高座时，端出了悬盘，是什么呢？一定是吃东西吧？义怀{伊尹之五子，三十岁。其妹怀子为花山天皇之母，是当时外戚中最有权势者。帝退位，与之一起出家。}中纳言的模样儿，比寻常显得更加潇洒。人人都穿着时髦的衣服，色彩艳丽，分不出孰优孰劣。唯

八八

有这位身穿一件直衣,一副清爽的打扮,两眼滴溜溜地瞄着众多的女车,派手下人到那里打招呼。那样子,谁看了都觉得满有意思的。

　后来的女车,因为这边没有空儿停靠,吩咐停在水池附近。中纳言看到了,对实方君说:"找个合适的人去传传话儿。"是什么样的人呢? 实方君选好带来了。"说些什么好呢?"大家坐在中纳言身边商量起来。决定要传的话我这里听不清楚,只见使者大摇大摆,朝女车那里走去。大家一面祝他成功,一面笑起来。使者凑到车后说话,他在那里站了很长时间。"莫非在吟诗作歌吧。兵卫佐{指实方。}呀,赶快考虑作歌回答吧。"人们调笑着,大家都想尽快听到回话。连上了岁数的人以及公卿们，全都注视着那里。甚至那些没有乘车、站在外面的人，也都驻足观看。真是令人高兴。

看来是得到回话了吧，使者向这边走来的时候，女车上伸出了扇子，又把他召回去。我想："歌词听错了，才会这样召回去，不过既然等了这么长时辰，所作的和歌自然很好，不该再有改动啊。"等使者走过来，大家都急不可待地问道："怎么样？怎么样？"使者不急于回答，因为是权中纳言派他去的，所以他走过去，摆出一副架势来。三位中将吩咐道："快说！过于讲究情趣，反而会说不清楚。"只听使者说道："我即便说出来，也一样令大家扫兴，因为回话就是没有回话。"藤大纳言抢在众人头里问："究竟说些什么来着？"看到

九〇

他那副样子,三位中将说:"简直就像把笔直的树木硬要压弯了似的。"藤大纳言听罢大笑,大家也跟着哈哈笑起来了。那笑声女车中的人是否听到了呢?

中纳言问道:"没有叫你回去之前,都说了些什么? 这回是不是更正后的回话呢?""我站了老半天,什么回话也没有。'你快回去吧。'就打发我回来了。接着又把我叫回去。"使者说。"是谁家的车子? 看清楚没有?"中纳言犯起疑惑来,"好吧,写一首和歌送去。"正说着之间,讲师已经升座,众人也随之坐定,只是瞧着讲师那里。这时,女车转眼不见了。那车子下边的围帘似乎今天初次使用,浓紫色的单袭{五六月穿的单衣双层和服,袖口和衣裾用

九一

{糊糊黏合在一起。}，二蓝的丝织物，苏芳色的绫罗上衣。车后头伸展下来印花的衣裳。这究竟是什么样的人儿啊？她那回话的方式，比起那些蹩脚的回答自然要高明得多，反而使人感到对应得恰到好处。

朝座的讲师清范{当时讲经的名人，二十五岁，号称文殊的化身。三十八岁圆寂。《大镜》《今昔物语》和《古事记》皆有记述。}打坐在高座上，尊贵而潇洒，看来心绪很好，一副意得志满的样子。他讲得十分精彩。因为实在热得受不了，家里又有要紧的事，非今天办完不可。本来只想听听就回去了，可是被圈在好几层车子中间，出也出不去。朝坐一结束，我就想出去，跟前头的几辆车子商量，所幸自己的车子靠近高座附近，真是太好了，人家这才很快为我空出地方来，叫我的车子走出去。为我让路的公卿和殿上人都在一旁看着,嘴里直嚷嚷着什么。连上了年纪的老公卿也在嘲笑我。而我充耳不闻,也不搭理,只顾朝着狭窄的路径挤过来。只听到权中纳言笑道:"嘿,出去也好啊。"他的话说得很妙。不过,我根本没理,天太热,晕头转向,慌慌张张退出来,然后指派个人,向权中纳言传话儿:"你自己也不得不在五千人之中啊。"{《据《法华经·方便品》中典故。释迦如来说法之时,有五千增上慢人起身离席。释迦并未制止,只对身边弟子说道:"如果是增上慢人,退亦佳矣。"中纳言借此典故对作者的离去巧妙加以嘲笑。而作者的回复也用了同一典故。意为天气如此炎热,恐怕你也是增上慢的五千人之一。增上慢指尚未彻悟至高佛法,就自以为已经彻悟而傲慢起来。}接着就回家了。

八讲自开始到最后一天,有辆车子一直停在

那儿。不见有人靠近，完全像画中景物，一动也不动。这真是少见，显得高贵而优雅。那是个什么样的人儿呢？真想弄明白。中纳言向别人打听，又去调查一番。其后藤大纳言听到此事便说道："那又有什么大不了的呢？那是个令人反感，讨人厌的可恶的人啊！"他的话倒也有趣。

过了这个月的二十几日，中纳言出家做了和尚。这种事儿真叫人感慨万端。与此相比，樱花飘散，依然是世间常态啊！"朝花已逝，白露未晞？"｛《新敕撰集》中源宗于的歌。"朝花已逝，白露未晞"，比喻一时荣华，瞬息即过。｝，看到中纳言极盛一时，转瞬间风光不再，实令人唏嘘不止。

三四　七月，残暑

七月，天气很热。到处都敞开来。白天里不用说，夜间也一样。有月的时候，睡醒之后，从屋子里向外看，很是惬意。没有月的暗夜也挺有意思。残月在天，更是妙不可言。

靠近光闪闪的庇檐下的帘栊，铺上一块崭新的薄边的草席，将三尺的几帐推到里头去，实在不合道理。还是应该立在外缘为好。眼下立在里面，那里或许有需要特别关照的东西吧？男人肯定是出门了，女人穿着薄紫的衣衫，里子深紫色，表面稍微淡些。不然就是一身深色的绫罗绸

九五

缎，光亮耀眼，经糨过尚未柔软，连头都囫囵地盖着睡觉。穿着香染的单衣，或黄色生绢的单衣，红色的单层裤裙，腰带很长，从和服里头拖下来。或许解开来还没有系好吧？另一边还有一个长发蓬蓬的人，看那鬈曲的样子，自然联想到是长发了。穿着二蓝的裤子，以及看上去似有若无的香染的狩衣。里面是白绢的单衣，后头的红色透过单衣显现出来，鲜艳夺目。这件单衣为浓重的雾气所濡，湿漉漉的，脱下了。睡得纷乱的两鬓稍显蓬松，被那顶乌帽子硬是压在头上，看起来还是不很像样子。

趁着朝花的露水尚未零落赶回家去，以便立即给女子写"后朝之书"｛男子赴女子处寄宿，凌晨归去后随即刻给

九六

女子写信,以道惜别之情。谓之"后朝"。这两个汉字读作 kinuginu(衣衣)。即男女幽会之后双双各自穿衣起身,依依惜别。}。嘴里哼着"麻棵下生野草"{《古今六帖·第六》。},急急走回家里。他看见这里的木格窗敞开着,悄悄掀起帘子一角往里瞅,他似乎觉察有个男子已经从女子身边离别归去。这倒也是挺有情趣的事。这男子抑或也感到朝露情浓,依依难舍吧?男子站着打量一会儿女人,发现她的枕畔摊开着一把夏扇,厚朴木的扇骨贴着紫色的纸面。此外还有陆奥国制造的怀纸折叠的纸条,不知是淡蓝还是浅红,色彩鲜艳地散落在几帐旁边。

女子发觉有人来了,从盖着的衣物下边往外瞧,男子早已笑嘻嘻坐在脚踏板上了。虽说本来也是个不必讲客气的人，但却让他看到自己的睡姿，心里很是懊悔，因为毕竟还没有亲热到那番程度。"这真是一次回味不尽的晨眠啊！"男子嬉笑着将身子一半钻进帘子，女人说道："从你这个比朝露早起归来的人眼里看来，一定是怅恨不已吧？"此种风流事本不值得特别写下来，不过作出这番对话的男女似乎也不算坏。

男人猫着腰用自己手里的扇子去划拉女子枕畔的那把扇子，女人怕他过度挨近她，不由战战兢兢向内里缩紧身子。男人将扇子拿在手里端详了半天，微微埋怨道："干吗这样躲着我呢？"这时天已放亮，人语哓哓，太阳就要升起来。眼看着朝雾即将散去，他想赶紧写好"后朝之书"，可又担心被延迟了。早先从这女子身边离去的那男子，似乎不知何时也写好了，他将信系在朝露瀼瀼的胡枝子花枝上，委派使者送来了。可看到有别的人在，没好意思递过来。纸面上熏着浓浓的香气，真是别具风情。因为天色大亮，时间很不凑巧，男子离开女子，他想到自己刚才撇下的那个女子，身边也许是同样情景。想到这里，他心里头一定是乐滋滋的。

三五　花木

　　树木的花儿，或浓或淡，数红梅。樱树花瓣儿硕大，叶色浓绿，枝条细细，花开似锦。

　　藤花呢，一串串长垂摇曳，颜色浓艳，娇美无比。

　　四月末或五月初，橘树枝叶青碧，花朵莹白。于降雨的清晨，呈现出楚楚动人的姿影，那样子尘世上无可比拟。花丛之中可以窥见去年残存的金黄的果实，耀目争辉，那风情不亚于黎明时分浥满朝露的樱花。联想起橘树和杜鹃鸟的深厚缘分｛"五月山花开烂漫，见君橘林闻杜鹃。"（《万叶集·读人不知》）｝，那就用不着细说了。

梨花使人觉得毫无情趣，近来不被珍贵，也没有随书信往来。见到梨花如见表情冷淡之人，连叶色都那么可厌。唐土却广为多见，被写入诗词吟咏。然而细看起来，花瓣尖儿凝聚着朦胧的色泽，似有若无。杨贵妃见玄宗皇帝使从，惨然泪下，"梨花一枝春带雨。"一语，比喻其凄苦的容颜，似乎并非普通之辞。

桐树花开紫艳，叶片广大，不可与其他花木等而视之。唐土有名鸟择其枝而栖之，其趣不凡。用以作琴，百音俱出，风雅之情，世间没有言语可以形容。此木之贵，非同一般。

楝树之姿虽不美，而楝花十分可爱。花朵干

爽清丽,若盛开于五月五日,则更合时宜{据说五月端午,楝树叶用来驱邪。(参见第三七段)。}。

三六　池子

　　池子：胜间田池、磐余池、赘野池。我曾经参拜初濑｛奈良县樱井市长谷寺。｝，见水鸟密密麻麻落满赘野池水面，鸣声骚然，看起来很有意思。

　　无水池，这名字不可思议，打听一下为何叫这个名字，回答说："逢到多雨的年景，到了五月梅雨时节，这个池子里反倒没有水。但在异常干旱的年头，直到春初，这座池子里却满满当当的水。"听到这里我就想说："要是完全没有水，倒可以称'无水'，但有时又会涌出水来，说是'无水'就有点儿偏颇了。"

一〇三

猿泽池，采女投水之处，皋上闻而行幸之，此事颇风流。{奈良朝时，采女侍奉天皇膳食，后独失宠，悲其身命，投猿池而死，帝行幸该池悼之。}人麻吕作歌咏之："懒睡的香发。"想象那番光景，其优雅之至，何须用言语加以赘述？

您之池，"您"到底是怎么回事呢？真想知道个中缘由。神池。狭山池，令人想起《狭山池三稜草》{三稜草是一种水草。《古今六帖·第六》："狭山池的三稜草一拉就断了。我的恋情根也断了。"}这首优雅的歌来了。恋沼池。原池，因为有首《勿刈玉藻》{风俗歌的《上野歌》云："鸳鸯野鸭来游水，劝君莫刈原池藻。"}的歌，才会感觉好奇。

三七　节日

　　节日，没有比五月里更多的了。菖蒲混合着蒿艾的香味儿最可怀念。自皇宫的内殿至平民的茅屋，都争着在自家的屋顶铺满这种香草，看上去赏心悦目。别的节日里能够看到这种情景吗？天空一派阴霾之时，在中宫等的御殿里，缝殿寮{属中务省。裁剪缝制衣履。}进献的香荷包上，垂着五颜六色的丝线，挂在设有御帐台的堂屋左右的柱子上。去年九月九日重阳节的菊花，是包在粗糙的绢布里进献的，也一起扎在相同的柱子上。过了几个月，就改挂了香荷包，而将菊花扔掉了。这些香荷包，或许要一直挂到菊花日吧。不过，这些挂着香荷包的丝线，将被抽去扎别的东西，不会一直保留下去的。

　　向中宫供奉节日的膳食时，年轻的女官们都簪着菖蒲的花梳，绾着只准五月五日里装扮的菖蒲的发髻，穿着各色各样的唐衣和汗衫。她们用染色的丝带，将几根风雅的花枝和长长的菖蒲根编结成一束，虽说没有什么特别值得称道的地方，但也还是挺有意义的。这就像每年迎春怒放的樱花，人们未必以为樱花就是不值一提的花儿。

　　在户外玩耍的女童们，因各人的身份，个个打扮得漂漂亮亮的，不断地注视自己衣袖上的菖蒲花装饰，和别人比谁的更好看。这时候要是被顽皮的少年一手抢走,那就只能哭鼻子。这也是很有趣的事。

紫色的纸包着楝树的紫花,用蓝色的纸细细裹着菖蒲叶子,再将菖蒲根用白色的纸扎起来,这是很有趣的事情。看到将长长的菖蒲根等物装进信封里,心里十分激动,以为这是很风流的事。

为了写回信,大家聚在一起,亲切商谈一番,将来信互相传观,这也是很有趣的。那些给人家姑娘以及贵人们写信的人,今天会特别热心,而且显得颇为优雅。

夕暮时分,杜鹃鸟又自报家门似的鸣叫起来,这是多么美好的事啊。

三八　不供观花的树木

不供观花的树木：枫、桂、五叶松。光叶石楠，虽然缺乏品味，但于百花凋零、四围一派新绿之中，不拘时节，红叶满树，灼灼耀眼，屹立于意想不到的簇簇青叶丛里，令人耳目一新。

山锦木，自不待言。作为一物，虽说没有特别提出的必要，但"寄生树"这个名称却在胸中留下深刻印象。

杨桐树，临时祭之时，舞人演出神乐剧，非常风雅。世上有多种树木，只有这种树木是奉献于神前而生长的。这显得特别有趣。

樟树，在树木丛生之处，樟树并不混在其他树木中生长。因为枝叶茂密，颇有阴森之感。但据说分为千枝，常常比喻情人多思而写入歌中。可有谁数过此树到底有多少枝条？这倒是很有意思。

桧树，它不生长于村里巷陌，但《催马乐》{《催马乐》(Saibara)，雅乐中的一种合唱曲，即赶马人歌。由笏拍子（竹板）、龙笛、筚篥、筝和琵琶等乐器伴奏。}中唱道："三叶四叶，大殿落成。"{原为祝贺宫殿建成的歌，大意是："三枝草呵，三叶四叶，大殿落成，三栋四栋。"此外，桧树之树皮，可以防雨，用来修葺社殿屋顶。}则颇有意味。五月，夜露凄凄，好似声声滴雨。{"长潭五月含冰气，孤桧终霄学雨声。"（唐·方干）}意境高渺。

枫树，幼芽初萌，叶尖儿微微泛红，向着同一方向伸展，样子很好看。花儿也很显得特别，看上去简直像丁疙的虫子,你说怪不?

"明日成桧。"{即"翌桧"（Asunarou）。桧树生长于深山阴湿之地。此说似戏言人生难测,明天抑或变成桧树。}这树普通人居附近不易看到,也很少听人提起。可是去御岳{奈良县吉野郡吉野町金峰山,修验道灵场,平安时代香火旺盛。}参拜,归途中常有人带回来。这种树枝叶粗糙,难以用手接触,但究竟为什么有"明日成桧"一说呢？实在是很不可靠的言论啊！这种说法到底是根据什么人的话呢？真想弄个明白哩。

楝木{《和名抄》上标注为"弥须美毛知乃分歧"（Nezumimochinoki）。},虽然是不值一提的树木,但叶子极为细小,看起来很有趣。楝树。山橘。山梨。椎树。虽然每种常绿树都不落叶,但特别提出椎树,作为叶色不

一〇

改的例子歌而咏之，意味深长。

苦楮等树木，生在深山，不为人世所亲近。但逢到染二位、三位袍服的时节，人们才能看到它的叶子｛袍服不同染色，决定官位高低。四位以上者着黑袍。一般用树果的籽粒儿作染料，未见有用楮树叶者。抑或因该树枯叶发白而有此误也。｝。这种事虽说谈不上有什么新奇和了不起，但看那情景，总觉得像落雪堆积一般。想起须佐之男命｛天照大御神之弟。据"记（《古事记》）纪（日本书纪）神话"：因在天界违犯规则，遭流放前往出云。｝到出云国的故事，对照一下人麻吕吟咏的歌，实在令人激动不已。大凡一年四季之中，每每听说某种事情，心有所感，遂之铭记于心。此种现象，即使草木虫鸟，也不可忽略过去。

交让木，枝叶宜簇簇下垂着，闪闪发光。树

二

丁艳红,灼灼悦目。虽然品位不高,但也值得一看。交让木的叶子,平时里看不到,只在十二月末,铺展着宽阔的叶片,上面供着祭祀亡灵{故人亡灵十二月末日午刻到来,正月一日卯刻归去。}的食物。勾起人们的哀思。另一方面,祝寿时它也作为盛载固齿{新年寿筵食肉类与年糕以强固牙齿。}食物的器具使用呢。那是什么时候啊,歌里唱道:"红叶之时方忘君{此木其叶常绿,至落不红。形容爱情忠贞不渝。}。"此情真是难得。

柏木很有趣。仿佛住有护叶的神{柏木树叶枯而不凋,仿佛有神祇护守。},尤为尊贵。称呼兵卫的督、佐、尉为"柏木",也挺有意思。

棕榈树,虽说形态难看,但具唐土风情,不是卑贱之家所能见到的。

一二

三九　鸟

说到鸟,鹦鹉虽为异国之物,但颇令人感动,据说能学人言。此外还有子规、水鸡、鹬鸟、百合鸥、金翅雀以及鹡鸟。

山鸡,怀恋友伴。镜中照见自己的身影,以为是朋友,它便放心了。此鸟非常纯真,令人感动。雌雄隔山谷而寝之夜晚,更为可怜。

仙鹤体型壮伟,鸣声达于云天{"鹤鸣九皋,声闻于天。"(《诗经·小雅》)}。非同一般。红头雀。雄斑鸠。巧妇鸟。

鹭鸶,那样子很寒碜,眼神也使人厌恶,似

一二三

乎很难亲近。为了争偶,"飘摇林中不独栖{《古今集·六帖第六》："高岛呵,飘摇林中频争偶,鹭鸶不独栖。"}",很有意思。

水鸟中,鸳鸯最使人动心。传说它们交替着,为对方拂去霜雪。鹬鸟的行为颇富诗意{《拾遗集·冬纪友则》："夕暮雾锁佐保川,鹬鸟不使友茫然。"}。

黄莺在汉诗文中作为上品的鸟,它的名声和体型都是很招人喜爱的。但它不来皇宫鸣叫,这实在令人扫兴。听人说起黄莺不来宫中啼鸣,我总将信将疑,可是在宫中伺候十年,确实一次也未曾听到过莺啼。宫殿附近有竹丛,有红梅,该是黄莺喜欢飞来的地方啊。等我退出之后,回到贫家陋巷,一无可观的梅林里,却能听到嘈杂的鸣声。它们夜间不叫,是因为想睡懒觉,这也没有办法。到了夏秋之末,鸣声变得苍老起来,那些身份低贱和没有教养的人,都给它起个"食虫鸟"的名字,使人感到遗憾和不可思议。如果是麻雀之类常见的鸟儿,那也罢了,但是黄莺是鸣春的鸟儿,所以才使人感到遗憾。"过年明日春来早"{过年明日春来早,静待黄莺自在鸣。《拾遗集·春》(素性)},黄莺都被写到和歌和诗文之中了。莺只在春天里飞鸣,那是多么难得啊。一个人,不像个人的样子,遭到世人的轻视,有谁还会谴责它们呢?鸟儿也一样,像鹞鹰和乌鸦等那种毫无情趣的鸟类,世上再没有人会稀罕和打听它们的。正因为如此,黄莺理所当然地受到人们的珍视,所以也就对它们的缺点感到不满。

一一五

观看贺茂祭归来的行列｛贺茂祭是四月里举行的庆典。"归来的行列"，是指贺茂的斋王回归紫野斋院的行列。｝，将牛车停在云林院和知足院前，听到杜鹃鸟也许受到节日气氛的感染，一时鸣叫起来。黄莺也学着那声音在高高的树林中鸣叫，这样的合唱煞是有趣。

至于杜鹃的鸣叫，其声优美自是不用言说。不知何时，听到它那得意地啼鸣起来了，想到它停宿于水晶花或花橘树中，将身子优雅地隐蔽着，那情景既可恼，又有趣。

五月雨的短夜，一觉醒来，静等之，只巴望比别人能早一些听到杜鹃的啼鸣。它竟在深夜间叫了起来，声音嘹亮，十分动听。令人心荡神摇，不知如何是好。谁知一人六月，就完全不叫了。

总之，其美真是难以形容。

大凡夜间鸣叫的东西，总是好的。婴儿除外。

四〇　高雅之物

高雅之物：身着薄紫的衣服，外面罩上白袭{自上至下白、白、紫色的三重汗衫。初夏更衣后的姿势。}汗衫。鸭蛋。刨冰里放入甘葛，盛在新制的金属碗里。水晶的佛珠。藤花。雪落在梅花瓣上。可爱的幼儿吃着草莓。

四一 虫

可爱之虫有：铃虫。蜩。蝴蝶。松虫。蟋蟀。纺织娘。裂壳虫｛附着在海藻上的一种虫。"海女割海藻，听到虫鸣常悲戚。"（《古今集·恋五》藤原直子）。｝。蜉蝣。萤火虫。说起蓑虫呵，因为是鬼的儿子，怕样子长得像父亲，母亲便给它穿上粗糙的衣服，吩咐道："已经快要刮秋风了，到时候我来接你，耐心等着吧。"说罢，便逃走了。儿子也不知道父母的去向，等到听见秋风的响动，到了八月，就绝望地鸣叫着："要吃奶｛原文发音为Chichi，有两种解释，即幼儿语的"奶"或"父亲"之意。｝，要吃奶。"听起来好可怜。

一九

磕头虫也好可爱。这种小虫似乎很有善心，到处磕头拜佛。于想不到的暗处，听到那哐咚哐咚的声音，真是有意思。

苍蝇自然是可恶的东西，没有一点儿可爱之处。它虽说没有招人切齿痛恨的大块头儿，但到了秋天，便在各种器物上乱爬，还用湿漉漉的脚抓蹬人的脸。端的可恨。有的人取名叫"蝇"，更是可厌。

夏虫可爱又可亲怜。于灯火近旁，看故事书时，围绕着书本往来飞旋，实在有意思。蚂蚁很可憎，不过它身子很轻巧，在水面上往来倏忽，倒也挺有趣。

四二　七月刮大风

　　七月里,大风劲吹、暴雨沛然的日子,天气凉爽,连扇子也忘在一旁。睡午觉时,盖着微微透出汗香的棉衣,那情味儿很有趣。

三

四二　不相配的东西

不相配的东西：身份低贱的人家下了雪。还有，月光照了进去也感到可惜。月色皎洁时，遇到粗劣的敞篷车子。还有，简陋的牛车却由高贵的黄牛拉着。年老的妇女挺着大肚子走路。假若这种女人伴有一个年轻的丈夫，那就更加令人寒碜。何况对于丈夫去幽会别的女人，还满怀嫉妒呢。

年老的汉子睡得晕头转向。还有老年人满脸胡子，拼命撮着橡子吃个没完。没牙的老太太咬嚼梅子，露出酸溜溜的表情。身份微贱的女子穿着红裤了。这阵子，净是这样的人物。

一三

卫门府的次官夜行的姿态固然不好，即便一身猎装，到底不像宫禁的人，也遭人厌恶。因为职业关系，穿着怕人的红袍子，虚张声势。夜巡的路上，在女子住居的周围转来转去，人家看了会很鄙视。而且总是用责问的口气喊道："有可疑的人没有？"随便混入一位女官熏香的房子住下来，将布裤挂在香气扑鼻的几帐上，实在是太不像话了。

面貌秀丽的贵家子弟，做了弹正台{律令制时期，追查都内违法案件、整肃官人纲纪的机关。}的次官，那是很不光彩的事。出身宫家竟也担任中将{指源赖定，正历三年（992）八月任弹正大弼，长德四年（998）十月任右中将。}之职，实在令人遗憾。

细殿 ｛中宫定子一直住在登华殿，直至长德二年（996）二月二十五日。由此推断，这里似乎指登华殿西厢，正当通往清凉殿的路口上。｝

四四 细殿的女官

细殿的女官们众多人聚合在一起，低三下四地争着同过往的行人交谈。这时，常常会有长得很秀气的小用人和小书童，背着漂亮的包裹和袋子走过。一端里露出裤腰带来。可以瞥见袋子里装着弓矢、盾牌等物件。随即问一声："这是谁的呀？"于是便进来稍坐一会儿，说道："这是某某老爷的。"这是很好的事。也有的出于害羞，回一声"不知道"，什么也不说就过去了，真是太不近人情了。｛女官们想挽住匆匆而过的漂亮男童们玩乐，而那些少年深知她们是拿自己闲耍，没有上女官们的圈套，所以她们心怀怨恨。｝

四五　主殿司

主殿司的女官{后宫十二司之一，担当后宫的清扫、薪炭等杂役。}，可以说还是不错的职位。在下级女官的身份中，没有比这更令人羡慕的了。实际上这是叫有身份的人干的差事。年轻貌美的人儿，穿着一身漂亮的服装，那一定更显得绮丽、都雅。稍微上了年纪的，知道些禁中的规矩，不至于唐突莽撞，诸处做得都很适当，无可挑剔。要是有个面目姣好的女儿，做了主殿司的女官，随着季节的更替，按当世的流风，穿着相宜的裙裳和唐装，步履姗姗地走来走去，那该多好。

四六　随身的男佣

有随身的男佣，实在是很好的事。一个出身名门、充满魅力的贵公子，没有随身跟着，显然是令人扫兴的。弁官{直属于太政官领导，左右分大中小三级。}固然是很气派的官位，但下袭的裙裾{束带袍下边的衣服。}太短，又没有随身跟着，看起来很不像样。

曹司 { 位于中宫职（处理中宫有关事务的机关）内的局，常代表中宫定子的居所。}

四七　中宫御曹司西面屏风附近

中宫御曹司西面屏风附近，头弁 { 藏人之头兼任弁官，此指藤原行成。他于长德元年八月任藏人头，常德二年四月权左中弁。} 站在那里长时间同人说话，我朝那里问道：

"是谁在那里呀？"

回答道："我是头弁，在和人说话呢。"

"看那亲热的样子，都说了些什么呀？等大弁一来，你呀，就会被甩开呢。"

他听罢，笑得前仰后合，说道："是谁连这事儿都对你说了？我这里正求她呢：'千万别把我扔下不管啊。'"

一二七

　　头弁这个人，为人低调，言语谨慎，不故作风流。人人都深知他有着一副平凡的品格。不过，我更了解他的内心。为此，我常对中宫进言：

　　"他不是个寻常人物呀。"

　　中宫也是这个看法。

　　头弁常说："'女为悦己者容，士为知己者死。'{《史记·刺客列传》。}"他和我一样，时常引用中国古人的话，我很了解他的内心。

　　头弁说，他和我两个人，就像"远江水边柳，分离又复合"。可是年轻的女官们，都对他看不惯，毫无顾忌地诽谤他："那个人我真不愿见到他。他不像别人那样写歌作乐，实在没情趣。"

　　头弁对那些女官从来没说过话儿，他曾说：

一二八

"我看到那种眼角上挑、眉毛爬上额头、塌鼻梁的女子,只要生就一副姣好的嘴角,下巴颏和脖颈鲜洁优美,声音也说得过去,我对她就很喜欢。话虽如此,但对于那些相貌丑陋的,总是心怀厌恶。"他是这么说的。没想到,那些下巴颏尖尖、缺乏魅力的女人,在头弁眼里是那般可憎可恨,居然当着中宫面责骂起她们来了。

　　头弁有事要转告中宫的时候,总是先通过我。有时下班回房舍,他就派人来召我去。有时他亲自来给我说。碰到我回家,他就写信或直接来找我。"假如你不能及时进宫,就派人直接向中宫报告,就说'这是头弁叫这么说的'。"

　　有时我很想推脱掉,便说:"还是找另外的人更合适。"他似乎不答应。

我说:"任何事都应随机应变,不拘泥一点,方可获得成功。"

他听了我的忠告,便说:"我的本性如此。"又说:"本性是很难改变的。"

我说:"那么说,'过则勿惮改'{《论语·学而》。}是指什么呢?"

头弁在我的追问下,呵呵笑起来了,说道:"人家都说,我和你关系亲密,既然能说些体己的话儿,又有什么不好意思的呢? 就让我看看你姣好的容颜吧。"{当时女子,除了父母亲友以外,一般不让别的男性直接看见自己的面颜。}

我回他说:"我生来丑陋,你曾说过,'不会喜欢上这样的女子的。'所以不能让你看到。"

头弁说:"说得对,要是真的丑陋该如何是好,还是不看为妙吧。"

他既然这么说了,即使有机会瞥见我的面颜,他自然也别过脸去不看。由此可知,他是内心话,并非谎言。

到了晚春的三月末,冬天的棉衣穿不住了。殿上值班的人大多只穿一件袍服。一天早晨,太阳出来了,我和式部{随侍中宫的女官。}一同睡在厢房里。这时,里间的窗户打开了,主上和中宫{一条天皇和中宫定子。}走进来。没办法起床了,怎么办呢?看到我们狼狈的样子,他们会笑话的啊! 我们只好在汗衫上面套着一件唐衣{唐衣是女官的盛装,汗衫则作为童女的盛装,

一三一

一般穿在最外面。}，从头到脚裹在衣服里。

主上和中宫到我们这里，是来看望出入营房{原文作"阵屋"，军队和侍卫的驻地、营房。}的侍卫，殿上人对主上和中宫的驾临毫不知情，都走过来说说笑笑。"不要叫他们知道我们在这里。"主上说着笑了。随后又到里间来，说道："你们两个也都来吧。"吩咐我们一起陪侍。我说："我们正在梳洗打扮呢。"所以就没有过去。

主上和中宫走进里屋之后，依然是那般雍容潇洒。我同式部坐在那里交谈时，看到朝南的拉门边，几帐一端突出的地方，帘子稍稍敞开，露出一块黑乎乎的东西。心想，那是则隆{橘则隆，六位藏人，清少纳言之夫则光的弟弟。}吧？随后也没怎么在意，依旧谈论着别的事。不料这回却伸过来一张笑嘻嘻的脸孔，只以为是则隆，谁知向那里一瞧，原来是另外的人！这下子糟啦，嘻嘻哈哈闹了一阵，赶紧把几帐遮严实了。那原来是头弁啊！本来是不愿让他瞧见容颜的，真是后悔莫及。同我一起坐着的式部，脸朝向这一边，所以没被背后的人瞅见脸部。

这时，头弁站出来说："这回我可看清楚啦！"我说："我只以为是则隆，太疏忽大意了。你不是说决心不看我的吗？怎么又看个仔细呢？"

头弁应道："俗话说，女子睡醒的娇颜难得一见。本想去女官的房舍窥视，或者来这里也能看到吧。于是就来了。主上在这里的时候，我也在这里了,你一点儿也没有觉察。"

打那之后,他就时常到女官房舍,掀起帘子一头钻进来同我说话儿。

四八 马

好马是：大体为黑马，有少许白毛者。青骢马杂有花斑者。灰褐马。枣红马。白鬃白尾马，或者称木棉发者。

黑毛，而四蹄雪白者尤为上品。

四九　牛

好牛是：额间有极小块白毛者，腹下、四肢、尾巴全为白色者。

五〇　猫

好猫是：背为黑色，腹部雪白者。

杂役 ｛原文作"杂色"，历属藏人所、院司、东宫和摄关家，从事杂役的无职人员。这里指公卿家使用的车副(随侍车马的人)。｝

随从 ｛宫中赐给贵人担任护卫的近卫府侍卫。｝

五一　杂役和随从

　　杂役和随从以身体稍瘦而修长者为佳。男性一般倾向于年轻者。体肥者，看起来昏昏欲睡。

五二　小舍人童

小舍人童{近卫府派遣随侍中将、少将或贵人的儿童,此处当指供贵人使唤的少年。}身个儿小,头发十分整齐固然好。要是发丝光洁爽利,稍带翡翠色者更为佳妙。此种少年声音润朗动听,聪明伶俐,善解人意,使唤起来得心应手。

五三　牛车驭者

牛车驭者以身高体壮、头发稀疏为宜。面色红黑,头脑灵活者更好。

五四　殿上的点名

殿上的点名也很有意思。侍臣们在主上御前侍候的当儿，一一点呼姓名。听到殿上人足音杂沓，喧嚷一团。这时，我们女官便走到"御局{似指弘徽殿的后妃房舍。}"东面，侧耳静听。遇到自己相熟的人名，突然心中一震，不由慌乱起来。还有，要是听到一个从前的旧相知，最近却冷淡起来，生死未卜，偶尔在这里听到他的名字，那又会作何想法呢？女官们议论纷纷，说那些人报告自己姓名的时候，有的声音好听，有的难听。那也是挺有趣的。

一四一

殿上的点名似乎结束了，正在静听时，轮到宫中警卫点名了。他们一边拉响弓箭，一边脚步杂沓地向殿上集合。这时，藏人们踩得地板咚咚响，长跪在东北角高栏附近，面向主上，背对警卫队列，问道："某某来了吗？"那场面很有意思。

警卫们通报姓名，声音有高有细，加上有些人因为值班没到，便一一汇报上来。藏人问："缘何没来？"听到申明了理由，按惯例藏人就回去了。有时候，藏人方弘﹛源方弘，文章生出身的六位藏人，有名的疏忽大意之人。长德二年（996）正月至长德五年（999）正月在任。﹜什么也不问就回去了。公卿们敦促他注意，方弘大发脾气，对着警卫一番斥骂，遭到宫中警卫们的嘲笑。

还有，这个方弘，还把鞋子放在御膳房的膳

食厨上,闹得沸沸扬扬。主殿司的女官和其他人都说:"这是谁的鞋子呀? 我们不知道。"方弘亲自走来说:"哎呀呀,这是方弘的脏东西呢。"于是,又引起一阵骚动。

五五　年轻而有身份的男子

年轻而有身份的男子,对身份低贱的女子直呼其名,仿佛成了习惯,这是很可憎的。虽然知道,"你叫什么来着？"故意装出想不起她的全名来为好。半夜里跑到宫中女官的房舍叫人,这本来就不合适。不过,宫中有主殿寮,一般的地方有侍卫所,带着那里的人同去,让他们呼唤女子就行了。因为自己大呼小叫起来,人家一听就知道是谁。

但呼唤自己的侍女或童女时,就无妨碍了。

五六　青年和婴儿

青年和婴儿,胖胖的为好。地方长官等上了年岁的人,也是肥胖些为宜。

五七　稚儿

稚儿，佩戴着奇妙的弓箭，或舞动着鞭子之类玩耍，那样子是很可爱的。车子停在那儿，真想抱来仔细瞧一瞧呢。车子行驶起来，熏香满路，那也是别具风情啊！

五八　漂亮的宅第中门敞开着

　　漂亮的宅第中门敞开着,雪白的槟榔毛的车子,内里挂着苏芳色的垂帘,艳丽夺目,架在木榻{停车的木架。}上。那光景煞是好看。官居五位六位的人,将内衣的衣裾掖在腰带里,崭新的白色笏板,插着扇子,随处走动。还有的带领着身穿正装、背负着壶胡箓{细长的箭筒。}的随从,进进出出。那样子很相宜。厨房里做活计的侍女,打扮得很利索,走出屋子问:"是谁谁家里的人来了吗?"这也是很有意思的。

五九 瀑布

瀑布，无声瀑布{凡瀑布皆有声，而言无声，文字暗含幽默之趣。}最好。布留瀑{位于奈良天理市，乃光孝天皇行幸过的瀑布。但光孝天皇并非法皇，故法皇行幸一说之史实不详。}，据闻是法皇御览之处，固然美好。那智瀑{位于和歌山县东牟娄郡。}，听说是在灵场熊野，更令人感动非常。轰鸣之瀑{似指宫城县仙台市岩切瀑布。}，水声哗然，多么令人惊心动魄！

六〇　河川

河川：飞鸟川{流经奈良县高市郡的河流。"时世皆如飞鸟川，昨为流水今浅滩。"（《古今集·杂下》读人不知）}，流水浅滩，变幻无常，惹人感慨。大井川、音无川、七濑川。耳敏川{流经京都市朱雀门前二条南。"流过禁中大宫近旁的耳敏川呵，你听到主上说些什么呢？"（《古今六帖·第三》）}，那么又在侧耳倾听着什么呢？这倒颇有意味。玉星川、细谷川。系贯川与泽田川，令人想起催马乐来。{催马乐《席田》："席田的席田，仙鹤住在系贯川……"《泽田川》："泽田川，湿袖管，河水浅浅……"}名取川，真想问一句，取了个什么好听的名字呢？{"陆奥名取川，无名亦有名，既然没有名，叫我作何评？"（《古今集·恋三》壬生忠岑）}吉野川。天野川,"这里不是织女住的地方吗?"("狩猎日暮,找来到田野川,这里不是织女住的地方吗?"《古今集·羁旅》在原业平)业平歌咏过的,很有意思。

晓归的人 { 指拂晓从女人住地归家的男人。}

六一　晓归的人

一早从女人那里回去的人，都穿戴得十分整齐，乌帽子的带子和头绳儿扎得很紧。这样的装束总有些令人失望啊。倒不如一副浪荡相，叫人不忍看上一眼的好。即使一身便服或猎装，人们看惯了，谁又会嘲笑和挖苦呢？

男人早晨同女子惜别，还是讲究点儿风情为好。懒懒地赖在床上不肯起来，女人硬是催促道："太阳晒屁股了，快成什么样子了呀？"这时，男人叹了口气，怀着不很满足的心情，看那样子着实可怜。他坐在那里，裤子也顾不得穿好，就连

一五一

忙凑到女子身旁，对着耳畔，再温昨夜一番情话。然后磨磨蹭蹭的，衣带都不好好系紧。拉起外边的吊窗，挽着女人一同走到大门口。两情依依，白天里总怀着一种不安，口里诉着苦，随后离开女人的家门。此时，女子自然目送着男人的背影，那副难舍难分的样子，多么富有柔情蜜意啊！

实际上与此相反的情景是，男人大多另有相会的女子，急速地从床上爬起来，慌慌张张做着各种准备。扎紧裤子的腰带，穿上便服、袍子或猎装，卷起袖管儿，将胳膊一下子插进去，系紧腰带。跪在地上系紧乌帽子的帽带，"啪"地朝头上一叩，将扇子和叠纸之类放在枕头边。然后自然地收拾一下散碎的杂物，只因晦暗一片，什么也看不见。

"放在哪里了呀？"摸索了老半天，好容易找到了，于是吧哒吧哒打着扇子，把叠纸塞进怀里，道一声"失陪了"，随后扬长而去。

六二　桥

桥：浅水桥、长柄桥、天彦桥、浜名桥、独木桥、假寐桥、佐野的船桥、堀江桥、鹊桥〔想象中架在天河之上便于牛郎织女相会的桥。〕、山菅桥、浮桥、一块木板的棚桥。这些桥都很小巧，显得心胸狭窄。听了名字，倒也有些意思。

六三　村落

村落：逢板村、远望村、寝觉村{"东路寝觉里,长夜雁初鸣,孤衾守空房,声声唤我名。"(《古今六帖·第二》)}、人妻村、信赖村{位于长野县上伊那郡,信赖对方之意。"想起信浓伊那郡,何人唤作信赖村?"(《夫木抄·杂十三》)}、夕日村。夺妻村,这名字很幽默,是妻子为人家所夺,还是自己夺了人家的妻子呢？伏见村、朝颜村。

六四　草

草：菖蒲、菰蒲。葵很有意思，自神代{神武天皇之前的神话时代。}以来，作为簪在头发上的饰物，颇显风流。葵的枝叶形态也很有趣。泽泻，又名面高，也很有意味儿。想是高扬着头，很傲慢的样子吧。三棱草、鸭吃草、苔藓、雪里生长的嫩草、岩缝草。酸浆草，当作花纹染在绫罗上，比其他的草都好看。

危草，长在危崖的尖端，正如名字中的"危"字，无依无靠。{"观其身世，犹如崖头尢根草。"（《和汉朗咏集·无常》罗维）}显得很不安定。常春藤，更是无可捉摸，使人觉得很可怜。它比那悬崖更容易崩落。如果生长在白粉墙头上，那几乎是不可能的事，这是它的弱点。无事草，是取其平安无事之意吧。

相思草{羊齿类植物，生于树上或檐下。}，很可爱。道旁草，也很有意思。茅花，也颇带风情。蓬艾，更富有情致。山菅、日阴草、山蓝、浜木棉、葛、小竹、青葛、荠菜、早苗。浅茅，也很有意思。

莲叶。较之其他草类更为高雅。故有"妙法莲华"的比喻。{普度众生的妙法，比喻为莲华。以莲华作为极乐净土的佛座。妙法莲华经。}以莲花供佛，莲子串作佛珠，祈念阿弥陀佛，以遂极乐往生之缘。于其他花朵不开的夏季，池塘的绿水，映着艳红的花朵，那情景多么美好。汉诗中有"翠翁红"之说。{"烟翠扇开清风晓，水红

衣泛白露秋。"(《和汉朗咏集·莲》许浑)此处的"翠翁红"疑为"翠扇红"之误。}

　　唐葵，花朵随日影而倾斜，虽为草木亦有情。指烧艾、八重葎。露草易于褪色，故不讨人喜欢。

{露草，花蓝色，以花汁染衣，色易褪。}

六五　草花

　　草花：瞿麦。唐土的石竹不必说了，日本的瞿麦很优秀。{日本人用来比喻外表柔弱、内心坚韧的女子。}女郎花、桔梗、牵牛花、刈萱、菊花、壶堇{紫堇的一种，其叶如壶。}。龙胆紫，虽枝叶繁乱，但开于百花凋枯之时，色彩艳丽，独树一帜。真是别具风采。叶鸡头花，虽说没有值得特别称道的地方，但那楚楚可怜的样子，实在招人喜爱。文字上写作"雁来红"。

　　岩菲花，颜色虽不浓艳，但极似藤花，春秋开放，十分有趣。

　　胡枝子，花色极为秾丽，开在柔软的枝条上，浥满朝露，婀娜地低伏着，颇带风情。雄鹿尤其喜欢来到胡枝子花旁，{"牡鹿惯来小野萩，枝头露水当自消。"(《后撰·秋》纪贯之）}甚是感人。八重棠棣花。

葫芦花，花形似牵牛。朝颜夕颜{牵牛花和葫芦花，日语中分别称朝颜和夕颜。}，二者相对。尽管花的姿态独具风情，但果实却失去了葫芦本来的样子，令人遗憾。为什么会这样呢？难道生来就是如此吗？真希望它能像酸浆等一样啊。不过，"夕颜"这个名字很好听。绣线菊、苇子花。

有人说："草花中不收入茅草，那是很奇怪的。"这话说得对。整个秋天原野的情趣，全在于芒草了。花穗暗红而浓艳，湿漉漉地飘摇于朝雾里，那番情致何物能够与之相比？然而到了秋末，再也看不到它的踪影。等到五颜六色盛开的小花凋落之后,芒草披散着满头白发,直到冬尽。而它自己却全然不知,依旧怀着思念的表情,颤巍巍在风中抖动。这一点多么像人!有些人的心绪差可比拟,联想到这里殊觉可怜。

六六　歌集

歌集：古代《万叶集》《古今集》。

六七 歌题

歌题：平安京、小马、三稜草、冰霰﹛"霰流板间风，寒夜独难眠。"(《古今集·六帖·第一》)﹜。

六八　说不出的担心

说不出的担心是：上比睿山修行的和尚的母亲，想起十二年没有回家的儿子。来到陌生之地，或者遇到一个没有月亮的暗夜，人们说："光线明亮，看得太清楚反而不好。"黑灯瞎火，也不点灯，大家彬彬有礼地并排坐着。新来的用人，也不熟悉他的人品，捧着贵重的礼物，派到别人家里办事，老是不回来。不会说话的吃奶的婴儿，歪拗着身子，不给人抱，只是哭个不停。

六九　无法相比

　　无法相比的是：夏季和冬季。黑夜和白昼。人的喜笑和愤怒。老迈和年轻。白和黑。心爱的人和憎恶的人。虽是同一个人，爱自己之时和不爱自己之时，判若两人。火和水。胖子和瘦子。长发人和短发人。

　　成群的夜鸟聚在一起，有的睡觉有的吵闹。还有的差点儿掉下来，于是慌慌张张从一棵树飞向另一棵树，用刚睡醒的模糊的声音鸣叫着，听起来同白天不一样，倒是挺有趣的。

七〇　秘密的幽会

躲开人眼来到幽会的地方，当属夏天最有意味。夜短很快迎来黎明，一点儿也没有睡。到处都很敞亮，凉风宜人，哪里都看得清清楚楚。因为还有些要说的话儿，正在有问有答时，就在坐着的那个地方上头，乌鸦高鸣一声飞走了，心想，到底是被它看到了，觉得挺自在的。

还有，于严寒的冬夜，同心上人相拥在被窝里，听钟声仿佛从什么东西的底下传来，十分动听。公鸡起初也是将嘴藏在羽毛里啼叫，听起来深沉而悠远。随着天色渐次明亮,近处也能听见鸡鸣,很是有趣。

七一 恋人来访

恋人来访自不必说，有些是亲友过来闲聊天的，还有的根本没有这层关系，只是偶尔来访的男人。他们看见帘内许多女官，坐在一起谈论着什么，就挤进来坐下一道聊起来。跟来的小厮们，看主人没有急着要回去的样子，等得有些不耐烦了，就说："斧头把子都要烂掉了。"{晋王质的故事：王质于石室山观仙童下棋，一局未了，斧柄已烂。(《述异记·卷上·十三》)}他们打着长长的哈欠，心中暗暗嘀咕着："简直受不住了，所谓烦恼苦恼{佛语，极度苦恼之意。}就是如此啊。现在已经到半夜了。"这话听起来很不顺耳。小厮们发发牢骚原也不足为怪，但说起坐在那里的人，平日看到或听到的他们的一番风情，这回完全消失了。

此外，虽说没有直接说出来，只是"唉呀唉呀"地大声叹气，心里似乎想到"下行水"｛"心事翻腾下行水，此时无言胜有言。"（《古今六帖·第五》）｝的歌词。这是很可同情的。有时在板墙或竹篱外面，传来一声："要下雨啦！"实在是大煞风景。

身份高贵者的随从一般不会如此。公卿家的人也不例外。但身份低贱的人的随从都是这副样子。可以使唤的人有很多，应该从他们中间选择心地善良者作为身边的随从。

七二　稀罕的事

稀罕的事是：被岳父夸奖的女婿。为婆母所中意的媳妇。能够拔掉毛发的银镊子。不说主人坏话的跟班。没有一点儿癖好的人。容貌、气质和风度都很优秀，一生一世都无可指责的人。住在同一个地方，和同伴互敬互爱，处处留心，谨小慎微的人。但事实上见不到这种人，因为实在是太少有了。

抄写故事书与和歌集时，不将墨沾在书本上，那是很稀少的。因为抄写古书，无论怎么注意，都会把书弄脏的。男女交际自不必说，即使同为女子，亲密无间地长久维持下去，也至为难得。

七三　宫中女官宿舍

宫中女官宿舍位于后殿，很是有趣。将上方的吊窗拉开，风阵阵吹进来，夏天里也凉快，倒是挺不错。冬天呢，雪或冰霰随风一块儿飘进来，也颇有趣。房屋窄小，女孩儿们进来，虽说没有地方玩耍，但躲在屏风后头，不能像在其他地方高声朗笑，这太好了。白天也不可疏忽大意，要时时留心，夜间更是放松不得。这倒也蛮有意思。

整夜听着杂沓的脚步打房前通过，忽而又停歇了，只用一个指头敲门，不由一惊："该不就是他？"那声音好不令人高兴。敲了老半天，屋里都

一七一

没应一声。"或许睡下了。"那男的有些失望，里边的女子也有些不忍，稍稍挪动着身子，衣服弄得窣窣响。那男人定是以为"她还没睡"吧。

碰到冬天，火桶里火筷子的响声虽说很轻微，外头的男人也还是能听见。于是，他敲门敲得更急躁，甚至喊门了。有时女人答应一声，悄悄走到门边问他要做什么。

有时候，好多人一块儿吟诗作歌，用不着敲门，这里先把门敞开了。平时不大来这里的人，也都驻足观望。人多了坐不下，就一直站到天亮。这也是很令人向往的事。

几帐的帷帘十分鲜艳，帷幕低垂，层层密密。襟裾相连之处，贵家子弟济济而坐，直衣的背部开着大口子。六位的藏人身着青色的袍服,他们再也不能得意洋洋地将身子靠着拉门站了,而是将脊背抵在围墙上,双袖相笼,恭谨而立。这也是挺有趣的。

还有,身穿浓艳的裤子,上衣下露出多件五颜六色的下裳来。他们从帷帘外头挤入,将半个身子藏在帷帘内,那样子从外头看过来自有风情。只见那人将一方华贵的砚台拉近身边写起信来了。有时,他借镜子,照照自己的面颜。那样子处处都使人心动。

立着的三尺的几帐,上缘和帷盖之间留着空隙。为此,站在外边的人和坐在里头的人,两人说话时脸儿磕脸儿。这也是很有趣的。要是碰到

七四　中宫住在职所时，庭树茂密

中宫住在职所时，庭树茂密，古木森森。房舍高渺，虽说没有亲切感，但不知为何，又觉得颇有意思。据说堂屋里闹鬼，隔离开了。南侧的厢房里设立中宫的几帐，作为御座，一侧的厢房有女官侍候。

公卿们晋见皇上时，前驱们从近卫御门走到左卫门，其警跸声{清除道路，叫人肃静的呼喊。}很长。与此相比，殿上人前驱们的警跸声则很短。为此，女官们听了便议论纷纷，指认着谁是大前驱谁是小前驱。一次次听得多了，就能分辨出谁和谁来,"那是张三,那是李四。"其他女官就说:"不对不对。"于是差人去看,猜对的便说:"瞧,本来就是嘛。"这真是令人高兴的事。

一日,残月在天,大雾弥漫。女官们在庭院里散步,中宫似乎听到响动,也起来了。这时,御前值班的所有女官都到院子里游玩。夜色渐渐明亮起来,我说:"咱们去左卫门卫所看看吧。"大家争先恐后一同往那里走去。路上突然听到一群殿上人大声吟诗:"什么什么一声秋。"{池冷水无三伏夏,松高风有一声秋。"(《和汉朗咏集·纳凉》源英明)}似乎正向职所走来,我和女官们赶紧先逃回屋子。殿上人问女官们:"你们是在赏月吗?"说罢,激动地吟起歌来。

就这样,不论白天黑夜,殿上人往来不绝。

一七七

至于那些朝见皇上的公卿们,只要没有特别紧要的事赶回去,也必定来拜访一下中宫职所。

七五　无聊的事

无聊的事：好不容易找到个宫里当差的事，但懒得做事，提不起劲儿，觉得很麻烦。领养的女儿脸长得不好看。把个相不中的男人，硬是招来做女婿，处处都不如意，事后叹息不止。

七六　令人愉悦的事

　　令人愉悦的事：进献卯杖｛正月卯日，将柊木（刺叶桂花）、桃、梅、木瓜等枝条，截成五尺三寸，捆扎成束，由诸卫府送入禁中，以被除不祥。｝的法师。演奏神乐的指挥者｛一曲将尽，随之起立作舞。｝。手里挥动着神乐旗幡的人。

御佛名祭 { 自十二月十九日开始的三日间，唱三世诸佛之名号，以祈求消灭罪障。这天于清凉殿御帐台中挂观音像，两厢立绘有地狱画的屏风。}

七七　御佛名祭的第二天

御佛名祭的第二天，主上命人将地狱画屏风拿回馆舍，交给中宫御览。中宫对我说"一定看，一定看"，可就是不看。我实在没办法，只好藏在小屋子里。

这天下了很大的雨，因为实在没事儿干，就把殿上人招到弘徽殿馆舍 { 中宫定子的御所。}，到那里演奏管弦乐。道方少纳言一曲琵琶十分精彩。济政的筝演奏，行义的笛子，经房中将的笙等，音色明丽而响亮。一曲既罢，大纳言殿下停下弹琵琶的手，吟诵道："琵琶声停物语迟。" { 白居易《琵琶行》：

此时，躺卧的人也坐起来，说道："佛的刑罚太可怕，这种出色的演奏，连菩萨也受不住啦。"他的话，把大伙儿逗笑了。

> "琵琶声停欲语迟"。此处故意改一字。

头中将 ｛藏人的头目兼近卫的中将，此处指藤原齐信。｝

七八　头中将听谗言

　　头中将听到无中生有的传言，一个劲儿诋毁我，说："为何将她当作一个人表扬呢？"即便在殿上他也毫不顾忌地贬斥我。我听了虽然很气馁，但只是笑笑，不当回事。"要是真的，那也罢了，如果谣言，自当会不攻自破。"头中将通过黑门时，总是用袖子捂着脸，全然不向这边看，现出鄙夷的神色。我呢，横竖不说一句话，也不朝他那里望。

　　二月末的一天，下着大雨。百无聊赖之时，逢宫中"御物忌"｛天皇御物忌时，侍臣们集中于殿上，共同避忌。｝，头中将也在，他说："虽说有些瞧不起，但自己总

一八三

有些无聊和寂寞,能否说说呢?"人们到我这里说了这件事。"怎么会呢?"我听了也就撂下没管。

那天整日呆在自己的房子里,到了晚上才进宫去。中宫倒已经进入寝殿了。女官们将附近厢房内的灯火端到近旁来,一起玩拼字游戏。大家见我来了,都说:"啊,太好了,快来吧。"但中宫已经就寝了,觉得很没意思,心想干吗这会儿进宫来呢?

我一坐在火炉边,大伙儿围坐在一起闲聊。这时有人大声喊道:"某某人前来拜访!""这倒奇怪,我刚刚到这里,怎么就会有人找呢?"差人去打听,回说是主殿寮的人。还说:"不是传口信,而是要直接谈话。"我出去一看,那位官人就说:

"这是头中将给你的信,叫你早点儿回他。"他不是很讨厌我吗? 这究竟是怎样的信呢? 我想,也无须那么急着去见,就说:"那人可以走了,回头我会回复的。"主殿寮的人听说我把信揣进兜里,又同别人闲聊起来,就立即折回头,说道:"主人命令我,要是得不到回信,就把原信要回来。您可要快些回啊!"该不是《伊势物语》{《伊势物语》的书名"伊势"(Ise)二字,同日语"伪""赝"(Nise)发音相近。}般的假冒吧,打开一看,水蓝的薄纸上,写着秀丽的文字。但也没有什么使人心情激动的内容。其中有"兰省花时锦帐下"的句子。然后又写道:"下面的句子怎么办,怎么办?"

我想我又该怎么办呢? 假若见到中宫,我

会给她看,商量着该是什么句子。如今我要是装出知道下句,再用蹩脚的汉字写出来,那太难看了。我无暇多作考虑,主殿寮的来人又一再督促,弄得我心慌意乱,于是就在来信后边的余白之处,用炭柜里烧过的炭块,写了:"草庵来客是谁人?"{《白氏文集·庐山草堂夜雨独宿》:"兰省花时锦帐下,庐山雨夜草庵中。"意思是:友人现居兰省(尚书省)之要职,在百花烂漫之时,侍天子于锦帐之下;而自己孤身于庐山草庵之中,耳闻夜雨潇潇,何等凄清?《白氏文集》并非当时女子教养修身之必读书,故写信者引出上句,意在考问收信者是否知道下句。作者虽然知晓,但想到对方既然如此厌恶自己,何必认真作答,故以半句对出,亦颇显机巧之至。}随手交给了他。打那之后,对方也没再回音。

人们睡下了。第二天一早我回到自己房间,听到源中将声嘶力竭地喊道:"这里有草庵吗?"

我回答说:"您问得好生奇怪,哪里会有那种不同流俗的东西呢? 您要是探访'玉台〔指金殿玉楼。"今日不见玉台在,惟有一座茅草庵。"(《拾遗·夏》读人不知)〕',我一定会回答您的。"

他听到我的声音就说:"太好了,原来你在女官房里,我正要去上头找呢。"于是,他就把昨夜的经过说了一遍。

原来在头中将的值班房里,六位有头脑的藏人全部相聚在一起,谈论着很多人过去和现在的事情。最后头中将说:"自打那个女子同我断绝来往后,我便没着没落地很难生活下去。我盼着她能先给我个口信什么的,可等了好久,全然没有动静。她一味不理我。这太叫人生气了。今夜不管好坏,总得来上一手,向她讨个说法啊!"于是大家商量后决定写信。可听主殿寮的人说,我当时没看,就进屋里了。于是就命他折回头,吩咐道:"你挽住她的胳膊,叫她好歹立马写回信。如果不回,就把原信索要回来。"冒着那样的大雨派人去了,结果及早地回来。"看,这个。"那人拿出来的却是原信。"是她退回的吗?"头中将瞥了一眼,"啊"地惊叫一声。大伙儿很是纳闷:"奇怪,到底怎么回事呀?"凑过去一看,头中将随口说道:"真是个狡黠的女子,切不可小觑她呀!"大家顿时嚷嚷开了:"再把她那句诗的上一句对好,给她送去。请源中将对吧。"最后弄到半夜也没个结果,就作罢了。大家商量好了,务必将这件事传到社会上去。

源中将很是难为情地对我讲述着,"眼下,大伙儿将你的名字改为'草庵'了。"说罢,他急匆匆走了。

"这种极不光彩的名字,留到后世去,真是太遗憾了。"正说着,担任宫中修缮次官的亮则光﹛橘则光,任修理职的"亮"(次官)。此人同作者一度结婚,生一子名则长,后离异。﹜走来说:"我是特来报喜的,本以为你在宫里,现在又找到这里来了。"

"什么事儿啊? 我没听说今秋里京官有什么新的任命呀,您都做了什么官儿啦?"我这么一问,他说道:"不是,我说的大喜事就是昨夜的事啊。为了告诉你,盼呀盼地好容易等到天明。再也没有比这更为体面的事啦。"于是,他原原本本讲了一遍,结果跟源中将说的一模一样。他还说:"头中将说了:'看那回信的情景,干脆把她忘却算啦!'当时在场的人,经过深思熟虑后送去的信,使者又空手带了回来,这样反而好。到了第二次带来了回信,这算怎么回事呢?心里咯噔一声。其实,有了这回信反而不好,连我这个老哥哥也没面子啊!谁知一切都很成功,很多人都很感动,一致赞扬起来。他们对我说:'老兄,老兄,快过来听听吧。'我心里乐滋滋的,可嘴上却说:'这些文雅方面的事,一向同我没关系。'他们说:'不是让你给予批评或理解,只是让你去大肆宣传一番。'大伙儿这么看我,令我感到遗憾。于是相商道:'打算附上上一句,可怎么也想不出来,其实它既然提到草庵,有什么必要再写回信呢? 如果回答得句子做得不好,反而留下笑柄来。'大家一致谈到夜半。这件事对你对我不是很可庆贺的吗? 比起升任个一介小官,更令人高兴啊!"

我心里暗暗吃了一惊。这件事原来是众多殿上人一起商量好的,我却认为是头中将个人的私信。一旦疏忽大意,就会吃亏上当。我这个所谓的他的"妹妹",连主上都知道得一清二楚。人们不称他的官名——修理亮,而送他一个诨号,叫"兄长"。

正在说着的当儿,中宫差人传话来,叫快点儿去。随即参见了,谈的也是这件事。原来主上来过，他笑着对中宫谈起这件事。最后中宫对我说："殿上人都把那句对句写在扇子上了。"我想，是谁将这事鼓噪出去的呢？

　　打那之后，头中将也丢掉了用袖子捂脸的旧习，似乎对我也客气起来。

七九　翌年二月二十余日

翌年二月二十余日，中宫迁徙到御曹司去了，我没有同行，留在梅壶{凝花舍，庭有梅花，故称。本为中宫居所。}。第二天，头中将来信说："昨天夜里，参拜鞍马寺，今晚打算回去。但由于方位不吉利，必须改向迂回而归。抑或将于天不亮时抵达京城。很想同你谈谈，请等候，免得我着力敲门。"

信上虽这么说，但御匣殿{位于贞观殿，为天皇缝制朝服的地方。主事者为中宫定子的妹妹，道隆的四女，称"别当"。}差人来说："为何孤单一人留在女官房里呢？到这边来睡吧。"于是便到那边去了。

一九三

长眠后醒来，回到自己房里，使女说道："昨夜有人一个劲儿敲门，起来一看，来人说：'她上边去了？那么就请这样告诉她。'我回他说：'即便传过话去，也未必会起来的。'回绝他后，又睡下了。"这事儿做的总觉得不大对劲儿，此时主殿司的人走来说："头中将说了，他马上从上头回来，有话要跟你讲。"我回他说："我正要去办事，就在那边说吧。"我打发他回去了。

若是在女官房，我生怕他一头闯进来，那样更麻烦，便将梅壶东面的凭窗高高拉起，说道："就到这里来吧。"头中将仪表堂堂地迈开了脚步。樱花的绫罗直衣十分豪华，光闪闪的里子，穿戴得说不出的清爽、靓丽。浓紫色的裤子，织满了折枝藤花的纹络，绚丽夺目。下面的衣服是深红色，闪耀着砧打后的光泽。白色或薄紫色的内衣，重重叠叠。逼仄的廊缘上，上半身紧靠帘子而坐，一条腿垂挂到廊子下面。那样子就像在画里，或者就像故事书里描写的那般漂亮。

梅壶的梅花，西边是白梅，东边是红梅，虽说有些凋谢了，但依然香艳多姿，明媚的阳光朗朗照着，独具风情。要是御帘的内侧，坐着年轻的女官，梳着整齐的秀发，长长地披散到肩头和脑后，那才真像神话一般呢。若是能以那般风采同外头的中将一问一答，那将是多么美好的风景！可惜韶光易逝，徐娘半老，头发仿佛不是自己的了，蓬乱而又卷缩。当时穿着丧服，颜色深浅不

一九五

一、｛前一年（长德元年）四月，中宫定子之父关白道隆去世，作者抑或为其服丧，按规定，丧服颜色因同死者关系远近而深浅不一。｝，似有若无。外面是浅灰的暗色，重叠的色感也不明显，只是随便穿在身上，全然没有引人注目的地方。再加上中宫不在场，也不着裳，上身只是披着一件夹袄，凄然地坐在那里。这就把当时的气氛给毁了，实在有些遗憾。

"我供职去了，有什么话要我捎带吗？你什么时候去那里呀？"头中将问道，"昨天夜里，我着天没亮，较之约好的时刻，及早地上路了，满以为你在等我呢。顶着皎洁的月光，由西京一路赶来，马上去敲打你的府门。好容易叫醒了值班的使女，她睡眼蒙眬地走来，回答得简直牛头不对马嘴。"他说着笑了。"实在是不走运呀,干吗叫那样的人当班呢?"可不是嘛,头中将说的有道理,我觉得对不住他。

不一会儿,头中将走了,要是有人从外面看到他那副气宇轩昂的样子,定会想到屋内有一位绝代佳人吧。相反,假若有人从里面看到我的背影,无论如何,也不会想到外面走着的是一位堂堂美男子。

日暮时分,上了职院。众多的女官汇集于中宫面前,主上方面的女官也都过来伺候。大家评论着故事书的好坏,指出了不中意的地方。举出《宇津保物语》的凉和仲忠 { 两者都是该书中的主要人物。凉本为嵯峨院皇子,其母是纪伊长者俊萌之女。仲忠幼年家贫,住在大树洞里,孝养其母。谈论这两人的优劣,乃当时之风气。} 等人物,中宫听了,也一同评论起孰优孰劣来了。一位女官说:"有一点可以先肯定下来,中宫也认为仲忠这孩子出身寒微啊。"我说道:"那怎么能比呢? 仲忠弹起琴来能引得天女下凡,凉怎能敌得上他? 凉能像仲忠一样,被天皇招为驸马吗?"那些仲忠一派的人,听了之后以为我和她们同党,一致说:"瞧,怎么样?"

中宫说:"比起书上的人物更值得一提的是,上个齐信来了。你要是见到他,该是多么地敬服和感动啊!"人们听了说:"可不是,比平时气派多了。"我说:"我来,本想先说说这件事的,可被故事书的事儿给搅了。"接着就把早上的经过说了一遍。大伙儿笑道:"这是人人都见到过的,但谁也不像你那般细针密线地看个仔细啊。"

她们又说:"头中将说西京地方荒寒,要是有人同去看了,那该多好。他说那里墙壁破败,遍生苔藓。宰相问他:'瓦上长了松树吗?'头中将大为赞叹,随口吟咏道:'西去都门几多地。'{《白氏文集·骊山高》:"翠华不来兮岁月久,墙有衣兮瓦有松。""衣"指苔藓。下文还有"何不一幸乎其中,西去都门几多地。"}"人们吵吵嚷嚷地对我叙说着,实在是很有趣的事。

八〇　出宫返乡

我出宫返回乡里之时，殿上人来访，人们也有好多闲言碎语。就我个人而言，自觉没有什么可指责的地方，所以对世上那些众口铄金的议论，并不放在心上，也不特别憎恶那些说闲话的人。对于那些昼夜来访的客人，我又怎好谎说"不在"，使他们悔愧而归呢？那些不很亲近的人，也时有来访。因为不胜烦扰，一般都不告诉他们自己这回返乡的居所。只有左中将经房君、济政君他们是知道的。

左卫门尉则光到我这里来闲聊，他说道："昨

二〇

日宰相中将{胜任宰相的头中将。}来说:'你妹子的居所,你不会不知道,请告诉我。'"他一个劲儿追问,则光说确实不知道。中将还是不肯罢休,坚持让他坦白。则光继续说:"明明知道,却偏要佯装不知,实在是很难受的,险些笑起来了。然而左中将却毫无觉察,坦然而坐。我要是瞧他一眼,肯定会笑出来。我忍着,抓起台盘上的海藻大口大口吃起来,借此想糊弄过去。不到吃饭的时辰,拼命大嚼这种东西,好不令人奇怪。谁知倒也好歹混过去了,终于没有露馅儿。要是笑出声来,那就全砸了。宰相中将还以为我真的不知道哩。你说好玩不好玩?"我对他说:"无论如何,你都决不能说出去啊。"说着说着,几天又过去了。

二〇一

夜深人静的晚上,有人使劲儿敲门。是谁呢?大门距离不太远,竟然如此毫无顾忌地敲得山响。派人去问,回说是泷口{担任宫中警卫的武士。}的武士,他为左卫门尉{指则光。}送信来了。信上说:

> 明天是宫中读经结缘的日子{二月和八月,宫中分别有四天召集僧众,讲解《大般若经》,第四天为结愿之日,自前夜始实行禁忌。},我将同宰相中将一同避忌。他一定会追问:"你妹子的居所在哪里? 快告诉我呀。"我实在没法子可想,看来是瞒不下去了。该不该如实告诉他呢? 你看如何? 我听你的。

我没有写回信,只是包了些海藻捎给了他。

此后,则光来了,他说:"昨夜里,我受到宰相中将好一顿训斥,迫不得已,只好带着中将随便到个地方转了一圈又回去了。中将真的发火了,他很难过。而且,你没有写回信,只是胡乱包了一包海藻糊弄我。这真是奇怪的小包,哪有将这样的东西包在一起送人的?我还以为是搞错了呢?"可不是,那个谜着实叫人猜不透啊。我也很感气恼,不再说什么,只是在砚台底下的纸上写道:

渔父潜水底,浪深知何处?
请君食昆布,只望装糊涂。{昆布,即海藻中的海带,古音读作"me",与"目"发音一致。"食昆布"与"使眼色"皆发音为

"mekubase"。因上文提及则光以吃海藻将头中将蒙混过去，这里暗示他用同样的办法对付头中将。}

则光看我在写字，就说："你在作和歌呀，我决不会看的。"说着，用扇子将纸片扇回来，一溜烟逃走了。

寻常里两人亲亲热热，无话不说，相互照料着，不知何种原因，关系变得疏远起来。则光来信说：

> 不论发生了什么不愉快的事，都不要忘记我俩以往约定的。我依旧是你的大哥哥，即便不再是自家人，也请你把则光永远看作

是哥哥吧。

则光常说："凡是思念我的人，她不可作歌给我看。否则就是我的仇敌。所以，想同我绝交的人，到了最后的时刻，那就请作首和歌吧。"于是，我便写了下面的和歌，作为回信送给他：

你我既分手，妹背山｛"妹山"与"背山"位于大和地方，意为"男女之山""夫妇之山"。吉野川流经两山之间。｝已倾，

不见吉野川，滚滚流水动。

信发出之后一直没有下文，难道他真的不再看和歌吗？

后来，则光叙爵五位，做了远江的地方官。自那之后，我们的关系就彻底断绝了。

八一　可怜相

对人露出一副可怜相的是：流着鼻涕，一边擤鼻涕，一边不停说话的声音。拔除眉毛描上黛色的女人。

八二　拜访左卫门卫所之后

拜访过左卫门卫所之后，退居乡间不久，中宫来信，叫我赶快进宫。她在信中写道：

上次你到左卫门卫所去，那背影一直令我念念不忘。你怎么一点儿也不顾念旧情，守在家里不出面呢？那天的事我想你也一定觉得很有趣吧？

我立即给中宫写回信，深表惶恐之意。并对送信的女官谈起我的心里话："我怎么会不以为那是很有趣的事呢？你也都听见了，中宫将那天早晨的光景，看作是'仙女下凡'呢。"

不久，那位女官使者送来中宫的回信："你一向喜欢仲忠，这回怎么又说出使他丢脸的话呢？{《宇津保物语·吹上下》："恹恹天将曙，渺渺晨光露，仙女下凡来，人间稍留驻。"此歌为凉所作，中宫对那次晨游念念不忘，意指作者体态轻盈，与歌中仙女下凡一般。而作者亦不加否定，无意中偏向了凉，而贬低了仲忠，故中宫有此言也。}今晚上，你抛开一切，赶快进宫吧？否则我会深深怨恨你的。"

我回信说："即便一般的怨恨我都受不住了，何况是'深深的'呢？舍命舍身也要去拜访您了。"于是我又进宫了。

八三　职院的西厢

中宫居于职院时,西厢房里不分昼夜有连续不断的读经会。挂着佛像,法师们席地而坐,面对着佛像诵读不止。

读经会刚刚开始两天,忽听廊子外头有人吵嚷:"佛前的供品该撤下来了吧?"众僧回答:"哪里哪里,还不到时候呢。"那是谁呀? 出去一看,原来是一位未老先衰的尼姑,穿着脏污的衣服,样子实在难看。我问:"你说些什么呀?"那尼姑便装模作样地说:"我是佛门弟子,想吃到佛前的供品,这些和尚不肯给我呀。"她的声音听起来,明朗而优雅。本来像她这类人，越是猥琐不堪，越能招人同情，但她却说话却是如此气派，令人厌恶。我说："你别的一概不吃，专吃佛前的供品吗？也真够讲究的哩。"她看我话里有话，便回答说："我哪里是不吃别的东西，是因为没有啊，所以才来索要供品的嘛。"给了她些水果和薄饼，随之成了要好的朋友，天南海北地聊了起来。

年轻的女官们也都来了，异口同声地问她："有男人吗？""有孩子吗？""住在哪里？"她都一一作了回答。她的话很有趣味，半带着玩笑。有人问："你会唱歌，会跳舞吗？"话没完，她就唱起来了：

二一

　　夜里和谁睡呀?

　　是和常陆介{常陆介即常陆(今茨城县)国守的代理次官。}睡。

　　躺着的肌肤凝如脂。

后面还有好多人的名字。接着唱道：

　　南山峰上的红叶，

　　那可是有名的呀，

　　真是有名啊！

　　她一面唱，一面摇着头，很是滑稽可笑。大伙儿催促道："走吧，走吧。"中宫说道："倒是挺可怜的，给她点儿东西吧。"接着又说："我在一旁听

二二

着,觉得好难受,再也听不下了,便捂起耳朵来。送她一件衣服,叫她快走吧。"

"这是上头赏你的。你的衣服脏了,这件是干净的,快换上吧。"我说着扔了过去。那尼姑伏地拜谢,又把衣服罩在肩头,跳起舞来了。实在可厌,大家都缩回屋子去了。

自那之后,仿佛成了习惯,当着众人的面,到处乱转。因此大家都按她歌中的句子,送她一个"常陆介"的诨号。她衣服没有换,依然浑身沾满煤灰,上回给她的那件干净衣服,也不知丢到哪里去了,惹得大家十分厌恶。

右近内侍{主上身边的女官。}来了,中宫对她说:"有这么一个人,同女官们都混熟了,时常到这里来

二一三

呢。"说罢便叫小兵卫｛中宫身边的女官｝学那尼姑的模样儿给她看。右近内侍说："我想见见她,请务必让我看看她吧。既然大家都很喜欢她,我也决不会一手抢夺去的。"她说着笑了。

此后,又有一位尼姑乞丐前来,人品颇为高雅,叫她过来问了各种事情,这位尼姑既难为情又很可怜。于是和前一位一样,送给她一件衣服,拜伏而去。临走时,她高兴得哭了。那位常陆介或许在路上遇见她了吧。打那之后,很长时间里,常陆介不曾出现,不过,谁又会想起她呢?

到了十二月十日之后,大雪积得很厚,下级女官们将雪堆在廊子上。女官们说:"与其堆在廊子上,不如干脆在院子里堆一座雪山。"于是,借

一二四

着中宫的名义召集侍卫们，对他们说这是中宫的命令，集合了好多人一块儿堆雪山。主殿寮的官人以及担当扫除的职员也都一起来了，堆了一座很高的雪山。中宫司的职员们也来帮忙出主意、助兴。主殿寮的人来了三四个，他们一共有二十多位，歇班在家的也都召了来，对他们说："今天前来堆雪山的人都有赏赐，凡是不来的一律扣除三个工作日。"听到这个消息的人，都急匆匆赶来参加，住处远些的就来不及通知了。

雪山堆起来了，请来中宫司的官员，拿来两束绸缎，作为奖赏，放在廊子上。每人取走一卷，躬身行礼，掖在腰间退出去了。身着袍服的官员，换上一般的狩衣，继续守在那里。

二一五

"这雪山能撑到几时呢?"中宫问女官们。"大约十天光景吧。"大家一致回答。中宫问我:"你看呢?"我说:"肯定能坚持到正月十日以后吧。"中宫也许认为:"尽管你这么说,也许等不到那个时候。"女官们众口一词:"年内,说不定撑不到月末呢。"我自己也认为说得太长了,看来等不到那个时候。要是说月初就好了。"管他去,即便等不到,话已经说出去了呀。"我坚持不再改口了。

二十七日前后,下了雨,雪山没有化,只是矮了些。我暗暗祈祷:"白山的观音菩萨,请不要叫雪山化掉。"我真的有些六神无主了。

再说造雪山那天,式部承忠隆{式部承乃为式部的三等官职,忠隆任式部承晚于造雪山后,作者可能记忆有误,或者说的是后来的官位。}

二一六

作为主上的使者前来参加。他拿出垫子坐下来说话。他说:"今天没有一处不在堆雪山。主上御前的壶庭堆了一座,东宫和弘徽殿也各都堆了。就连京极殿也堆了一座。"

我为此作了一首和歌:

> 本以为,
> 此地雪山最新奇;
> 谁知道,
> 处处雪山迎雪飘。
> 咱这里,过时了。{日语的"降"和"古(旧)",皆读作"Furu",同时关联"雪飘"和"过时"二语。}

二七

写罢,差个人拿给忠隆看,忠隆连连点头,说:"与其和一首,弄得不好反而有损原歌,留下笑柄。不如送到帘前{帘前,指那些能够评论和歌的女官们。},向各位女官披露吧。"他说罢就离去了。

听说他很喜欢和歌,今天未作返歌,倒是有些奇怪。主上听到了这件事,说道:"他定是想做一首优秀的返歌,作为回答吧。"

月末时分,雪山虽然略微小了些,但还是高耸而立。白天里,女官们围坐在廊子上,常陆介也来了。大家问她:"怎么这么久不见踪影?"她回答说:"没什么,都因我有些不如意的事。""什么事?""我是这样想的呀。"说着,她便拉长了嗓音,哼出一首歌来:

二一八

我好不羡慕呀,

那位瘸脚海女,

怎么会得到那么多东西？{这首歌亦多有相关之意。"瘸脚"意指获得的东西多,走不动;"海女"和"尼姑"同音,暗指那位瘸脚女尼。}

大家听了,又好气,又好笑。谁也不再理睬她。常陆介无趣地登上雪山,又围着雪山转悠了一圈儿,走开了。

其后我对右近内侍说了这事,她回信说:"为何不找个人送到这里来呢？ 她心情不好,独自爬上雪山,凄楚徘徊了一阵子,也真够可怜的呀。"

二一九

我看了回信，又忍不住笑了。

雪山依旧存在。过了年，元旦夜里，大雪纷飞。我想："真叫人高兴，雪山又会积得老高了。"可是中宫吩咐说："这样不好，原来的留着，新积的雪全都不要。"翌日早晨，我值宿后及早回来，侍卫长柚叶般浓绿的衣袖上，挂着系在松枝上的蓝纸包儿，颤悠悠地露出来。我问："这是哪里来的？"他说："是斋院{斋院，专事奉仕贺茂神社的未婚公主，或指其居所。当时的斋王为村上天皇的女儿，温文尔雅的选子内亲王。其母为中宫藤原安子。}来的。"我立即感到很不寻常，随即接过来，马上送回中宫那里。

中宫依然睡着，我趾着围棋盘，将御帐台的格子窗，用力顶上去，格子窗好重啊！因为单住

二三〇

　一边着力,格子嘎嘎作响,把中宫惊醒了。她问:"为什么要打开格子窗呢?"我回答:"斋院来信了,因为有急事,不得不这样做。"中宫说:"原来是这样。"于是立即起来了。

　　打开信一看,里面是两根约有五寸长的卯槌
{正月初卯日,互相赠答用作辟邪的礼物。用五彩的丝绦编织成,缀着长穗子。},
编制成卯杖的样子,头上包着纸,缀着山橘、石松和山苔草,很是漂亮,但没有信笺。"总不该什么也不写吧?"仔细一看,裹着卯杖顶端的纸上,附着一首和歌:

　　　山上斧头阵阵响,
　　　循声走去一看,

二三

正在伐木做卯杖。

中宫写回信的样子很是认真。中宫对待斋宫，无论是主动写信去，或者是给对方回笺，都特别用心，瞧，她重写了多少遍啊！她赏给斋宫的信使的礼物，是一件白绸子单衣。另有一件苏芳色的看来是梅红衫{原文作"梅袭"，表里皆红色或苏芳色的夹衣。}。雪花飘落之时，眼望使者肩头披着赏赐的衣服，回归斋院的宅第，倒也有几分风雅。可惜的是，当时没看到中宫信上写的是什么返歌。

再说那座雪山，看上去简直就是越路{现在的北陆地方，包括越前（福井）、越中（富山）和越后（新潟）。}的白山，没有消融的样子，只是变得黑黢黢的，样子很难看

三三

了。不过，倒也觉得争了面子，心里巴望着好歹能撑到正月十五。但女官们说："看样子挺不过七日呢。"大家都想看看这雪山到头来究竟会是什么样子。这当儿，忽然决定三日这天中宫要进宫。我心想："真是太遗憾啦，看不到雪山最后的结果了。"其余的女官们也都说："真想看个究竟啊！"即便问中宫，她也这么说。我也这么说。"本来猜中了，也让中宫看看这雪山最后的样子的。"现在不行了，只得趁着搬东西的忙乱时刻，将住在土墙边搭着凉棚的小屋内的园丁，叫到廊子附近来，亲切地吩咐道："你好好看管这座雪山，不要叫孩子们踩坏了，要力争保持到十五日。到了那一天，将会大大赏赐你，我个人也会十分感谢你的。"平

二三三

时赏给御膳房的侍女或用人他们不太喜欢的水果之类，这回送了好些给园丁。打发得他欢天喜地，忙不迭地说道："这个好办，我会看管好的。不过，孩子们定会来爬上爬下的。"我说："你一定加以阻止，要是他们不听，前来告诉我。"中宫进宫了，我一直陪侍到七日，然后退居乡里。

进宫期间，也不时记挂着雪山，心里不安，不断地使唤宫女、清扫工和杂役们前往督促，还把撤下的七草粥送给园丁享用，他再三拜谢。大伙儿听罢都笑了。

我在乡里，时刻将此当成一件大事，天一亮就打发人前去照看。十日那天，使者报告说："看样子能够保持到十五。"我听了很高兴。我不分量

二三四

夜派人去验证，到了十四日夜里，下了大雨，经过这场雨，雪也许全消融了吧？我心里很不踏实。"只有一两天光景了，就不能撑到最后吗？"我夜里睡不着，起来干坐着，一个劲儿叹气。听到的人以为我丢了魂儿了，一致取笑我。有人出去了，我一直坐在那里，将下边的侍女喊醒，她一直起不来床，很是惹我生气。好容易起来了，外婆叫她前去观望，她回来说："还剩磨盘大呢，园丁严格地照管着，不让孩子们靠近。他说了：'肯定能坚持到明天早晨，可务必要奖赏我啊！'"我听罢实在高兴，心想："赶快天亮吧，我明朝一定作一首和歌，裹着一捧雪，呈献给中宫。"我有些着急，似乎等不下去了。

二二五

摸黑起来，叫人拿一只木板箱，吩咐他说："挑拣些洁白的残雪，装进箱子背了来，脏污的部分全都不要了。"打发他去了，很快又拎着箱子回来说："早就化得精光了。"

我感到茫然，高高兴兴吟咏的和歌，字斟句酌，本想使人传诵一时的，想不到也白费力气了。"究竟是怎么回事啊？昨天不是还有雪吗？怎么一夜就化光了呢？"看到我有些灰心丧气，侍女说道："据园丁说，昨日里一直到天黑，雪还是有的，所以才想领赏的嘛。他拍打着两手感到十分懊恼。"正在吵吵嚷嚷的时候，宫中传来中宫的话，她问："今天还有雪吗？"经这么一问，我实在惭愧得无地自容，只得请使者这样回报中宫："大家本来都说可以撑到年内或年初，结果一直坚持到了昨天晚上，我想这已经很不容易了。要保持到今天看来有些过分了……也许有人怀恨在心，趁着黑夜铲除掉了。就请这么回答中宫吧。"

到了二十日，我进宫去，首先向中宫说了这件事儿。正像那个提着箱盖子、嘴里叨咕着"投身了"的和尚｛似源自《大般涅槃经》雪山童子半偈投身的故事：释迦牟尼前世在雪山修行，称作雪山童子。帝释天作偈赞曰："诸行无常，是生灭法。"释迦欲知后半偈何意，帝释天忽化为罗刹鬼，因饥饿而无力为他说法。释迦得"生灭灭已，寂灭为乐"之偈后，攀高木而舍身一跃。此时，罗刹复化为帝释天，一手接住释迦。｝，使者也是同样拿着箱盖子进来了，真是出于意外。我本想在箱盖上堆起一座小雪山，于白纸上写一首美妙的和歌，送给中宫的。听到我的一番述说，

二二七

中宫笑得前仰后合,周围的人也都笑了。

中宫说道:"你那般用心的事,却给弄砸了,本宫定要受到佛的惩罚呀。其实,十四日夜间,我差人去铲除掉了。你的回信也猜对了。真是有意思哩!当时那个园丁的女子跑了来,还拱着手求情呢。他们警告她说:'这可是中宫吩咐的,不要告诉那个乡里来的人,要是叫她知道了,就把你的小屋给拆了。'结果把残雪都丢到左近司南围墙边了。据说堆得很结实,量也很多,完全可以保持到二十日。再说,今年新春的初雪或许飘落在上面了。主上也听闻了,对殿上人说:'她{指作者}经过深思熟虑才作出了预测,所以敢那样据理力争呀。'那么,你就把那首歌说来听听。事情已经说得明明白白，总算你赢啦。"中宫这么说了，女官们也都是这么看。我回答说："听到这些令人扫兴的事情，哪还有心思吟咏和歌呢？"我心里一阵郁闷，不知如何是好。这时，主上走过来说："平素只以为你是个宫里可爱的女子，如今通过这件事情，才知道你并非一般。"我听后越发难受，几乎要哭出来了。我说："哎呀，这世上本来就有很多恼人的事啊。其后积了一层雪，正感到高兴呢，可是中宫却说那样不好，全给铲除了。""中宫是故意不让你取胜的吧？"主上说罢也笑了。

八四　难得一见的事物

难得一见的事物是：唐锦{中国绸缎。}。佩刀。佛像上的彩绘。挂在松枝上的盛开的藤花，颜色鲜丽，花房颀长。

六位藏人。身份高贵的公子哥儿未必穿过的零落织物，六位藏人却很随意地穿在身上，那穿着蓝色糁尘袍子的姿影，显得很是潇洒。本来藏人所的杂役、普通人员的孩子，在殿上做事，居于四位或五位官职者属下，是毫不起眼的；可一旦变为藏人，那种变化无可形容，出人意表。他秉承圣旨进来，又在大臣宴飨之时作为甘栗使者位临。

一三〇

主人对待他们，那简直就像天上的仙人一般，诚惶诚恐，毕恭毕敬。

姑娘家做了后妃，或者入宫前还是闺阁小姐的时候，藏人捧着主上的信笺登门，从帘子外头将信呈上来；衣饰华丽的女官递过来垫子。这样的待遇非比寻常司空见惯的人。要是藏人同时在卫府里为官，走起路来，长裾拖曳，那姿态更见优雅。这家的主人还亲自为之把盏，藏人自己也乐得心花怒放啊！以往，自己对于本族或贵家子弟谨小慎微，不敢共居一室，如今虽然还是毕恭毕敬，但也可以平起平坐、与之周旋一番了。从前，在主上身边伺候着，叫人见了很眼馋。可是在这三四年｛藏人一般任期六年，这里是说任期未满即行下殿退职。｝里，却不修边幅，衣色黯淡，供职时也是敷衍了事，马马虎虎。到了叙爵时期，下殿的日子越来越近，思前想后，痛不欲生。尽管如此，但下殿之前还是争取能拿到个空缺，这实在是令人遗憾的事。从前的藏人自下殿前一年春夏起就枉自悲叹；如今的藏人，则为了晋升五位而到处奔走呼告。

有着博士之才{指大学寮的文章博士、明经博士等。}的人，自当高人一等，无可比拟。他们尽管相貌丑陋、出身微贱，但可以接近权贵，释疑解难，为主上侍读，就近伺候。真乃令人称羡不已。至于祭祀时起草祷文、向天皇上表、为诗歌作序，更是为一般人所不及。

法师而兼有才学者，那就更不用说了。

其他属于难得一见的还有：

皇后白日行幸的情景｛皇后出行时，宫中女官、女侍等艳装陪护。｝。

摄政、关白赴春日神社参拜的场面。葡萄紫的织物。但凡紫色，总是高贵的。花、线、纸，亦然。庭院中厚积的雪。摄政，关白。紫色的花里，杜若略显可憎。六位藏人穿着值宿的直衣，麴尘的袍服上套着紫色的裙裤。

八五　优雅的事物

　　优雅的是：贵公子身穿瘦长而洁净的直衣。明丽可爱的童女，特意不穿裤裙，偏偏穿着两胁开缝的汗衫，挂着卯槌、五彩的香荷包，缀着长长的穗子，背倚高栏，手执扇子，掩面而坐。细薄的雁皮纸装订的故事书。嫩芽初萌的柳枝系着写在蓝色彩笺上的书信。三重的桧扇{桧扇的薄板每八枚为一重，即二十四枚。}，五重则太厚，拿在手里有点儿可厌。半新不旧的桧树皮葺的屋顶上长着长长的菖蒲，整整齐齐，郁郁青青。御帘之下，露出几帐帷子朽木形的花纹，光亮耀眼，帷子的穗子随风飘举，

二三四

那情景好看极了。细白的丝卷儿。帘端鲜艳的花布。帘外高栏旁边,一只十分可爱的猫咪,系着大红的颈饰,缀着白木的名牌,拖着细长的绳子,使人感到既有趣又优雅。五月端午节分赠菖蒲的女藏人,她们头上装饰着菖蒲,佩戴着纽带、领巾和裙带,将香荷包分赠给排列整齐的亲王以及公卿们,场面优雅。他们将香荷包坠于腰间,舞蹈拜谢,其情景甚是可观。用紫色的纸制作的信函,缀在花朵锦簇的藤枝上。还有祭祀时穿着小忌衣{扎染的白底蓝花布。}的公子哥儿们,看起来也颇为优雅。

五节舞女 {五节的舞女一般出自公卿和受领,有时也由中宫和天皇的宫女等进献。详细情况尚不明。}

八六　五节舞女

中宫贡献的五节舞女,身旁随侍着十二位女官。按理说,帝后身边的女官不便外派他出,不知为何,中宫竟然献出十位女官,其余两人是女院{皇太后藤原诠子,号东三条院。一条帝之母。}和淑景舍{中宫之妹原子,道隆次女。长德元年(995)为东宫妃,居于淑景舍(桐壶)。}的。这二人是姐妹关系。

辰日夜,中宫让女官换上蓝花的唐衣,童女则着汗衫。这个计划,预先不能叫其他女官知晓。对于殿上人来说,更是隐秘。其余人等一旦装束整齐,待到天黑之后,才拿来正式穿在身上。缀着漂亮的大红穗子，打磨地十分光洁的白衣，用木板印出花样，再用笔绘出图案来。唐衣的外面罩上这种衣服，显得十分新奇，尤其是身穿汗衫的童女，较之他人格外优雅。就连做杂役的女子也都出来坐在那儿，使得殿上人和公卿们大吃一惊，觉得怪有意思的，将她们唤作"小忌的女官"。小忌的贵公子们坐在外围，同女官们聊天儿。

中宫吩咐道："五节舞女的休息室，天黑之前，里边的陈设就将被撤除，从外头看得清清楚楚，那实在太不成体统了。至少要将原样保持到辰日节会之夜{天皇宴集群臣的节日，如元日、白马、踏歌、端午和丰明五节会。}之前啊！"于是，大家不必像往年那样，再叫舞女和女官们感到困惑，几帐的缝隙都缝合起来，使得外面的人看不到室内的情景，只是从底下露出女官们的衣袖来。

　　一位名叫小兵卫的女侍，大红的穗子松开了，她对身边的女官说："我想再系起来呢。"这时，站在外头的实方中将走到御帘旁边，替她重新系好了。对她吟了一首歌：

衣结坚似山泉冰，
今日为何对我解？

　　小兵卫是个红颜少女，众目睽睽之下，叫她如何言说？所以她未作歌回答。她身边的女官们也都在白熬时间，不置一词。中宫的宫司们都在

二三八

侧耳倾听到底有没有返歌,等了好长时间都没有下文。因为着急,有人便从另外的一侧进入室内,来到那女官身旁,低声问道:"为什么一直不作返歌呢?"

我和小兵卫之间隔着四个座位,所以即便想出了满意的返歌,也无法告诉她。再说,中将又是善于作歌的能手,对于他的秀作,谁又能轻易想出一首旗鼓相当的返歌? 其实也不必那么担心,作歌的人怎么可以这般谨小慎微呢? 返歌还是可以即席吟出的,虽然不易觅得佳句。心想,即使被宫司们鸣指厌弃也在所不顾了。

山泉结冰原易解,

二三九

日影照彻凌光开。

吟罢，随即命内侍女传给中将。不料她胆小怕事，没有将那首歌全都说出来。中将倾耳询问："说什么？说什么？"可是她有些结巴，又有点儿拿腔作调，中将终于没有听明白，就草草结束了。也好，免得我的那首蹩脚之作遭人耻笑。

送舞女上紫宸殿时，有些因身体不适而告假的女官，中宫也命其一概到场。所以，能来的女官全都集合一处了。同别处献出的舞女不同，场面至为盛大。中宫献出的舞女，有右马头藤原相尹的女儿，染殿式部卿宫妃的妹妹，即四君所生，十二岁了，明朗可爱。到了最后的夜晚，背负着

二四〇

舞女退出，也是不惊不扰。舞蹈结束，就那么经过仁寿殿，走在清凉殿东侧的竹廊上，以舞女为先，前来参见中宫居所。那情景也颇为有趣。

八七 细长的佩剑

　　细长的佩剑缀着穗带{原文作"平绪",幅宽三寸,织成椭圆形的端头。束带时结于腰间,端头垂于腰前,作为装饰。},由一个给人以洁净之感的男仆拿着,打面前通过,那是很优雅的。

八八　宫内五节的时候

宫内，到了五节之时，不知为何，平时那些常见的人也都变得特别漂亮起来。主殿司的女官们用五颜六色的碎花布，作为避忌，结在钗子上，看上去很时髦。宣耀殿的板桥之上，将头发高高绾起，用浓紫的头绳结扎起来，清丽可人。她们出来即便坐着，看起来也是别具风情。临时的杂役和侍奉女官们的童女们，都将这五节看得很重，这是很有道理的。小忌衣的山蓝，戴在头上的遮阳假发，一律装在柳条妆奁盒里，交给一个五位官职的男子拿着，到处转悠着，那也是很有意思

的。殿上人脱下直衣拎在手里,将扇子等物当作拍板,随口唱道:

> 官位下级升上级,
> 来使后浪追前浪。

边唱边打官舍前通过。就连在宫里住惯的人,心里也都很不平静。尤其是殿上人哄然爆笑,那才叫恐怖呢。

执事的藏人身穿大红丝绸棉袍,看起来格外惹眼。虽然铺了褥垫,但也无暇坐下来一会儿。他们夸赞着坐在那儿的女官们。此时,头脑里再不会想别的东西。

帐台演练｛五节的第一天丑日,于常宁殿举行演练。天皇升御坐(即帐台),观览舞女演练。｝的夜晚,执事藏人尤为严厉。他们把住门口,声色俱厉地发布命令:"除了担当理发的女官和两个童女之外,任何人不得入内!"殿上人说:"那么,就放我一个进去吧。"回答说:"那怎么行? 别人看了会眼馋的。"坚决加以回绝。但中宫身边的女官二十余人,无视藏人,故意推门而入,藏人们一时呆住了,说道:"如今的世道真是没法办了。"这倒也叫人一阵畅快。紧接着,跟随而来的女官们也一哄而入。藏人只好干瞪眼,无计可施。主上走来,很有兴味地看着这一切。

面对灯台｛丑日帐台演练和寅日御前演练,舞女面前皆设灯台。｝昏昏欲睡的舞女的面颜娇媚可爱。

八九　无名琵琶

有人报告说:"有一把名曰'无名'的琵琶,是主上带了来的,女官们见到了,还在弹着玩呢。"我一看,不是弹琴,而是抚摸琴弦,只是当作玩具。"这琵琶的名字,到底叫什么好呢?"中宫说:"真是难以想象,连个名字也没有。"中宫的回答很巧妙。

淑景舍的女御{中宫定子的妹妹、东宫妃原子。}来这边闲话时,曾提到:"我手头有一只独具风情的笙,是先父的遗物。"隆圆{道隆四子,定子之弟,淑景舍之兄。正历五年(994)十五岁出家,时任权少僧都。}僧都君搭话:"请把那只笙留给隆圆吧,我手边有把最好的琴,咱们换一换吧。"女御似乎只当耳旁风,依旧在说着别的事,隆圆反复催问,她都不置可否。中宫说:"名曰'不换'——即为不换之意啊。"{《江谈抄》:"'不换',是笙之名也。唐人欲买之,愿出千石。答曰不卖。遂以'不换'名之。"实乃名器也。}这真是一段风流韵事啊!这"不换"原为笙的名称,僧都君不知道,看来有些悔恨不已。这是从前中宫居于中宫职院时候的事。主上身边有一只名为"不换"的笙琴。

御前之物有:琴、笛,皆有一个奇妙的名称。琵琶称玄上、牧马、井手、渭桥、无名等。还有,和琴等亦闻有称朽木、盐釜、二贯者。此外,还有水龙、小水龙、宇多的法师、钉打、叶二等名称。

还有很多，大都听罢即忘。"宜阳殿上第一架藏之名器{宜阳殿位于紫宸殿东侧，其正殿乃为收存乐器、书籍等历代文物典籍之所。}"，这句话乃是头中将的口头禅哩。

九〇　帘前奏乐

中宫居所御帘之前,殿上人日复一日在此弹琴吹笛,游戏作乐。到了点燃灯台的时候,格子窗尚未放下来,中宫屋里已是灯火齐明。因为大门依然敞着,从外头看得清清楚楚。中宫亭亭玉立,手抱琵琶,红衣炫烨,美艳无比。她身着高雅的外褂,穿着多层砧打浆烫过的内衣。袖子底下,怀抱油光闪亮的黑琵琶,那样子十分娴静。琵琶一侧,清晰地显露出雪白的前额,冰清玉洁。我凑近身边的女官说道:"从前那位半遮面的女子{白居易《琵琶行》:"千呼万唤始出来,犹抱琵琶半遮面。"}也未必如此美妙动人吧？不过，那是一位普通的女人啊！"女官听罢，便硬是从没有通道的地方分开人群，走到中宫跟前对她说了这话，中宫笑道："你懂得别离吗？"｛这句话意旨不明。疑从《琵琶行》"别时茫茫江浸月"生发而来，暗指殿上人即将离去，不免伤怀。｝女官回来说了这事。这是何等风雅啊！

九一　懊恼的事

懊恼的事：不论是赠给人家的和歌，还是人家的返歌，写好之后发现有一两个字需要订正。精心赶制的衣服，等缝合完好之后，一旦抽出针来，发现线头儿没打结，或者里外针脚儿缝反了。这些都是很叫人懊恼的事。

中宫住在南院的时候，有一次她吩咐大家："这可是急用的，请大家共同赶制出来，万勿耽搁了。"说罢，便将衣物拿来，大家集中于寝殿南侧，争先恐后地缝起来，看那忙乱的样子，个个像疯子。

命妇的乳母｛中宫的乳母。一说中宫的姨母高阶光子。｝及早缝好了，但她只把作为内里的一片缝完，没有想起要打翻，线头儿也没有打结，放下来就慌忙离去了。当将这一片和另一片相缝合时，才发觉从一开始就把面子和里子搞颠倒了。大伙儿哄笑着嚷嚷道："赶快重新缝好吧。"那命妇说："谁说错了要重缝啊？要是绫子那倒也罢了，看不见里头的要重新缝；这可是没有花纹的东西呀，又能看到什么呢？又有谁愿意重新缝呢？那就请未曾缝过的人代劳吧。"她终于不肯答应。大伙儿说："虽是那么说，总不能放着不管吧？"于是，只好由源少纳言和中纳言等女官们接手重新缝制。她们一个个懒洋洋地走过去拿起那些衣服片了，命妇的乳母远远地坐在一旁瞧看着，那场面倒也很有意思。

种植一些颇具风情的胡枝子、芒草之类，正在观看的时候，抬着长柜的人们，拎着镢头走来，径自刨掉带走了。这多么叫人扫兴！有个得力的男人在家，还不至于发生这类事，否则，你想拼命阻止，可他们却说："就挖一点点儿啊。"结果带走了很多。真是叫人说不出的恼恨。

在国司的长官家里，那些趾高气昂的下人走来，态度傲慢无理，以为别人对他们奈何不得，看着他们那副德性，实在恼怒不已。

想看的信，被别人从旁夺了去，站在庭院里看，心里实在不是滋味儿。心里气不过追了过去。

谁知他又立在帘外﹛女人不得走出帘外。﹜继续看那信,其时真恨不得立即跳出去呢。

九二　难为情的事

难为情的事：有客来访，正说着话儿的时候，屋里的人却东拉西扯说些自家的私事，又不好前去制止，只得听着，心中很是不自在。

自己喜欢的男人，喝得醉醺醺的，絮絮叨叨反复说着同一件事。

说别人的坏话，却不知那人正在旁边听着。即便不是有身份的人，哪怕是仆人，那也是挺叫人难为情的。

旅途停宿的房子里，听到那里的下人们在取闹。

二五五

　　不太讨喜的婴儿，做母亲的却很疼爱，不时逗着玩，还把小孩子奶声奶气的话学给人家听。

　　没有才学的人，当着有才学的人的面，摆出一副无所不知的样子，大声谈论古人的姓名。

　　将自己作的不是特别好的和歌念给旁人听，还说受了谁谁的赞扬，心里实在听不下去。

九三　意外的事

意外的事：研磨中的头钗，碰在硬物上折断了。牛车翻倒了，本来以为那么大的物件，一定很沉稳吧，真是做梦都未曾想到，简直惊呆了。

对于那人来说，很是羞耻的坏事，却不客气地全给抖落出来。一定会来的心上人，彻夜盼到天亮，到了拂晓，暂时忘却了，熟睡的时候，乌鸦在近处"嘎"地叫了一声，醒过来已届正午。这真是意外的事。不愿叫人看到的信，被人拿去看了。而后，那人却装着不知不晓的样子送回来，拼命地表白一番，不给你反驳的余地。

打翻了东西,散落在地上。那时的心情当甚感意外。

九四　遗憾的事

遗憾的事：在五节｛十一月中旬举行。｝和佛名会｛十二月十九日至二十一日，在清凉殿为三世诸佛称名祭祀。｝时，没有下雪，却偏偏下起雨来了。雨雾迷空，一派黯淡。逢到节日赐宴，不巧赶在宫中避忌之日。本来准备就绪、及早期盼的日子，却遇到阻碍，突然取消了。举办音乐会，心想定会有人来看，委派使者去叫也没有人来，真是十分遗憾。

不论男女法师，或在宫里供职的情投意合的一伙人一同去参拜神社，特意装束得风流偶傥，从车上一眼看去，华丽超俗，可谓风度翩翩，令人见了定是骇怪不已。不巧,一路上既没有遇到骑马的,也没有遇到坐车的,没有被那些君子之人品评一番,实在令人遗憾之至。扫兴之余,觉得无聊,总想让那些爱风流的下层人们亲眼目睹之后,再广泛传扬开去。这种想法也实在有点儿怪异。

九五　五月的斋戒

中宫在职所时,逢到五月的斋戒,便把仓房前的两间屋子加以整修,充实设备,布置得焕然一新,邻人欣喜。月初以来多雨,每天过着阴霾的日子。

闲来无事,我提议:"找个地方听听杜鹃的叫声,怎么样?"女官们都争先恐后地出发了。贺茂神社后面有座桥,名字很是奇怪,不是织女渡银河的鹊桥,是叫什么崎{疑指京都市左京区的松崎。}的。有人说:"那一带有杜鹃叫。"也有人说:"那是茅蜩。"总之,就决定去那里了。

二六一

五日早晨，吩咐职院的人配备车辆，经过北之阵｛禁中北门内的武官驻地。｝，因为是五月雨日，不会受到阻拦｛原因不明。或许五月雨季不同于平日，可坐车经北之阵禁地直达宫内。｝。车子紧靠在职院台阶旁，我们四个人乘了上去。余下的女官们很是羡慕，都说："再要一辆车，我们也去。"中宫说："不行。"我们也只得丢下她们，冷冷地离开了。到达马场这个地方，一团人吵吵嚷嚷。我问："那是干什么呀？"有人说："是在练习射箭呢，请看看再走吧。"于是停下车来。我说："按理，左近的中将等都应落座的呀。"｛"乙殿屋，位于左右马场，五月骑射时，中少将落座之所也。"（《花鸟余情·葵》）｝不过，看不见他们的身影，只有六位的官员们徘徊四周。我说："不想看了，还是快走吧。"于是，

二六二

路车马骎骎。走在这条道上，自然回忆起四月里贺茂祭的热闹情景来。

这一带地方，有明顺{明顺，高阶成忠（中宫母贵子之父）第三子，左中弁，中宫的舅父。}朝臣的家，我说："那里也路过一下吧。"于是停车。房舍简素，富于乡下风格。屏障上绘着马，桧木片拼接的屏风，三棱草编的帘子，特地仿照往昔的样子。整个房舍，似乎草草落成，建有回廊，屋内进深不大，但感觉甚为有味儿。这一带一如人言，子规声声交鸣，似乎有些吵闹。遗憾的是，中宫没有听到，留在宫里的女官们也没有听到。

明顺说："乡下就得像乡下的样子，请看看这个吧。"说着，拿出一捆稻穗，又叫来附近的农家姑娘，衣饰整洁，五六个人一起打稻。接着又端出一个人人未曾见过的能够转动的东西，两人拉着，一边唱着脱谷歌，一边笑闹不止。于是，把吟咏杜鹃的歌全给忘了。

然后又搬出唐画中描绘的悬盘，盛满食物，却没有人顾得瞧看一眼。主人明顺说："这些都是乡间菜肴。不过，来到这里的人，都会督促主人多拿些来吃，弄得主人简直要逃脱掉。要是不猛吃一顿，那就不像是城里人了。"他语调爽朗地应酬大家吃喝，还说："这蕨菜芽儿可是我亲手采摘的呢。"我笑着说道："我怎么好意思像女官们一样，一起在悬盘前面就座呢？"他便说："那我从悬盘里拿些来给您吃吧，到底是平时随意惯了的。"

　　正在一边吃喝一边喧嚷的当儿，有人告诉说"下雨了"，于是赶紧去上车。一位女官说："关于杜鹃的歌，还是在这里作了吧。"我说："不妨事，在路上作好也行。"说着，大家都上了车子。

　　途中，折了些开的正漂亮的水晶花，插在车帘和车帮上。余下的再插在车子顶棚和车子梁柱上，仿佛茸满一层长长的花枝。看起来就像牛拉的是一堵水晶花墙。同去的男人们，一边大笑，一边帮忙插花，"这里还少，这里还少"地叫个不停。

　　路上很想遇见些行人，可一直都没有碰到。偶尔看到的只是几个腌臜的和尚，身份低贱的百

二六五

姓。真叫人遗憾啊！走到御所{皇宫。}附近，我说："不能这样就结束了，总得把车子的装饰让人瞧瞧，以便成为谈论的题材才好。"于是，将车子停靠在一条殿{位于一条大宫，已故太政大臣藤原为光的宅邸。}那里，差人传过话去："侍从{为光第六个儿子公信。}在家吗？我们去听杜鹃的鸣声，眼下回来啦。"使者回来报告："侍从说他马上来，请稍候。刚在侍所休息来着，听到之后赶紧换装去了。"大家说："怎么能等下去呢？"于是又驱车驶往土御门{上东门。原为土坯墙的豁口，没有顶棚的大门，故称。}方向。侍从不知何时已穿好衣服，边走边系着腰带。嘴里叨咕着"等等，等等"，快步追了上来。同来的人，一共只有三四个随从，他们连下边的衣裳也没有穿好就跑来了。"车子快走吧。"经这么一说,车子跑得更快了。到达土御门时,侍从一伙人早已赶到,他们喘着粗气大声叫嚷,看着车上的花枝笑个不停。"这车子完全不像现实的人乘坐的,你们自己下来看看吧。"侍从说罢,还是笑个不停,同来的一伙人也都感到很好笑。侍从问道:"歌作得怎样了? 很想知道呢。"我说:"要等给中宫观览过了,再给您看吧。"正说着,雨下大了。侍从说:"为什么别的门都有顶棚,唯独土御门没有呢? 像今天这般天气,叫人好生烦恼哩。"又说道:"怎么回去呢? 来的时候拼命赶路,唯恐迟到了,也顾不得别人看着,一个劲儿奔跑。这回又要大老远地走回去,真是令人泄气。"我说:"那么,请到宫中来吧。"侍从说:"戴着乌帽子｛一种南用高腰黑便帽。侍臣进宫需着正装（冠、袍、直衣），束带。｝怎好进去？"我说："那就差人去取正装吧。"说着说着，雨越发下得猛烈了。没有戴斗笠的随从们，用力将车子拉到门内。侍从叫人从一条宅邸拿来雨伞撑着，不住回头盯望。这回，他手里攥着水晶花，一步步缓缓地走回去了。看他那一副懒洋洋的样子，也是挺好笑的啊。

来到中宫身旁，问起今日的情景。今早未能一道去的人们不住说着怪话，我一边听着，一边将藤侍从｛公信。藤原氏的侍从之意。｝顺着一条大路奔跑的经过讲了一遍，大伙儿听罢都笑起来。中宫问道："你们作的和歌呢？在哪里呀？"我便把当时的原委说了，中宫道："那太遗憾了。殿上人要是问起，怎好没有一首歌回复他们呢？去了杜鹃交鸣的地方，当场吟上一首不就得了吗？过于郑重了反而写不出好歌。那就请在这儿作吧，这也是没法子的事。"中宫说的是，我觉得很后悔，同大家商量作歌时，藤侍从在刚才拿回去的水晶花上缀着一卷淡绿色的便笺，上面写着一首和歌。不巧，这首歌忘记了{能乐脚本上，这首歌大意为："若知远行寻子归，我心将随君飞去。"}。中宫要写返歌，命人取砚台来。中宫说："权且就用这个作回复吧。"说着，便把纸放在砚台盖里递给了我。我说："还是请宰相君写吧。"中宫回答说："还是由你写吧。"正说着，天昏地暗，下去雨来。电闪雷鸣，十分可怕。慌乱之余，不知做些什么好，只是一味害怕，赶紧把格子窗放下来。

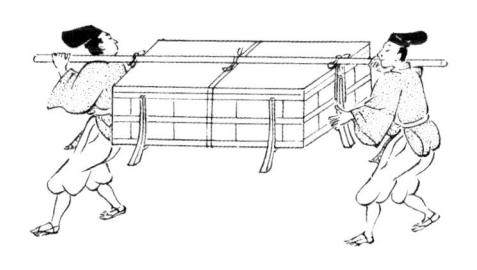

長櫃　　ながびつ
长柜
见页二五二。

于是，关于返歌的事，全忘记了。

雷声隆隆，持续了很久。稍稍停歇后，天色暗了下来。心想，还是快点儿回信吧。正要着手作返歌，各色人等和公卿，因为打雷都前来慰问。我便到职院面西的厢房，同来客们闲谈，也就把返歌的事忘记了。至于别人，都以为是指名送的歌，总会回的，所以也就没多管。当天似乎觉得又是和作歌无缘的日子，便笑着说："下回再也不会到处找人一起去听杜鹃叫了。"中宫说："就是眼下看来，那些去过的人，也并非全不会作歌的吧？也许她们根本就不想作。"看她那副不悦的神情，颇觉得好玩。我说："不过，时过境迁，大伙早就没了兴趣。"中宫说："没了兴趣？怎么会呢？"虽

二七〇

这么说,但也就不了了之了。

过了两日,我讲起那天的事,宰相君说:"明顺朝臣亲自采摘的蕨菜芽儿,味道怎么样啊?"中宫听罢笑着说:"又想起那件事情来了。"随即在手头散落的纸片上写道:

不比嫩蕨暗暗情。

然后对我说:"请写出上句吧。"真是有意思。于是我便写出了上句:

寻得子规声声叫,

二七一

中宫看了笑道:"瞧你说得多么自信,到这时候,怎么还守着子规不放,竟然写进歌里了呢?"我有些不好意思,但还是说道:"什么呀,本来我是不想再作和歌的,碰到有人吟起歌来,您便命我也咏上一首。我真不想继续呆在您的身边了。我怎么会不知道歌的字数? 怎么可能在春天里写出冬歌,秋天里吟咏梅花和樱花来呢? 不过,作为著名歌人{作者的父亲清原元辅(Kiyoharano Motosuke,908—990),平安中期著名歌人,三十六歌仙之一。深养父(Fukayabu)之孙。撰有家集《元辅集》。}的子孙,至少要比别人强些。'那个时候的歌,只有这首最好,不管怎么说,人家到底是某某人的女儿呀。'如果有人这么说,心里才会觉得有写下去的价值。可我的歌毫无起色,自己不管如何洋

二七二

洋自得，煞有介事地率先咏了出来，那也只是亵渎先人。"中宫看我如此认真，便笑着说："既是如此，那就由了你吧，我也不会再命你作歌了。"我回答说："那我就轻松多了，今后也不会再记挂着作歌的事了。"说着说着，中宫到了守庚申｛根据中国道教传说，人体中有三尸虫为害，于庚辰之夜升天，将人间大小之罪告于天帝，以缩短人的寿命。故是夜不眠，以防此虫升天。｝的时候了，内大臣｛中宫兄长藤原伊周。｝立即准备起来。

深夜出题，令女官们作歌。大家都在冥思苦索，惟有我在中宫面前伺候着，说些无关紧要的闲话。内大臣见了问道："你怎么不作歌，离开大家很远坐着呢？快来拿题目呀。"他硬是给我题目，我说："中宫答应我不用作歌了，我不作歌，也不再为这事费心思了。"内大臣说:"这可怪了,真的有这等事吗? 她怎么会答应你这样做呢? 真是没道理的事啊。好了,不管平常怎么样,今晚务必作上一首。"不管他如何怪罪,我都坚决不听。别人都作好了,正在评定优劣的时候,中宫写了短信扔给我,只见上面写着:

卿乃歌人元辅女,
今宵安能不作歌?

我觉得太有意思了,不禁放声大笑起来。"怎么啦? 怎么啦?"内大臣问道。

二七四

人若不言歌人女,
最先当咏今宵歌。

于是,我作歌回答。随即表白:"要不是有所避忌,哪怕千首歌我都可以顺口吟咏出来。"

九六　在职院的时候

中宫在职院的时候,八月十日以后的月明之夜,中宫命右近内侍演奏琵琶,她来到厢房里坐下来。女官们都在说说笑笑,我却独自一人倚着厢房的柱子,默默陪伴着她。中宫说:"你为何一言不发呢? 还是说说话吧,我总感到缺了点什么。"我回答:"我在眺望秋月的月心哩。"中宫说:"你说的正合我意。"

九七　中宫的姐妹、公卿、殿上人

中宫的姐妹、公卿、殿上人等,集中来到中宫面前时,我靠在厢房的柱子上,坐在那里同女官们闲聊。中宫投赠一物于我。打开来一看,上面写着:

> 我想念着你,你觉得高兴还是觉得可厌呢? 假如我不是第一个想你的人,你又怎么看呢?

从前,我在中宫面前说过这样的话:"要是不被人家第一个想念,那实在没意思。倒不如为人所憎、为人所恨更好。做个第二第三,还不如去死。凡是作为头一个,那最好。"大家取笑道:"那不就是'一乘之法 {《法华经·方便品》:"十方佛土之中,有唯一乘之法。无二,亦无三。除佛之方便说,但说无上之道。""乘",到达彼岸的所乘之物。"一乘",即第一乘物,指《法华经》。作者不取二三,只取第一,故云。}'吗?"刚才的话就是由此而来的。我接过纸笔,随手写了一首歌:

> 但入九品莲台间,
> 纵然下品亦知足。{《和汉朗咏集·佛事庆滋保胤》:"十方佛土之中,以西方为望。九品莲台之间,虽下品亦足矣。"又据《观无量寿经》:极乐往生有九级,分上品、中品和下品三个阶段,又各分为上生、中生

和下生。因此,一旦获得九品往生,虽下品亦满足矣。}

呈上给中宫阅览,中宫看了说:"你的意气很是消沉啊! 这可不好。既然说过了,那就坚持到底吧。"我说:"这要因人而定啊。"中宫说:"终归不好。既然你是一等的人,就应该被首先思念才是。"中宫的一番话很是有趣。

中纳言｛伊周及定子的弟弟隆家。｝

九八　中纳言来访

中纳言来访，要送中宫御扇，他说："隆家得到一根很好的扇骨，打算裱上纸送给您。使用一般的纸不行，正在物色好纸呢。"中宫问："是什么样的扇骨呀？"中纳言提高嗓门说："反正是稀有的扇骨，大家都说这种扇骨从未见到过。实在是个稀罕物哩。"我说："说不定，那不是扇骨，而是海蜇的骨头吧。"｛海蜇本无骨，既然没人见过，那就只能是无骨海蜇的骨头了。这是作者故意逗弄客人的俏皮话。｝中纳言接口道："说得极妙，那就算我隆家说的吧。"说着，他笑了。

这种事｛本是作者感到得意的事，所以应属别类。｝本应归入

"难为情"之类。但有人说:"可不能遗漏了。"所以只得写在这里了。

九九　连续阴雨

连续阴雨，今天还在下着。式部丞信经{藤原信经，长德元年(995)正月为藏人，三年正月为式部丞（式部省三等官）。陆奥守为长之子。}受主上差遣，来看望中宫。他像往常一样，拿出坐垫坐下来。但坐的地方比平时远得多。我看了笑着说："那是给谁用的呢？"他说："这样的雨天，要是脚踩上了，就会留下脚印儿来，脏得不成样子了。"我说："怎么会呢？不是洗足{原意不明。"毹褥"和"洗足"发音相同，或是作者戏语。}用的吗？"信经说："这话说得妙。但不应属于你的话，我信经要是不提脚印儿什么的，您也不会说到上面来。"他反

二八二

反复复，说了一遍又一遍，真是有趣。

我对信经说："很久以前，在中后宫{村上天皇皇后安子，藤原师辅之女。}身边，有位颇为有名的女佣，名叫犬抱{本为"惠奴"，"犬抱"或"犬吐"之说，不确。}。美浓守任上故世的藤原时柄还是藏人的时候，有一次路过用人们那里，说道：'你就是那个有名的犬抱吗？我怎么看不出来呢？'当时她回答：'还不是因时节{"时节"和"时柄"意义相通，此乃滑稽的说法。}的缘故，才会有那样的叫法吗？'她故意选择对方的名字回答，真是妙极了。就连殿上人和公卿们都深感兴趣。实际上，这是很自然的事。一代代传扬下来，直到今日。"式部丞说："这都是时柄——当时——对她说的。只要切题，诗文和歌都能获得优秀之作。"

我说:"这话很对,确实如此。我出个题目,就请您写一首歌吧。"他说:"那很好。"我说:"实在没法子,同一件事,要出好多题目呢。"

两人正说着话,中宫给主上的回信写好了。"啊,对不起,我该回去了。"信经说罢,随即走出去了。女官们一起说道:"字写得太不像话,汉字和假名都很差,因怕人笑话,故意隐藏笔迹呢。"这事岂不是很好玩吗?

式部丞担任作物所别当{作物所是制作宫中用具和工艺品的机构,总管称为别当。}的时候,将某件器物的图纸送到某某那里去,在上面写着:

照样制作。

汉字的笔画和字体之怪异，乃世上无可类比。我在旁边添了一行字：

若照此样作，怪样一定多。

送到殿上去，人们拿到手里一看，个个大笑不止。式部丞想必很气恼，很恨我吧？

一○○　淑景舍入宫为妃

淑景舍入宫为东宫太子妃时,无一件事不是顺心如意地进行着。正月十日入宫,同中宫信来信往,但姐妹俩一直没有见过面。二月十日之后,写信来说要来看中宫,中宫将房子收拾得十分豪华洁净,女官们也都满怀紧张地等待着。夜半时分来了,不久天就放亮了。登华殿两间东厢房内,也都为迎接客人装饰一新。

关白公携夫人乘车于拂晓前天色尚暗之时光临。翌日早晨,及早将格子窗拉起来,中宫的御座,安设在南侧的房间,向北立着四尺屏风,白西向东次第排开，榻榻米上铺着褥垫、火桶。屏风之南，御帐之前，众多女官守候在那里。

我在这边为中宫梳头，中宫问我："你见过淑景舍吗？"我回答说："还没有见过呢，香车入宫{似指一月前正月十九日，淑景舍入宫之夜，车子停靠御殿之侧。能乐本作"积善寺供养之日"，那次供养于前年正历五年（994）二月二十日由道隆主持举办。}那天，倒是瞥见了一下背影。"中宫说："那么，你就躲在这根柱子和屏风后面，悄悄窥看一下吧。她长得好漂亮啊！"我很高兴，巴望时间快些过去，恨不得马上见到她。中宫换上红梅花纹的和服，内里衬着绯红的打衣{经砧打过的平整的衣服。}，里外三层。中宫说："本来红梅和服适合配上浓紫的打衣，不过不能穿，很是遗憾。眼下，或许不该穿红梅的衣服，但嫩绿的又不太喜欢。或许红梅不合乎绯红的打衣吧。"虽然这么说，但看起来，还是很华美的。衣饰色彩绚丽，同那姣好的姿容相互映照，越发光艳动人。心想，那另一位也是同样如此吧。正巴望着瞧上一眼呢。

中宫膝行至御席那边，我便暗暗躲起来准备窥看。只听见一位女官对着中宫耳边说道："这不大好，人家会知道的呀。"她说的倒是很有意思。房里的隔扇尽皆大敞着，到处亮堂堂的。夫人穿着白色的多层和服，两件绯红的打衣，下身似乎是女官式的裙裳。她靠里而坐，面向东方，仅能看到衣服。淑景舍稍稍靠北，面南而坐。她穿着红梅夹袄以及多层或浓或淡的内衣，外面罩着大红绫罗单衫。此外还有微红的苏芳小夹袄和嫩绿的暗花外衣，显得青春焕发。她一直用扇子遮面，举止娴雅，楚楚动人。关白公穿着淡紫色的直衣，浅绿色的绸裤，内里穿着多层红色的衬衫，直衣的纽扣整齐地扣着。他背靠厢房的柱子，面向这边而坐，高兴地望着中宫和淑景舍这一对女儿可爱的模样儿，像平素一样谈笑风生。淑景舍坐在那里，雍容华贵，好似画中人一般。中宫温淑沉静，表情里稍带几分老成持重。她那和红衣相互映衬的美丽容颜，还有谁能够同她匹敌呢？

洗脸水送来了。淑景舍的水是由两位童女和四位下人运来的，中途经过宣耀殿和贞观殿。这边唐风建筑的廊下，有六位女官等候着。因为廊子逼仄,只有一半人陪送淑景舍后又都回来了。童女穿着樱红汗衫,背后长裾拖曳,接过水送去的样子十分优美。帘子里闪现出几多绫罗衣衫,她们是相尹马头{藤原相尹,正四位下,右马头。相尹之女祢,淑景舍的女官。}之女少将君和北野宰相{菅原辅正,长德二年(996)任宰相,宽弘六年(1009)八十五岁薨。}之女宰相君,她们都坐在走廊附近。眼前的这一切真是赏心悦目。这边厢中宫的用水,由当班的采女{侍候天皇进膳的女官。}伺候着。她穿着上淡下浓蓝色裙裳、唐衣、裙带和领巾等,脸上涂着雪白的白粉。女官们从她手里接过水送进去,中宫仪态万方,带有唐风般的典雅,意味深长。

到了早膳时分,梳头的女官前来为中宫梳头。

女藏人们绾着发髻,伺候中宫进膳。此时,屏风撤除了,我再不能躲在后面偷看了,宛若被人夺走了隐身蓑衣{《拾遗集·杂贺 平公诚》:"得隐身蓑隐身笠而着之,当不为人知。"},颇感遗憾和沮丧。不得已只好站在柱子外面,透过御帘和几帐中间的缝隙张望。这样一来,我的衣裾和裙裳闪在御帘之外,被坐在帘内的关白公看到了,他问:"那是谁呀?正从帘子缝里向这边窥探哩。"中宫回答:"少纳言想躲在那边看个究竟呢。"关白公说:"唉,太遗憾啦。我和她可是老相识呀,叫她看到我有这么两个丑陋的女儿,实在难为情!"他说话的样子,显得很得意。

淑景舍那边厢也进膳了。

"好眼馋啊,两位女儿都进膳了,快些吃完,请赏点儿给老头老太吃吧。"关白公这一天很是幽默，净说笑话。这时，大纳言和三位中将带着松君｛伊周，此时二十二岁。三位中将为隆家，此时十七岁。松君为伊周长子道雅的幼名，此时四五岁。｝一起来了。关白公立即将松君抱在怀里，放在膝头。松君的模样儿实在可爱。廊缘窄小，众多衣衫袍服，随处散在。大纳言仪表堂堂，清纯雅丽，中将乖巧灵动，两人都是出众之才。今天众儿女济济一堂，关白公自不待言，就连夫人也感到是前世宿缘，造化所致。关白公吩咐坐下，大纳言却说："公事在身。"急急忙忙离座而去了。

不一会儿，式部丞某作为主上的特使来了。在配膳室临北的厢房里，拿出坐垫让他坐下。中宫的回信很快写完了，来人尚未离席的当儿，周赖少将{藤原周赖，伊周异母弟。道隆第六子。}作为东宫的使者前来参见。收下东宫的来信，因为那边的渡廊狭窄，便在这边的廊子上摆下坐垫。关白公、中宫和夫人把来信看了一遍。关白公说："应快些回信。"他看到淑景舍并不急着回信的样子，继续说："还不是当着我的面，不好意思写吗？要是我不看着，恐怕早就一封封地不断回信了。"淑景舍听罢，面孔微微发红，羞惭惭地微笑着，那样子着实动人。夫人也催促说："是要快些回。"于是，淑景舍便面向里间开始写回信。夫人凑到旁边，说要帮着一起写，做女儿的越发不好意思了。

中宫拿出嫩绿的织锦小夹袄和裤裙，作为对

来使的赏赐,从廊子上送过来。三位中将为来使披在肩头。周赖痛苦地低着头,用手接过来,随后站起身子。松君这时天真地说着什么,谁见了都觉得十分可爱。关白公说:"将松君作为中宫的儿子,带到人前去,也不坏啊。"大家都说:"可不是吗,中宫为何现在还不生养呢?"全家人都为此担心而又盼望着。

午后二时光景,有人喊道:"铺设筵道{贵人出行所走的铺有薄草席的道路。}喽!"过一会儿,听到主上袍服炫烨地走进来了。中宫随即来到这边的正屋,二人进入御帐内。女官们都裙裳窸窣地退到南厢房去了。廊子上只剩下许多殿上人。关白公把中宫身边的人叫到跟前来吩咐道:"送些果品和酒菜,让大家一醉方休吧。"众人真的醉了，同南厢房的女官说着话儿，互相都感到心情舒畅。

日落时分，主上起床，唤山井大纳言｛藤原道赖，伊周异母兄。道隆长子。｝进去，穿好衣服，又打发他出来了。主上身穿樱红的直衣和大红的衬衣，在晚霞的辉映下，容光焕发。关于主上不便多言，就此停笔。山井大纳言虽非中宫亲兄弟，但两人感情颇深。山井大纳言容貌昳丽，胜过伊周大纳言，但世上的人都认为他不好，净说他的坏话，着实令人同情。主上回驾，伊周大纳言、山井大纳言、三位中将，以及内藏头｛藤原赖亲，道隆第五子。一说藤原安亲之子陈政。｝等恭送。

马内侍｛天皇身边的女官。｝作为主上使者前来传旨，要中宫今夜去清凉殿。可中宫颇感为难:"今夜实在不便。"关白公听闻力劝道:"这样不好,还是快些登殿吧。"这时,东宫的御使也频繁光临,场景十分忙乱。东宫的侍从也前来催促中宫快些登殿,中宫对关白公说:"还是先送走淑景舍再说吧。"可淑景舍却说:"为何让我先行呢?"中宫说:"我来为你送行吧。"场面感人,颇为有趣。

于是,关白公说:"那就让路远的先行吧。"淑景舍听罢,就先回去了。关白公送走淑景舍回到中宫那里,不久中宫也登殿了。在陪送中宫进宫的路上,关白公说笑不止,女官们都笑弯了腰,差点儿没从板桥上跌落下来。

一〇一　来自殿上

殿上送来一支梅花散落的空枝，问我："这个，如何？"我回说："早落了。{大江维时诗："大庾岭梅早落尽，谁复前来问粉妆？"（《和汉朗咏集·柳》）}"于是，殿上人就在殿的背廊有黑门的房间里吟起那首诗来。主上闻听，说道："与其吟诵那首诗，这样的做法更出色，你回答得很好。"

一〇二 二月晦日风劲吹

二月晦日前后，风劲吹。天空昏黑，微雪飘扬。主殿司的人来到黑门房间里说："有件事特来求教。"我走过去一看，只见他拿着公任宰相{藤原公任，当时歌坛名人。宰相乃参议的另一叫法。}的信笺，纸上写着：

少有春气息。{白居易《南秦雪》："三时云冷多飞雪，二月山寒少有春。"}

这情景很合乎今天的天气。上半句怎么办呢？实在想不起来。我问来人："同座的都有谁呢？"

二九八

他一一作了回答。诸公都是令人生畏的优秀人物，我怎好马虎对待呢？尤其是回答宰相的问题。我苦苦思索着，很想拿给中宫一瞧，正好主上来了，已经就寝。主殿司的人催促道："快些，快些。"反正迟了，写得又不好，只是应付一下算了：

寒雪疑飞花，

我战战兢兢写好了，他会怎么看呢？心里很不踏实。虽说很想听听反应，但要是获得恶评，不如不知道的好。这时，原为中将的左兵卫督｛藤原实成，太政大臣藤原公季的长子，长德四年十月为右近中将，宽弘五年（1008）正月为参议，翌年三月为左兵卫督兼任。本篇成文当在其后。｝来了，他跟我说:"俊贤宰相{源俊贤,左大臣源高明的第三个儿子。长德元年(995)八月任参议。}等人已经给了很高的评价,大家一致说:'还是奏请上面,任命她为内侍{即掌侍,女官之中最高级别。}吧。'"

一〇三　遥远的事

遥远的事：半臂 {袍服和内衣之间的窄袖衣服，腰间垂挂小带子。} 的衣带子刚刚起头儿。前去陆奥的人，刚穿越逢坂关口。初生婴儿长成大人。

一〇四　方弘遭人嘲笑

方弘{源方弘,文章生出身的藏人。时明之子。有名的马虎之人。}是个屡屡遭人嘲笑的人。他的父母知道了会怎样看待这件事呢？他身边自有资历很长的人，于是大家找来，笑着问道："你为何要为他效力？你对他的感觉如何？"方弘的家是织造衣服的行家里手，下裳的颜色、袍服等，都比人讲究。人们说："这些本来是想送给别人的。"

方弘说起话来很怪。他派侍从到家里去拿宫中值班的衣物，说："你们两人一道去。"侍从说："一个人就行了。"方弘便说："你这人真怪，一个人怎能拿两个人的东西呢？本来盛一升的瓶怎么能盛两升的东西呢？"听的人不知道他在说些什么，大伙儿都笑话他。有人差使者催促说："请快点儿回信吧。"方弘说："瞧你，真可厌，干吗慌里慌张的？锅里在爆豆{以爆豆噼噼啪啪的响声比喻急如星火。一说由曹植《七步诗》"相煎何太急"一句生发而来。}吗？这殿上的墨和笔都被谁偷走了？是被什么人藏起来了？假若是酒饭，人也会要的。"大家对他的话，又是一阵哄笑。

女院{东三条女院诠子，兼家次女，一条天皇的生母。}病了，方弘受主上差遣前往探视，回来后有人问他："女院的殿上都有谁在呀？"他回答有谁有谁，举了四五个人。又问："其他还有谁？"方弘回答："其他嘛，还有躺着的人。"人们听罢都笑了，或许这事本身就很奇怪吧。

一次,他趁着没人,走过来对我说:"有件事求你,这可是别人叫我问你的。"我问:"什么事啊?"于是走到几帐跟前。方弘说:"人们都说:'请把身体靠近。'我却说成:'请把五体靠近。'"大伙儿又是一阵笑声。

除目{官吏升任仪式,春季的除目当在正月十一日(一说九日)到十三日的三个夜晚。}的第二个夜晚,方弘为灯添油时,他站在灯台下的垫子上,因为是新涂的油布,袜底粘住了,挣不开。当他往回走时,灯台扯倒了。方弘的脚步震动着大地,原来袜子还照样粘连着油布,脱不开。

藏人头尚未就座的当儿,殿上的膳盘前边谁

也不肯先行就座。方弘却悄悄从膳盘里取来一盘豆，躲在小障子{清凉殿上盥洗室和早餐室之间的小型隔扇。}后面吃。有人突然将小障子拉开，大家看了狂笑不止。

一〇五　难看的事

难看的事：衣服的背缝在肩膀上打起皱来，或者穿和服时闪露出后颈。背着孩子迎接稀客。和尚兼风水师头戴纸冠为人做佛事。色黑而邋遢的女子头戴假发，多须而瘦小的男子，两人夏天里一起睡午觉，这些都是很难看的。大白天躺在那里，有什么好看呢？夜间看不见长相，而且一般的人都要睡觉的。不能因为自己长得丑，就一直干坐着不睡觉。夜里睡觉，早晨尽早起床，这并非难事。夏天，因为睡午觉而晚上不就寝，这在身份高贵的人来说，倒比一般人风姿绰约。要是相貌平平的人，脸上油光发亮，午睡后显得浮肿，弄得不好嘴歪眼斜。这样的男女，睡起后四目相对，毫无情趣。清瘦而色黑的人，穿着生绢的单衣，尤其难看。

一〇六　难以表述的事

难以表述的事：传达贵人的口信，贵人说了好多内容，要从头到尾地说给对方听，这是很困难的。碰到心怀惭愧的人，要给主人回信，说明什么事情，转述时也是很碍口的。听到已经成人的孩子出现意想不到的事｛多指恋爱方面的事，故别人难以直接表明意见。｝，要给他当面指出来，也是不好说的。

一〇七　关

关：逢坂关，须磨关，铃鹿关，河口关，白河关，衣关。直越关同忌惮关天差地别，无法相比。横走关，清见关，见目关。未必去关，又是怎样改变主意的呢？真想弄个明白。对于不打算去的人，这才说一声"好吧，勿来勿来"的吗？男女相逢的逢坂关等，如果也改为"算了，别再见面了"，那还有什么意思呢？

一〇八　森林

　　森林：浮田森林，植木森林，岩濑森林，立闻森林。

原 { 与一四段同题。 }

一〇九　原

原：朝原，粟津原，篠原，园原。

一一〇　四月末

四月末，参拜长谷寺，途经听说过的淀川的渡头，牛车乘在渡船上过河。眼见着菖蒲和菰草短短露出水面来，叫人割些来一看，却是长长的。载着菰草的船只往来交错，好看极了。那情景宛若《高濑的淀川》{"菰枕高瀬淀川上，刈筱与否我不知。"(《古今六帖·第六》)。高瀬，淀川沿岸守口市一带} 这首和歌中所吟咏的一样。

五月三日归来时，细雨稍降之顷，开镰刈菖蒲，男人和孩子们，头戴小竹笠，高卷裤角，露出修长的小腿。其风情酷似屏风上的绘画。

一一一　非同寻常的声音

非同寻常的声音：元旦的车声，还有元旦的鸡鸣，拂晓的咳嗽。黎明的乐音则更不必说﹛或指从女性处归来的男性吹响的笛声。﹜。

一一二 入画效果差的东西

入画效果差的东西:不适合入画之物。红瞿麦,菖蒲,樱花,故事书讲述的眉目清秀的男女。

一一三　入画效果好的东西

入画效果好的东西：松树，秋野，山村，山路。

一一四　冬天

冬天冷好，夏天热好。

一一五　可哀的事

可哀的事：忠诚为父母服丧的孝子。身份高贵的青年苦心修行，为朝拜金峰山，每日关在屋子里，磕头抢地，吃斋念佛，直至黎明，其虔敬之心令人感动。想象着自己的妻子家人一觉醒来，听到他的声音，会是多么可怜。好歹熬到了参拜的日子，家人担着一片心，路上是否平安？真是战战兢兢。等平安到达山顶参拜完毕，那真是太好了。不过，戴着乌帽子进山，总有点儿不大体面。我听说，大凡参拜之类，即便身份较高的人，还是装扮得朴素些为宜。

三一七

可是，右卫门佐宣孝{藤原宣孝，紫式部之夫，下文出现的隆光乃其长子。}却不以为然，他说："哪有这样的事？打扮得光鲜些有何不可？金峰山神仙绝不会传谕下界，叫你们参拜时一定要粗装便服。"三月末尾，他穿着浓紫的裤子，白色的袍服，一身棠棣花颜色的鲜丽的装扮。身为主殿亮{主殿寮的次官。}的儿子隆光，则身着蓝色的夹袄，红色的衣衫，下身是蓝色碎白花长裤。父子相携，同去进香。山上归来的人，以及将要启程的人，见了都说："这山上自古以来，未见过这般打扮的香客。"四月初，父子二人回来，六月十日，筑前守辞任，宣孝继任，人都称赞道："他说的没错。"这虽说不值得感动，但既然谈到上山进香，也就顺便交代一下吧。

但凡青春亮丽的少男少女,一身黑色丧服,那是很招人怜悯同情的。

九月末,十月初,似有若无的蟋蟀的鸣叫。母鸡抱窝。深秋时节,庭院的浅茅里玉露闪烁,五光十色。夕暮或黎明,风吹河竹,簌簌有声,闻其声而伤悲。中夜不寐,万事拥心。山村降雪。热恋的男女,有人居中添乱,使他们不能如愿以偿。

正月的宿寺 ｛古俗，正月寄宿寺庙，斋戒祈祷，以求年中好运。｝

一一六　正月的宿寺

正月里寄宿寺庙的时候，天寒地冻，大雪纷纷，如此冰冷，倒也很有意思。若谈到下雨前的天空，真是大煞风景。

参拜清水寺，收拾宿寺房间的当儿，将牛车停在栈道｛连接山上佛堂、建有顶盖的阶梯通道。｝旁边。系着衣带｛不穿袈裟等法衣，只着便服而攀衣带。｝的小和尚，趿拉着木屐，在栈道上往来上下，毫不在乎。有时念几句莫名其妙的经文；有时高诵《俱舍》之颂｛"俱舍"，《阿毘达磨俱舍论》的略称。"颂"同偈，字句固定，易于吟诵。《俱舍论》，四句一偈，计六百颂。｝，到处转悠。他们的表演，真是找对了地方。

我登上去,感到非常危险,只得紧靠一侧,抓住高栏而行。那些小和尚就像走在铺设木板的平地之上,好不叫人羡慕。和尚说:"宿寺的房间打扫完了,请快些进去吧。"于是,随从们拿来几双鞋,将大家扶下车来。

来人中有的高高挽起衣裙;也有的是一身女官的正装——裙裳和唐衣。穿着深靴或短靴,拖长脚步经过栈道进入佛堂,仿佛身子仍在宫中。这感觉也很有趣。

身后接踵而至的是那些内外自由出入的青年男子和本家子弟,他们人数众多。小和尚们指点着女主人:"这点儿洼下去了,那点儿高了起来。"不知是些什么人,忽而贴近女主人走着,忽而超

三一

越到前头去。随从们说:"请等一等,这里有高贵的人,不要走到他们前头去。"经提醒,他们有的人应和道:"说得也对。"随即就注意了。可是,也有的权当耳旁风,一心要抢先到达,自己第一个跑到佛前去。进入房间时,要从整齐坐着的人们面前经过,着实有些厌烦,但从内外之间的木格子隔扇{原文作"犬防",间隔佛堂内外间的木格子屏障。古时建于楼房底层,防止猪狗侵入。}向内窥视,看见极为尊贵的场景,这才感到,这几个月为何不来参拜呢? 随之最先增强了信念。

佛前的灯并非长明灯,是内间别的参拜的人奉献的,明晃晃点燃着,映着十一面观音菩萨,金光闪闪,看上去十分尊贵。法师们手里捧着施

三二

主们的愿文｛献灯。｝，登上佛前的座席，微微摇晃着身子，向神佛祈愿。众僧一同宣读愿文，但分不清谁和谁的愿文，法师们个个提高嗓门，声震堂宇。好容易听到这样的话，"千灯之志，只为某某祈福。"我配好挂带，正在拜佛，只听法师说道："我在这里。"说着便拿一根香枝过来。香枝是很珍贵的，这件事很有趣。

隔扇那里走过来一个和尚，他说："你的祝愿，已经全部向神佛转达了。你打算宿寺几天呢？如今，某某人正住在这里。"说罢，旋即离去，接着又很快拿来火钵和水果等物，用水桶盛了净手水，连同装了水的没有把子的水盆，一并拿了来。对我说："随从请到那边的禅房里安歇。"和尚说罢，

三二三

就高声呼叫起来，随从们一个个交替着到僧房去了。

听着诵经的钟声，想到"那是专为自己诵经而敲响的"，心中甚感慰藉。据说隔壁住着一位颇有身份的人，礼拜时总是额头触地，一举一动，恭敬有礼。他勤于修炼，夜间也不睡觉，实在令人感念不已。礼拜停止后休息的日子，他诵经时压低嗓门，人们几乎听不见，令人尊敬。大家希望他高声诵经，即便大声地又哭又擤鼻涕，听起来也没有什么不愉快。可他却处处留心，他究竟在祈愿什么呢？真希望能随心如愿啊！

从前那次连日的宿寺，白天里很悠闲。随侍而来的男子、下人和童女，一起到主导法师的禅房里午休了,我一个人待在房子里很无聊。这时忽然听到附近吹螺号{正午吹螺号报时。}的声音,似乎很急迫,不由有些惊慌。一个男子命一位侍从拿着一封漂亮的书简,随后放下诵经的布施品,他高声呼唤堂童子{堂内的杂役。}的声音,十分响亮,使得山川为之摇动。诵经的钟声敲响了,这时在为何人祈祷呢?此刻,和尚说出了一位贵人的名姓:"愿保佑安产。"这钟声仿佛很灵效,果真会平安生产吗?我很担心,真想也为她求一求菩萨。如此午间的喧闹,是平时常有的事。可话又说回来,到了正月,一切都很喧闹。那些想加官晋爵的人络绎不绝地前来参拜,看到这番情景,自己也无法静心宿寺了。

日暮时前来参拜的,看来都是宿寺的人。小和尚们抬着高高的鬼屏风走着,那些屏风不太容易挪动,但他们搬运起来似乎一点儿也不犯难。接着,小和尚们又为宿寺的人手脚麻利地铺上榻榻米,围上屏风,又在隔扇一侧刷刷刷地挂上帘子。他们对这类活计已经习惯了,干起来得心应手。一群人裙裳窸窣地下来,其中一位老年妇人,一副怯生生的样子,用文雅的声调吩咐着周围的人,那些人看来送她来后就要回去了。老妇人说:"那里很危险,要注意防火啊!"一个七八岁的小男孩,用撒娇的口气吩咐家中的下人,他那盛气凌人的语调,听起来颇有意思。三岁的婴儿睡得迷迷糊糊,咳嗽的声音也令人怜爱。那孩子唤着乳母或母亲的名字，那位母亲究竟是谁呢？真想弄个明白。

和尚整个晚上都在念经，直到天明。我没有睡着。后半夜诵经完了，方才稍稍入睡。这时，耳朵里又传来念诵与本尊有缘的经文，声音非常洪亮。念诵本尊的经文，听起来虽说并非怎么尊贵，但却忽然醒悟，这是铺着蓑衣而坐的修行僧在读经呢，听起来实在感人。

还有一位有着相当身份的人，夜间不宿寺，穿着蓝灰色的棉裤，上身却套着好几件白色的衣衫，带着一位青年，看样子是他的儿子，穿戴得很漂亮，身边跟着书童，围着一大群随侍，场面很气派。临时圈个屏风，做做礼拜而已。

三二七

未曾见过面，总想知道是谁。要是知道了，"啊，原来是他呀。"那才有意思哩。年轻小伙子，喜欢围着女子的房间打转转，对于菩萨瞧都不肯瞧上一眼。这些青年也不像是浮华子弟，叫出寺中的别当，轻声嘀咕了一阵，离开了。

到了二月末三月初，樱花烂漫时节的宿寺也很有意思。两三位英俊的青年，装扮得像主人，穿着樱袭的直衣和柳袭{表白里蓝。}的狩衣，短腰窄裤，英姿飒爽。和他们的打扮相称的随从们，背着漂亮的饵袋{装食品或饭盒的袋子。}，小舍童穿着红梅或萌黄的狩衣，外加各种颜色的衣服，以及印着杂乱花纹的裤子，手持鲜花跟在身边。还有一列家丁，他们在堂前敲着金鼓，颇为动听。从我宿寺的房子望去，可以看清那是谁谁，但他又怎么会知道有人注意他呢？人家不知道就这样走过去，实在有些不甘心，所以有人务必想让对方知道自己的存在。这也是很有意思的。

　　如此的宿寺或到一处平时不去的地方，只带着身边的使用人，待在那里也是没有多大兴趣的。要是有一两个身份相等、志趣相投、无话不说的同好知己，相邀在一起，那就好了。当然，这样的人越多越好。自己手下的人之中，也有能够谈得来的，之所以感到无味，是因为平时司空见惯的缘故。青年男子肯定也是这样想，所以他们才特地寻找那些好友一道前往。

一一七　可厌的事

可厌的事：举办贺茂祭或修禊的时节，所有的男子全都去观看，惟有一人却留在车中观看。他究竟是怎么想的呢？即使身份不怎么尊贵，也有那些青年想看的人啊，让他们同乘车中，岂不更好。独自透过牛车上的帘影，一个人坐在那里，晃晃悠悠，一心盯着队伍的样子，使人感到是个多么气量狭窄的男子啊！

到一个地方，或者去寺院参拜，碰上了雨天。自己的手下人叨咕着："我等不再受欢迎了，谁谁眼下才称主人的意哩。"耳里微微听着这样的话。

三三〇

还有一些人更加可憎，胡乱推测，猜度心重，无故生怨，妄自尊大，均属可厌。

一一八　看着寒酸的事

看着寒酸的事：六七月正午至下午二时光景，烈日当头，驾着老牛破车，悠悠走着的人。无雨的日子，张挂着草蓬的牛车。严寒或酷暑时节，身份卑贱的女子，破衣烂衫，背着个孩子。上了年纪的乞丐。又黑又脏的小木屋被雨水打湿了。还有，大雨骤降的天气，乘一匹小马为人做前驱的人。冬天还好，夏天却一身袍服和下袭，雨水汗水粘在一起，实在不忍观看。

一一九　热的东西

　　热的东西：随身长的狩衣。千绔百衲的袈裟。出场{逢朝廷射仪或相扑之仪，于庭上临时设座，少将坐其上，以正威仪。此乃言其屋外长时间曝晒之苦。}的少将。特别肥胖的人，而多毛发。六七月间加持祈祷仪式上的阿阇梨{天台宗真言宗之中具有学位的僧人。}。

到这男子的感情不会长久，因而自己也就不会感到伤心失望了。

作为男人，对女人丝毫看不出那种深表体恤、难于割舍的感情来，这是一番怎样的心肠啊！真是令人失望。更何况，还要去谴责别的男人的作为，扮演一个能说会道的角色。还有一些男人，尤其想说动那些无依无靠的女官们，引诱她们上钩，等女人们怀上了孩子，男人们又装出一副全然不知不晓的样子。

一二一 不像样子的事

不像样子的事：退潮时搁浅的寂然不动的大船。被风拔起的大树，根须向上横倒在地上。没有实力的汉子却呵斥家臣。做了人妻却老爱争风吃醋，躲起来时便想道："丈夫为了寻找自己，必然弄得鸡飞狗跳。"其实呢，丈夫根本不在乎，泰然处之。女子总不能老是待在外头，只好自己主动回家了。

修法 {密教所实行的加持祈祷法。}

一二二 修法

修法,有所谓的奈良系统。依次诵读佛之护身法真言,既优雅又尊贵。

一二三　难为情的事

难为情的事：有人叫别人的时候，以为是在叫自己，答应着出面了。尤其是赠礼的时候，更叫人受不了。老是讲别人坏话，恶言恶语，碰巧给小孩子听到了，当着那人的面说了出去。

有人哭哭啼啼讲述一件悲惨的事情，自己听了也觉得实在可怜，但一下子流不出眼泪来，这是非常尴尬的。虽然哭丧着脸，露出悲哀的表情，也是无济于事。有时看见或听到可喜可贺的事，却无端地泪流滚滚，这也是很叫人扫兴的。

主上到石清水八幡宫行幸，回来时经过女院

三三九

府邸前面,停下御辇{神事行幸时,天皇乘葱花辇。},前往请安。那情景无比令人激动。母后感激涕零,连粉脂都被泪水冲掉了,实在叫人目不忍视啊!作为主上的宣旨御史,齐信宰相中将到女院府邸参见的样子,看起来十分有趣。他只带了四个随从,以及装束严正的马副{公卿出行时乘马的随从。},他们身材瘦长,一律搽着白粉。广阔的二条大街上,美马丽驹,骎骎而过。他们在稍远的地方下马,来到一旁的御帘之外,恭敬行礼。看那情景很有意思。接到女院的回话之后,再回到御辇旁边回报主上,那副场面就更不用说了。想到女院看到主上打门前走过该有多么高兴,我也几乎兴奋地跳起来了。为了这桩事我总是激动地掉泪,被人看了发笑。

三四〇

其实,即便是普通人家,有个体面的儿子也是很值得庆幸的,何况有个做了天皇的儿子,想想她内心的喜悦,该是多么心满意足啊!

一二四　关白公从黑门进出

关白公说他将从黑门进来，女官们听了都出来伺候，路两旁密密麻麻挤满了人。殿下分开人群走来，说道："哎呀，美女如云啊，你们一定在嘲笑我这个老头子吧？"靠近门口的女官们，彩袖翩翩，随即扬起御帘，权大纳言立即拿来关白公的鞋子套在他脚上。权大纳言威风凛凛，仪表堂堂，他长裾拖曳，使得周围显得更加狭窄了。人们都说："哎呀，有大纳言给关白宫拿鞋子，这真是了不起的事啊。"山井大纳言，还有那些官位不同的别家的人，仿佛在撒布黑粉一般，律穿着

三四二

黑衣，自藤壶墙边，一直排列跪坐到登华殿前。关白公颀长而优雅的身姿，戴着佩刀，伫立在那里。这时，中宫大夫伫立于清凉殿门前，本以为他不会跪坐下来，但关白公稍微走了几步，只见中宫大夫迅即便跪坐下来了。这真是令人感动啊！可见关白公前世是如何积德行善的了。

　　中宫女官的中纳言君说今天是忌日，一副神神秘秘的样子，看来有些反常。我说："把你那念珠借给我一下吧。看你那般修行，来世也会成为有身份的人呢。所以我也要向你学习。"女官们一起围过来，大家都笑了。这也是很有趣的事。中宫听到了，笑着说："说不定一下子成佛，比起关白还要阔气呢。"我发现这时候的中宫，显得十分华贵,令我感动。于是,我将中宫大夫跪坐的事说了好些遍,中宫说:"他可是你喜欢的人啊。"说罢笑了。后来中宫大夫果然荣华富贵,要是中宫能够亲眼看到,定会觉得我对他的赞扬是有道理的吧。

一二五　九月的夜雨

九月里下了一宿雨，今朝停了。朝阳喷薄而出。此时，庭院的草木浸满露水，不住流淌下来。景色明丽。篱笆帐子的网眼和屋檐上，破裂的蜘蛛网淋了雨水，看过去简直就像一串串玉珠，光洁耀眼，好看极了。

太阳升高了。戴着露水的胡枝子沉沉低垂着，一旦露珠滑落下来，枝条摇动，即使没有人用手牵拉，它也立即向上弹起枝条，煞是有趣。我所说的这些感人的事，在别人看来也许一点儿意思也没有，这种差异本身也是挺有意思的。

一二六　七日的嫩菜

七日的嫩菜，有人六日就拿了过来。正在吵嚷着观看的时候，孩子们又拿来了从未见过的野菜。我问："这野菜叫什么名字呀？"孩子们一时答不出来，只得说："这就回答。"他们你看看我，我看看你，有个孩子答道："无耳草。"我笑着说："可不是嘛，这也难怪，所以才装出没有听见的样子。"这时，又有别的孩子拿来菊花苗儿，我就此作了一首歌：

　　采摘众草来，

无耳亦堪怜,
嫩菊溢清芬,
群童乐开颜。

我想给他们讲讲,但个中意味,孩子们未必能懂得。

一二七　二月的官厅

二月，在太政官厅，举行所谓"定考"。究竟是怎么回事呢？或许是悬挂孔子的画像吧？所谓"聪明"，就是将一种奇形怪状的东西盛在陶罐里，献给主上和中宫。

"这是从头弁那里来的。"主殿司将绘画似的东西包在白纸里，插着盛开的梅花，拿来了。我心里猜度，这是什么画呢？赶紧打开来看，原来是一种叫做"饼餤"的东西，两个并排包在一起。外面附着一枚书简，写道：

进上

饼馓一包，

依例进上如件，

别当　少纳言殿。

后面附有月日，署名"任那成行"，后面写着："我本来想亲自送呈，只因相貌丑陋，白天不便前往。"{指葛城神的传说。葛城的一言主神，称葛城神，在葛城山和金峰山之间修建石桥。因相貌丑陋，不敢白天出来，只在夜间干活，是当时有名的传说。}笔迹秀丽，送给中宫看了，中宫赞扬道："写得真漂亮，真有趣啊。"随后把那书简收存起来了。我问道："回信怎么写呢？送礼的使者要不要给赏钱？有谁懂得这些？"中宫听了说："惟仲在那边说话，把他叫来问问看。"我走到屋外,吩咐侍从说:"请左大弁过来说话。"惟仲威风凛凛地来了,我对他说:"也没有什么要紧的事,只是有件私事想问问你,假若有人送饼馓什么的,给你这个弁官或少纳言,要不要对送礼的使者奖赏一下呢?"惟仲回答说:"用不着奖赏什么,收下吃了算了。"接着他便问道:"干吗要问这些呢? 莫非您收到哪位政官的使者送来的礼物了?""可不是嘛。"我随口应着,立即在一张鲜红的薄纸上写道:"自己不来使者来,实在有些不知礼。"写罢,便附在一枝盛开的红梅上,送去了。头弁随即来了,说道:"下官来了,下官来了。"我出去一看,他便对我说:"写了那封蹩脚的信,本指望能换来一首和歌什么的,没想到写了那么些体己的话儿。女人啊,稍有些自负的人,动不动就写上一首和歌什么的。若不是这样,倒还容易交往。对于我这样的俗人,也写什么和歌来,反而显得不够风流了。"后来,则光和成安等人对此笑谈了一番。头弁当着好多人,又把这事说给主上,主上说:"她说得实在好。"有人把这事又对我说了,如今写在这里,未免有些自我吹嘘,实在有点儿不好意思。

一二八　六位新官的笏

女官们说:"不知为什么,六位新官的笏,为何要用职院东南角土墙的板做的呢? 使用东西土墙的板不是也可以吗?"她们摆出许多不合理的现象,纷纷议论道:"衣服也要起上各种名字,这也太过分了。衣服的名字里,叫什么'细长',啊,这么叫勉强也可以。可为什么叫汗衫呢? 叫长衫不是很好吗? 就像男孩子穿的那样。""为何称作唐衣呢? 叫短装不可以吗?""或者有人说,那是唐土人穿的衣服嘛。""外衣,外裤,是应该这么叫的。叫下袭也行。""大口裤,因为裤口比裤长还宽,所以这个名字很合适。""裤子的名字实在不像样。""为何叫缩口裤呢？可以叫下身服嘛,或者也可叫下身袋什么的呀。"她们吵吵嚷嚷,没完没了。我说道:"哎呀,别在议论了,我现在不说了,大家快去睡觉吧。"说罢,只听得隔壁房间夜祷的和尚,愤恨地喊叫道:"千万不要就此休场,还是议论到天亮吧。"他们的话说得很有趣,也使我感到惊奇。

一二九　关白公忌日

关白公忌日，每月十日，都在府邸进行诵经和供养。九月十日这天，在职院里举办。众多公卿和殿上人都来参加。清范{讲经的名人。见三三段注。}担任讲师，悲天悯人的一番话十分感人，那些对人生无常之趣缺乏了解的年轻女官，都激动地哭了。

供养仪式结束，饮酒赋诗之时，头中将齐信君高声吟诵道：

月与秋期而身何去？{意思是：秋天里月亮依旧朗照，可是赏月人又到哪儿去了呢？参见《本朝文粹》卷十四菅原文时为追念谦德公所作的愿文。原意为:"彼金谷醉花之地,花每春香而主不归。南楼玩月之人,月与秋期而身何去? 况宠深者思又深。"《和汉朗咏集·杂·怀旧》}

他的朗诵非常动人,怎么会想到这样一句合乎时宜的句子呢? 我分开人群挤到中宫那里,中宫也正好走了出来,她说:"吟得真好,简直就像特为今天而准备的文辞。"我说:"我也是专为向您报告这事才来的,为此,法事也只看了一半就来了。实在是很感人啊!"中宫说:"可不,你本来就喜欢他嘛。"

头中将每当特意叫我出去,或者偶尔碰面时,总是说:"你为何不真心同我交往呢? 我知道你并不讨厌我,这更使我觉得奇怪。我们的关系都维持这么多年了，怎好就这样不即不离地了结呢？有朝一日，我不在殿上走动了，我们还有什么可供记忆的呢？"我说："这是当然的。要想亲近起来，那倒也不难。不过，到那时候，我就再也不能夸奖您啦，多么遗憾呀。在主上跟前，那也是我的职责，随时可以夸赞您一番。一旦亲密起来，哪还能这样呢？咱俩只要真的相好，也不一定结为夫妻。您看呢？否则心中有愧，怎么还说得出口呢？"中将听罢，说道："为何不能，情人眼里出俊才，这样的女人有的是。"我说："您要是对于我这种做法觉得不自在，咱俩就好起来也行。不过，无论是男人女人，一旦要好，就会偏心。一旦别人说起他或她的缺点，就会感到气愤，觉得受不了。"中将说:"你这话靠不住。"他这么说倒也挺有趣。

一三〇　头弁到职院来

头弁到职院来，谈着谈着，夜已深了。他说："明天是主上避讳的日子，我要到殿上值班。一旦到了丑刻，就不好办了。"说罢，就进宫去了。

翌日早晨，将藏人所使用的粗纸重叠起来，在上面写道：

今日甚为可惜，本想彻夜谈论往日之事，但闻鸡鸣，只得匆匆而归。

他写了好长好长，笔墨潇洒。我给他回信说：

夜深闻鸡啼，这不是孟尝君的事吗？{《史记·孟尝君列传》：齐孟尝君使秦被拘，夜半至函谷关，关门紧闭。随行食客中有善学鸡鸣者，君命之。守备闻鸡唱而启关。遂得以平安返国。}

他即刻又来信说：

孟尝君门人学鸡啼，使得函谷关关门大开，三千食客方得以逃脱。书上虽如是说，但我所说的是逢坂之关啊。

我又写了一首和歌回他：

三五九

半夜闻鸡啼,
骗得函谷关门开,
男女幽会逢坂关,
难得骗过守关人。

他又回信说:

逢坂人人都能过,
即使无鸡鸣,
关门常开待人来。

所有这些信笺,第一次信,僧都君磕了头要去了,其后的信件都在中宫那里。而且,那首关于"逢坂"的歌,算是被他的吟咏压倒了,最后,我连"返歌"也作不出,实在有失脸面啊。

后来,头弁对我说:"你的信,殿上人都传看了。"我说:"由此看来,您是真心地喜欢我。遇到了不起的事,人们也会到处传扬,否则有什么意思呢。另一方面,因为您的信写得太见不得人了{这里说的都是开玩笑的反话,以此表达自己写得不好的信简,反倒被头弁拿给众人传阅。},所以我拼命藏着,绝不给人看到。这么说,我对您的关心,比起您对我的关心,都是一样深。"头弁说:"你如此通情达理,和其他女子就是不同。我还以为你会像普通女子那样,说什么'不加考虑,做法轻率'呢。"他说着笑了。我说:"那怎么会呢,我要好好感谢才是啊。"他又说:"把我的信藏起来，你这样做使我打心眼里高兴。否则，那是多么叫人难为情啊！今后，还请您多多关照才好。"

不久，经房中将到这里来了，他对我说："知道吗？头弁大大夸奖了你一番。他有一天写信来，谈了最近的一些事情。我所思念的人，受人夸奖，真叫人高兴。"他说得十分认真，煞是好玩。我便说道："我有两件喜事，一是他夸奖了我；二是我又成了你心目中的人。"经房说："我早就喜欢你，疼你，哪怕你现在才知道，也会很高兴的吧。"

一三一　五月，没有月亮的暗夜

五月，没有月亮的暗夜，只听得一些人大声嚷嚷道："女官们在吗？"中宫说："你们出去看看，听声音和平时不一样，是谁在那里说话？"我出去问："谁呀，说话声音那么大？"说罢，听不到动静，只见帘子被掀开了，突然杵进来一根吴竹{淡竹的一种。因来自中国，故称吴竹。}。"呀，原来是此君{"此君"，竹子的异名。《晋书·王徽之传》："子猷性爱竹，尝寄人空宅住，便种竹。或问：'暂住何烦尔？'王但啸咏良久，直指竹曰：'何可一日无此君？'"}。"殿上人听到我的话，就说："快，快走吧。先到殿上去再说吧。"原来，式部卿宫的源中将以及六位藏人都回去了。

　　头弁留下来说:"他们竟然都走了,真是岂有此理。我们本来折了清凉殿前一根吴竹,打算以此为题作和歌的。有人提议说,不如拿到职院去,将女官们喊出来一同作歌,岂不更好? 所以就带到这里了。听你一口说出吴竹的别名,那些人就走了,真是没道理啊。你究竟是听谁说的,这个名称一般人都不知道的啊。"我说:"竹子的名称我也不知道,他们以为我这么说有失礼貌吧?"头弁说:"或许他们真的不知道竹子的别名啊。"

　　他坐下来又同我谈了些正经事,殿上人一起来了,只听他们口里吟道:"栽之称此君。"〔"晋骑兵参军王子猷,栽之称此君。唐太子宾客白乐天,爱之为我友。"(《本朝文粹卷十一·修竹冬青诗序》菅原笃茂〕〕头弁对他们说："本来在殿上商量好的事，没有实现，你们怎么就走了呢？真是胡闹。"殿上人说："那样的妙句，真不知如何应对为好。与其回答得牛头不对马嘴，干脆回来不是更体面吗？殿上人之间为这句话也都在议论纷纷，主上也知道了，好不热闹啊！"头弁也跟他们一道吟诵，反反复复念叨着同一句诗，真是有趣。其他的殿上人也都各各吟咏着。他们回去的时候，我依然听见他们异口同声地吟诵着这一诗句，直到走进左卫门。

翌日一早，有个叫少纳言命妇的人，将一封主上的书简送给中宫，顺便说了这件事。当时我在宿舍，中宫派人来叫我去，问道："可有这等事？"我回答说："我不知道呀。也许在我全然无知的情况下，行成朝臣特地周旋了一番吧。"中宫说："即使特地为之周旋，也是事出有因啊。"说罢，微微地笑了。

中宫听说女官们受到殿上人的夸奖，不论是谁，她都很是喜欢，并为被夸奖的人感到高兴。这真是可喜可贺的事。

圆融院 ﹛一条天皇的父亲。永观二年(984)让位，正历二年(991)驾崩。﹜

一三二　圆融院殁后一年

圆融院殁后一年，所有人员都脱去丧服，千般怀想。以宫中为首的人们，忆念故院旧事，曾记得一个大雨沛降之日，有个穿蓑衣的少年，送来一根很大的白木棒，尖端附着一枚书简，来到藤三位﹛一条天皇的乳母，右大臣藤原师辅的四女繁子。﹜女官宿舍，说道："将这个奉上。"传达的女官问："是从哪里来的信件？今明日是忌讳日，连格子门都没法打开来。"说着，便从紧闭着的格子门下方取下书简，一一交代了经过。藤三位听完便说："因为是避忌的日子，不可拆看。"于是女官便将书简插在格子门上方。翌日早晨,藤三位净了手,吩咐道:"好,把昨天的书简拿来吧。"说完,伏在地上拜了拜,打开了书简。似乎是胡桃色的色纸一样厚,觉得奇怪。随之一段段展开来,笔迹粗笨,似出自僧人之手:

> 我等山乡人,
> 依旧身穿椎叶所染丧服,
> 忆念故院旧事,
> 而都城之人早已换上寻常衣衫了吧?

心想,这种挖苦的话真叫人受不了。是谁干的呢?仁和寺的和尚?那位僧正人概不会写这样的信。藤大纳言？从前是故院的别当，或许就是他的作为。这件事应该早些报告主上和中宫知道，心里很着急，偏巧又遇上了避忌之日，须得小心谨慎才好。为了遵守阴阳师所说的避忌之日，所以那一天就忍耐过去了。第三天早晨，写了一首返歌，派人送给藤大纳言。藤大纳言立即又给藤三位写来了返歌。

于是，藤三位手里拿着那首歌和回信，急忙前来参见中宫，将事情说了一遍。其时主上也在那里。中宫装出一副若无其事的样子看了看，十分认真地说道："这不大像藤大纳言的笔迹，说不定是和尚写的，再不然就是往昔的恶鬼所为。"藤三位奇怪地嘀咕着："到底是谁写的呢？风流好事的公卿以及僧官们都有谁呢？是那个人，还是那个人？"主上微笑地说道："和这边色纸上的笔迹有些相似哩。"说着，从一个书橱里取出色纸给了她。藤三位埋怨道："呀，真是作践人哪，竟然干了这样的事。唉呀，头疼得要炸了，快说说，到底是怎么回事啊？"她一边发牢骚，一边笑着。主上也渐渐讲明了情况："那个充当使者的小鬼童，本是御膳房做杂役的女官手下的小伙计，中宫身旁的女官小兵卫因为能说会道，说服他充当了信使。"经主上这么一说，中宫也笑了。藤三位拉住中宫，不住摇晃着她，说："干吗这样骗我呀？我对那书简倒是当了真，还净了手，伏地拜了拜，才拆开阅看的。"她坐在那里笑着，显得既委屈又很得意,那副撒娇的样子很是可爱。

　　自从有了这件事,清凉殿上传为笑谈。藤三位来到女官宿舍,找到那位充当使者的小童,叫收信的女官看看是否是他。那女官说:"不错,就是这个小童。"于是问他:"那是谁写的信? 又是谁交给你的?"小孩什么也不说,一副莫名其妙的表情,嬉笑着逃走了。藤大纳言后来听到这件事,也觉得实在好笑。

一三三　无聊的事

无聊的事：遇到避忌的日子，离开自己的家门，到外头躲避。无法进子儿的双六。升任时获不到官位的人和他们的家。下雨时尤其令人感到无聊。

一三四　解闷的事

　　解闷的事：围棋。双六。故事书。三四个幼儿，高兴得说些什么。或者，更小的婴儿咿呀学话。水果。青年男子，很会说笑话，善于言谈的人也来了，碰巧又是避忌的时候，便也进来凑热闹。

一三五　一无可取的事

一无可取的事：面貌丑陋、心地可恶的人。浆洗衣物的米糊被水弄湿了。虽然都是万人憎恶的事，如今也不得不在这里提一提。

还有，拨撩葬火的火筷子，这也是没有用的，可又为何非写它不行呢？虽说都是世间常有的，但不一定人人都能看到这本书，所以虽然奇怪，虽然可憎，自己还是想写上去，于是就这样写上了。

一三六　最有趣的事

说千说万，最有趣的事，当是临时祭｛分别于石清水（三月中旬午日）和贺茂（十一月下旬酉日）举行的祭祀。当日，天皇驾临清凉殿，举行修稧、御贖物（为天皇皇后祓除不祥）等仪式。接着，转为"御前座事"，由天皇为敕使、舞人、陪送等赐宴。然后观赏歌舞。最后敕使改装参拜神社。｝了。试乐也非常有意思。春空万里，阳光朗照之时，扫部司的人在清凉殿铺上席子，敕使面北而坐，舞人于御前同向而坐。关于这些，也许我记忆有误。

藏人所的人运来盛载食物的方盘，摆在每人面前，那动作也很有趣。陪从的乐人也能到庭院里享受玉馔，出入于主上面前。公卿和殿上人交相举杯,临了则用青螺之杯饮之。最后,是所谓"投食{将筵席上剩余食品抛向院子,招人拾取,犹如饲鸟。}",这种事即便由男人去干也很难为情,何况当着主上的面,女人怎好跑去拾取呢?出乎所料,忽然从无人想到的烧火处跑出人来,吵嚷着要去捡拾。结果他们越想多多拾取,越是撒落了好多。倒是被轻轻松松拾取的人占了先。拾东西的人将烧火处当作储藏室,倒也挺有意思。扫部司的人收拾完席子,主殿司的官人,人手一把扫帚,扫平院里的沙子。

陪从乐人在承香殿前吹笛子,打着牙板奏乐。"快些出来吧。"正等得着急,只听舞人们唱起《有度浜》{东游中骏河舞之一节:"呀,有度浜,骏河有度浜。碧波涌来十草妹,呀,七草妹,七草妹,相见相欢,相伴相寝……"},白竹篱边走出,一俟乐人弹起御琴时,听起来真是满心激动。第一组舞人整齐地合起翠袖,出来两个人,靠西面向御座而立。接着,舞人次第出场,脚步合着牙板,整理一下半臂{袍子和下裳间的短衣。}带子,不停手地再理一理头冠和袍服领子,嘴里唱着《小松愁》{骏河舞歌词之一。},随之跳起舞来,煞是好看。那"大轮"等的舞姿就是看上一天也不生厌。但很快就跳完了,真叫人遗憾。于是又指望着下一个舞蹈,耐心等待着。御琴又重新拨响了,舞人这回从吴竹台后面跳着求子舞{最后的舞蹈。}出场了。合着纷乱的舞姿,罗衫滑肩,长裾飘扬,那样子实在优雅。他们互相穿插走动,姿态乃世间无比。

这回总不会再有什么了吧,仪式快要结束了,实在有些遗憾。公卿们都陆续退席了，觉得有些不太满足。不过，在贺茂临时祭的时候，可告慰的倒还有还宫的神乐。当庭院中的篝火升起一缕细细的炊烟时，响起神乐悠扬的笛音，令人心情振奋。随着清朗的笛声，歌声也令人满心舒畅。这时，我感到寒气迫身，衣服和肌肤凉冰冰的，连握扇的手指也发冷了。因为一心迷恋歌舞，倒也并不介意。乐师长呼唤着才人{才人，舞蹈者。}，那高兴的神色实在难得。

在家乡的时候，只见到一行舞人走过，觉得很不满足，有时便到神社去看。车子停在高大的树木下，火把的烟雾氤氲升起。明亮的火光里，舞人们衣饰华艳，彩袖翩翻，较之白昼更加美丽。

回家时,踏过板桥,脚步合着音乐手舞足蹈,倒也十分快活。河水潺潺,笛声朗朗,怕是神仙也会听得入迷吧。从前有个叫头中将的人,每年都做舞人,一片情痴。死后,亡灵驻留于上神社的桥下。我听到这个传说,心中有些惊恐,随即感到,对任何事都不可过于痴迷。然而,心中对于这优美的神乐始终未能忘怀。

　　女官们说:"八幡临时祭最后的一天,实在有些扫兴。回去时为何不再跳上一番呢? 那样不是更有趣吗? 舞人们拿到赏赐就从后门退出了,真是让人失望。"主上听了说:"那就叫他们跳吧。"女官们说:"真的? 要是那样真是太好啦。"大家高高兴兴,围拢来向中宫请求道:"叫他们再跳一回吧，拜托啦。"当时能够回来再跳一回，自然是非常高兴的事。舞人们本以为一切都完事了，听到主上有诏，突然又像遇见一件大事，吵吵嚷嚷，十分激动："真的？会有这等事吗？"宿舍的女官们也慌乱一团，一起赶往清凉殿，显得非常热闹……随从者和殿上人都看在眼里，也不肯管。来的人有的还撩起下裳蒙在头上，惹得别人看了发笑，那场景真有意思。

一三七　关白公逝世，世间多变故

关白公逝世，世间多变故，四方骚动。中宫也不再进宫了，居于小二条殿那个地方，总觉得心情郁闷，我便长期住到乡里去了。但我还是记挂着中宫那里，觉得不能一直待在家里。

右中将来讲了些事情，他说："今天我去看望中宫，觉得那里很是凄清。女官们的装束，无论下裳和唐衣，也都合乎季节，毫不懈怠地伺候着。从帘子的缝隙里窥探，八九个人，穿着枯叶色的唐衣，薄紫色的下裳，也有的穿着紫苑和胡枝子色的美丽的衣衫，并排坐在那里。"中宫居所的院子里草木茂盛,我问:"为何这样放着不管呢?"宰相君回答:"听说留着是为了蓄满露水供观赏呢。我觉得这倒是挺有趣的。女官们吵嚷着说:'清少纳言住到乡下去了,实在遗憾。中宫觉得,即便家里有再大的事,也应该来这里伺候。可是,中宫这样想也是白搭。'她们都这么说,或许是叫我转告你的吧。你去拜访一次,看看宫里的情况吧,还是很有风情的。露台前一丛牡丹,正在盛开哩。"

我说:"怎么办呢? 人们都在恨我,我自己也觉得遭到大伙儿的恨。"他听了温和地笑了。其实,从表情上看,中宫对我倒没有什么不悦的样子,平时我在一旁听女官们议论,"她呀,左大臣那边有熟人。"等我走上前,她们立即不说了。由此看来，她们在排斥我。以前从来未有过，所以耿耿于怀。中宫要我去看看，但始终没有去，时间一长，中宫周围的人无中生有，说我是左大臣那边的人。

近来好多天没有中宫的消息了，心里正记挂着的当儿，宫中侍女送来了一封信，说道："这是中宫通过宰相君悄悄交给我的。"她来到我家里还是那般小心翼翼，实在太过分了。看来，这并非由他人之手而作成，我心中怦怦直跳，连忙打开来。信上没写什么，只是裹着一朵山栀子花的花瓣，上边附了一句：

　　一思胜千言。{山栀子，日文读音同"口无"相近，以山栀子表达无言相念之情。这是一首古歌；"心里有条河，河水白浪翻，焉知君无意，

一思胜千言。"(《古今六帖·第五》)

我看了很是激动,连日的郁闷获得缓解,随之转忧为喜了。侍女看到我高兴的样子,说:"听说平时你不在,中宫是很思念你的。女官们说,不知道你为何长久住在乡下,怎么不肯进宫探望一下呢?"接着,侍女又说:"我到附近去一下,回头再来。"她走了,我打算写回信。谁知将那首歌的上半句全然忘却了。"太奇怪了,这首古歌有谁不知道呢?自己也想了好久了,就是说不出来。究竟是怎么回事呢?"听到我的话,坐在面前的一个小女孩随口说道:"心里有条河……"我怎么会忘了呢?竟然由个女童说出了,真是有趣啊。

写了回信，又过了些时辰，我进宫去了。会怎么样呢？我比平常紧张得多，躲在帷帐后头，伺机而动。中宫见了笑道："那位是新来的人吗？"接着她又说："那首歌虽然不太满意，但这种时候，只得这么说了。我若看不到你来，心里真是一刻也不能轻松起来啊。"看中宫的样子，和以前没有什么改变。我提到是小童女告诉了自己那首歌，她直笑得前仰后合："谁说不是呢，平常很熟悉的古歌，有时也想不起来了。"她还讲起这样的事："有个地方，人们分两组互相竞赛猜谜，一个头脑灵活的人说：'让我首先在左边这一组里出个题目吧，就请大家答应我吧。'尽管他这么说，可谁也不甘心落后，所以人人都满怀信心，高高兴兴地制作谜语。当选定谜语,那人便说:'关于谜语,就请交给我好了,我既然说了,总不至于让大家失望的。'大家也就信了他。说着说着,日子临近了,人们便说:'还是请你说出那谜语来吧,假如碰巧有两个谜语重复了,那就糟了。'那人说:'这种事谁又能料到呢?那就别信任我好了。'说着便有些不高兴。大家虽说有些不安,但还是算了。到了那天,左右两组,男女分坐,许多前来观看的人们也都坐成一排。互相猜谜。担任左边一组的那个头脑灵活的人,十分认真地做着准备。大家等着看他究竟说出什么样的谜语来。左右两组的人等得有些着急了,两眼直盯着他。那人口里念念有词:'什么呢,什么呢。'使得大家愈加急躁起来。他的手法真是高明。这时，他突然高声说道：'张弓对天穹{象征月牙儿。}。'右组的人觉得很有意思，但左组的人却一时感到茫然自失，而且怅恨不已，怀疑那人暗自同对方互通消息，故意使得自己一方失败。右组的人说：'真是没想到呀，这谜语出得好滑稽啊。'说着笑了。'呀，还真的猜不出来呢。'一边说一边撇着嘴故意嘲弄起来。于是，那人马上让左组插上胜利的标签。右组的人说：'真是岂有此理，这样的谜有谁不知道呢？你方决不应该插上标签的。'大家争论着，左组的人说：'既然说猜不出，怎么就不算失败呢？'接着，对方提出的一个个谜语，都被那人会同大家一起讨论后解开了，由此获得了胜利。不过后来，那个说'解不出'的人也遭到自己一方的忌恨，他们说：'平时人所共知的事情，头脑里一时想不起来，说不知道也情有可原，不过自己明明知道，干吗故意说解不出来呢？'"

听到中宫讲了这件事，女官们都说："那肯定是这样想的。那人的回答太令人遗憾了。左组的人开始听到'张弓对天穹'，真不知多么怅恨哩！"说着都笑了。其实，这个例子说的和我不一样，眼下是大家都知道的事，而我却忘记了。

一三八　正月初十，天空十分阴暗

正月初十，天空十分阴暗。不过，云层看起来很厚，但云间依然照下阳光来。一片荒芜的农家园地，土地也没有平整的地方，长着一棵旺盛的小桃树，树干上生出众多嫩枝，一边看去郁郁青青，一边看去光亮秾丽，在阳光里呈现苏芳色。一个细瘦的小男孩儿爬在树上，狩衣被东西刮破了，但头发梳得很整齐，衣服掖在了腰间。另一个裸露着小腿的男孩儿，脚上穿着半靴，站在树底下，请求道："给我砍下一枝当球棍吧。"还有一个头发漂亮的女孩儿，衣衫褴褛，裤裙也又破又旧,却都穿着美丽的上衫。她们来了三四个人,都说:"给我们砍下做卯槌把子的枝子来吧,主人家等着用呢。"树上的孩子,将桃枝砍下来,下面的孩子你争我夺,过后又仰望着桃树说:"再多砍下些来吧。"这情景很有意思。

　　一个穿着黑裤子的男孩儿跑来也想要,树上的孩子说:"你等等吧。"于是,新来的男孩儿抱着树干用力晃动,像猴子一般大喊大闹。那场面也很有趣。梅子黄熟时节,竟有如此好玩的事儿哩。

一三九　美男子玩双六

美男子整日玩双六,这样还不满足。他把灯台调得很低,点了火,剔得亮晃晃的。心里暗暗念着咒,祈愿不让对手的骰子掷出好点儿来。尤其不肯急着把骰子装进竹筒里去。而对手呢,却把竹筒立在盘子一旁,等着这边放进去。狩衣的领子遮着脸,一只手按着,戴着一顶不很结实的帽子。他一边摇晃着袋子,一边洋洋自得地说:"不管你怎样诅咒那骰子,我都掷不出坏点儿来。"他一直坐守在那里,看那样子显得很自豪。

一四〇　贵人下围棋

贵人下围棋，解开直衣的纽扣，撮起一枚棋子放下，一副悠然自得的样子。身份低的人，始终端坐着，态度诚惶诚恐，稍稍远离开棋盘，弓腰塌背，一只手揽着另一只袖子，坐在那里走子儿。这场面也很有意思。

一四一　可怕的东西

看起来可怕的东西：橡子壳儿，烧荒场的蜀葵，水蘏苁，菱角，浓发的男人，洗过头刚刚晾干的时候。

一四二　洁净的东西

看起来洁净而美好的东西:陶器,新的金属碗,还有做榻榻米的蒲草,将水装入器具里时透过的光影。

一四三　粗俗的东西

粗俗的东西是：式部丞的笏。不结实的黑头发。布屏风的新品，要是旧了变黑，那就不用提了，反倒不使人着意。新做的屏风，画面上布满盛开的樱花，描画着胡粉和朱砂等颜料。还有拉门厨子。肥胖的小和尚。出云｛出云，地名，今属岛根县。｝的席子。

一四四　焦急的事

　　焦急的事：看赛马。搓头绳儿。遇到父母心情不好，和平常不一样。世间传说有流行病，担心得什么事情也做不起来。还有，不会说话的婴儿，奶也不吃，一个劲儿啼哭。乳母抱着也不肯停，哭了很长时间。

　　自己不常去的场所，听到了尚未公开的恋人的声音，不由得心中一惊，这是当然的事。别的人一旦说起关于他的传言，也会感到吃惊。自己很憎恶的人来了，心里也会一阵不宁。奇妙的是，胸中总感到七上八下的。昨夜初来的郎君，

三九六

今早迟迟没有音信,即便是别人,自己也为之很焦心。

一四五　可爱的东西

可爱的东西：画在瓜果上的小孩儿的脸。小麻雀听到人学着老鼠叫声，便跳跳蹦蹦跑过来。两三岁的幼儿在地上快速地爬着，遇到极细小的灰尘，被他发现了，用极小的指头撮起来，给大人看。这真是可爱事啊。留着尼姑头的小女孩儿，头发遮住了眼睛，也不用手撩开，歪斜着脸儿瞧东西，那情景非常可爱。

年龄不大的殿上童，一身漂亮的装扮，在那里绕来绕去，模样儿很是可爱。生得好漂亮的幼儿，刚抱过来玩玩，就在怀里睡着了，也是挺可爱的。

　　各种小偶人。水池里捞上来的极小的荷叶。小小的葵叶。不论何物，但凡小的都是可爱的。

　　又白又胖的两岁幼儿，穿着长长的二蓝的薄衣，攀着背带儿爬了出来。身上的衣服很短，只有袖子很显眼。整个身子都很招人怜爱。八岁、九岁、十岁光景的男孩子，用稚嫩的童声朗读汉籍，那声音好听极了。

　　小鸡的腿又白又长，样子很可爱。像是穿着很短的衣服，唧唧地叫唤着，人前人后地吵闹着，显得很有趣。老母鸡带着小鸡们一起奔跑，那才好看呢。黑野鸭蛋。琉璃瓶。

一四六　当着别人就愈加得意的事

当着别人就愈加得意的事：资质很寻常、不很讨喜的小孩子，父母偏偏宠着，娇惯得要命。咳嗽。自己不好意思对尊贵的人说话，未曾开口先咳嗽一声。

东邻西舍人家，有个四五岁的孩子，调皮得令人头疼，时常乱砸东西。平素受到制止，不能随心所欲。一旦和母亲一道来，就放纵了自己，缠着母亲要这要那，说什么："给我看看那个，哎，哎，妈妈！"但大人们正说着话儿，一是顾不得孩子的要求，孩子便自己动手去拿，这真是太不像话了。做母亲的也只是说:"不行啊。"只是夺过去,也不藏起来。只是笑着说:"不要这样做嘛,会打坏的呀。"这样的母亲也很可恶。自己作为主人,也不便随便说话,只是看在眼里,心中很是焦急不安。

一四七　名字可怕的东西

名字可怕的东西是：青渊。山谷洞穴。鳍板〔大门左右的厢板。〕。黑铁。土块。雷，不光名字，实在好可怕。暴风。不祥云。矛星〔北斗七星的最后一颗星，即破军星。据说星的方向于万事不利。〕。骤雨。荒野。强盗。这些都很可怕。乱僧，大体也很可怕。Kanamochi（不详）。一概都可怕。生灵。蛇莓。鬼蕨菜。鬼蛾。荆棘。汉竹〔为何可怕，不详。〕。干炭。牛鬼。铁锚。一看名字就很可怕。

一四八　看了不觉特别，写出字来觉得有点儿夸大

看了不觉特别，写出字来觉得有点儿夸大的是：覆盆子。鸭跖草。水茨。蜘蛛。胡桃。文章博士｛隶属于大学寮的诗文纪传教授。｝。得业生｛大学寮课程修了后被选拔的研究生。｝。皇太后宫权大夫｛公卿兼任官员，写成文字不近合乎实际。｝。杨梅。虎杖。写出来是"虎的杖"，看老虎的样子，没有手杖倒也可以。

四九　看上去挺瘆人的事

看上去挺瘆人的事：刺绣的反面。没有生毛的小老鼠从洞里滚出来。还未上里子的皮衣的缝。猫耳朵内部。尤其是又脏又黑的阴暗处。

不怎么样的人家养了许多孩子，必须对他们加以照顾。并不怎么深爱的妻子，精神不好，又长期生病，作为男人，一定是心情抑郁不振的。

一五〇　无足挂齿的人或物，一时得意

　　无足挂齿的人或物，一时得意的是：正月里的萝卜{过年吃萝卜，用于固齿和长寿。}。行幸时的姬大夫{属内侍司，天皇行幸时骑在马上供奉的女官。}。六月、十二月月末"折节"的藏人{六月、十二月大祓之夜，女藏人用竹竿计量天皇身高，随后折断竹子作为替代。}。春秋二季读经的威仪师{春秋二季即二月和八月，邀请百僧诵读《大般若经》。}。穿着红色袈裟，为众僧唱名的人，既端正又威严。

　　在读经会和为佛唱名的会{十二月十九日起三日间，唱诸佛名号，祈求被除罪障。}上，专管装饰事务的职员。春日祭祀的近卫舍人们。正月三日的药童{为天皇尝屠苏是否有毒的童女。}。卯杖的法师{正月里真言、天台宗的修验者奉献卯杖。}。五节时节,为舞姬打理头发的女子。节会时奉陪御膳的采女。

一五一　苦恼的事

苦恼的事：夜啼小儿的乳母。一个男人同时有两个相好的女人，她们又互相争风吃醋。负责降服厉鬼的法师，要是祈祷早点儿见效，那还好说，结果不是，为了不被人取笑，一个劲儿祈祷，那实在是很辛苦的事。

被多疑的男人所深爱的女人。摄政、关白的宅第里飞扬跋扈的人，日子虽然过得并不轻松，但那还好说。但也有终日坐立不安的人呢。

一五二　使人羡慕的事

使人羡慕的事：学习读经，老是结结巴巴，且又容易忘记，多次地在同一个地方重过来倒过去；法师们自不必说，就是那些男人女人，也都念得很流畅。这时心想，何时自己也能像他们那样念得一般流畅呢？自己身体不适而躺卧着的时候，看见别人说说笑笑，轻松愉快地走来走去，实在羡慕得很。

去五谷神社参拜的时候，刚走进中社附近，十分艰难地登着斜坡；但看到后面的人，快速地走到了前头，这真是了不起。二月初午｛二月最初的午日，

四〇八

{为五谷神的祭祀之日。} 那天，一早离家，急急忙忙，登到半山腰时，已经是巳时了。天气炎热，实在有些吃不消。那么多好日子不来参拜，偏偏赶在这般炎热的天气来，想到这里，不由潸然泪下。随即，决定休息一会儿。这时节，正有一个年过四十的女人，不是一身壶装束{帽子深广，衣履宽大，样子像水壶。}，只是稍稍掖起来。说道："我今天要参拜七次呢。已经跑了七趟，还有四趟。这不算什么。大约到了未时就可下山了。"她一边同路上碰面的人说着话，一边走下山去。平时不大注意的小事，此时从这女子的身上切实地感到了，真想像她那样呢。

无论女孩儿还是男孩儿，哪怕小和尚，有个好孩子的人，总是很值得羡慕的。头发又长又整齐，一律下垂着，令人艳羡。还有身份很高的，被好多人所羡慕和敬重。还有的人字写得好，歌也作得美，一旦有事，首先被选拔了去。

贵人面前，侍候着好多女官的时候，要给更尊贵的人家写回信，本来谁都可以写得一笔好字，不至于像鸟爪一般连不成流儿，却偏偏拿出自己的砚台，叫那下属的人来，让他写回信。这也是令人羡慕的。这类事情，本来可由那些在场的年老的女官代劳，即使字写不成个儿，也是可以应付过去的。然而，这回似乎不一样，是由公卿们加以介绍，或想到宫里侍候，亲自写信来的闺阁淑女，回信时那就来不得半点马虎，在使用的文房器具上都要特别留意。对此，女官们都聚在一起，半开玩笑地说了些带醋意的话。

　　学习弹琴和吹笛子，也同写字一样，还未熟练时总是想，何时才能像那教的人呢？还有主上，东宫的乳母。主上身边的女官，以及那些可以自由进出的人们。

一五三　想早些知道结果的事

想早些知道结果的事：卷染、斑染以及扎染的效果如何，总想早点儿看到。人家生了孩子，也想早点儿知道是男是女，身份高的人就更不必说了。即便微不足道的和地位卑贱的人家，也想早些知道。除目的第二天早晨。即使不一定有自己相熟的人任了官职，也还是想早一点儿知道结果。

一五四　令人心焦的事

令人心焦的事：将等着穿用的衣服送给人家去做，坐在那里苦苦地守候着，老是做不成。将要生孩子的女人，过了预产期还没有动静。接到远方来的情书，但却用饭粒儿粘封得很结实，一时打不开来，真是急死人。

出去看祭典晚了，说是队伍马上就要到来了，已经可以看到警备官的白木棒了。但还要一段时间，车子才能接近看台，真是令人失望。真想从车子上下来，干脆步行走过去算了。

有人来到近旁，但又不愿意让他知道自己在

这里，托身边的人过去打招呼，结果怎样呢？也很想急着知道。

巴望着及早出生的婴儿，迎来了五十日和百日的庆祝会，但要等到他长大成人，那时间还长得很呢。

急等着要穿的衣服，在灰暗的地方穿针，也是叫人着急的事。不过，这事儿要是自己动手，那也罢了；但自己按住缝到的地方，叫身旁的人穿针。这时，那人也许满心着急，越着急越是穿不进去。我就对她说："好了，不用穿了。"不过，看她那副神态，似乎非穿进去决不罢休的样子，始终不肯离开。这就有点儿讨人嫌了。

有急事要去别的地方，这时却有同伴正要外

出，说马上就叫车子赶回来。这时等车子的心情是很着急的。看到大路上过来一部车子，高兴地说："呶，就是那辆。"结果，却走向别的地方去了。实在令人遗憾。还有，要是去看庆典，听人说，游行行列早已经出发了。那更是叫人感到气馁。

生孩子的时候，胎衣老是脱不下来。去看庆典或者去拜佛，约好了一起乘车前往。车子来了，那人老是不上车，等得人心急如焚，真想丢下来不管独自去算了。还有，急着要用焦炭生火，可花了好长时间都生不着火。

人家写了歌来，要立即作歌相应和。但怎么也写不好，你说着急不着急？对方若是思恋的人儿，那倒也用不着如此着急，不过，自然也有不得不急的时候，更何况碰到女子的时候。就是平常来往，也应尽快作歌回答才对。不过，也有因操之过急而招致失败的例子。

　　心情不好，感到恐惧的时候，焦急不安地等待快些天亮。

关白 {关白道隆,中宫之父。长德元年(995)四月十日殁。}

一五五　为已故关白服丧

为已故关白服丧的时候，六月末尾的大祓之日，中宫应该出宫前往。但由于职院的方向不好，所以移居到太政官厅的朝所。那天夜里，酷热难当，到处漆黑，什么也看不清楚。局促不安地挨到天明。

翌日一早，发现那里的房子十分低矮，瓦葺的屋顶，带有中国的风格，不像普通的建筑，没有格子。周围挂着围帘，反而显得别致，有趣。女官们都到院子里游玩。树丛里植入许多萱草，结成篱笆，十分繁密。朵朵鲜花，垂挂着开放，

四一七

同周围的树木十分相宜。时司等就在附近,报时的鼓声,听起来同平时不一样。年轻的女官们,二十多人一起沿楼梯登上高高的钟楼。从这里仰望,他们人人穿着浅灰的下裳,唐装,同一颜色的单衣,艳红的裤裙,看上去,虽说不能称为天女,但却像是自天外而来。那些帮助她们登楼的人,虽说同样年纪轻轻,但不能和她们一起登上去,只好羡慕地仰头望着。那情景也是挺有趣的。

到左卫门阵那里看热闹,净是一路吵闹地开着玩笑。有人认真地说道:"不要这样。公卿们的倚子{倚子,即椅子,供公卿们室内坐用。},女官们坐了上去。政务官的床子{类似小桌的几子。}也都挤倒了。"尽管这么说了,就是没人理睬。

四一八

这里的房屋非常陈旧，或许是瓦葺的房顶的缘故，至今未曾体验过如此的酷热，所以夜间都睡到帘子外头来。因为建筑古老，一天之中总有些蜈蚣之类掉落下来。蜂巢结得很大，聚集着一堆马蜂，十分可怕。殿上人每日来上班，听说我们夜间坐在这里，同女官们聊天，直到天亮，就高声吟咏道：

　　昔日太政官所，
　　今夜行乐之地。

这也是挺有趣的事。

四一九

虽然已是秋天,但一边道路吹来的风并不凉爽,或许是场所的缘故吧。不过已经可以听到虫鸣。八日里,中宫回宫来,在这里庆祝七夕节,感到星星比平素更近。或许是庭院狭窄的缘故吧。

宰相中将齐信和宣方中将以及道方少纳言{左大臣源重信的五子,宣方的弟弟。},一同进宫来了。女官们正要出去搭话,这时我问道:"明天做什么呢?"齐信君略一沉吟,顺口回答:"吟上一首人间四月{白居易《大林寺桃花》:"人间四月芳菲尽,山寺桃花始盛开。长恨春归无觅处,不知转入此中来。"}的诗吧。"真是有趣的事。岁月易逝,但还记在心中,没有忘记,回答得也很得体,真是难得得很。这种事儿,女官们不大会遗忘,男人却不是。我自己吟咏的歌已经记得有些模糊,齐信君却能记得关白的忌日,这倒是很有意思的事。帘子内的女官们以及外面的男人们,都不明白是怎么回事,这倒也不奇怪。

四月初的时候,登华殿细殿第四个入口,站立了好多殿上人。他们陆续退出去之后,只剩下头中将、源中将,此外还有一名六位藏人。大伙儿一边闲聊,一边读经吟诗。这时有人说道:"天要大亮了,快回去吧。"头中将随即吟咏道:"露应为别泪{露为别泪珠空落,云是残妆鬓未成。(《和汉朗咏·七夕》菅原道真)}。"源中将也高兴地应合。这时我便插了一句:"好性急的七夕啊。"{三月里吟诵七夕的诗,故言"性急"。}头中将听了很是扫兴,他说:"我因早晨别离,这种心情一直留在脑子里,故脱口而为诗,真是太难为情了。

四二一

万事皆如此，此种事一不注意，就会出乖露丑。"说罢，周围已经大放光明。他又说："葛城神{见一二七段。}也没法子啦。"说罢，便一路逃开了。我想等到七夕再来时再把这事儿提出来，但是他后来当了宰相{如上文所述，齐信当宰相（参议）是第二年四月的事，此处作者记忆似有误。}，于是心想，七夕那天，他未必能来，写封信，托主殿司送去吧。没想到，他七夕竟然来了。我很高兴，但转念一想，要是将那天夜里的事提出来，总有些不好开口。但要是若无其事地问他，他也许一时想不起来，不知道是怎么回事吧。要是这样，我就挑明是四月里的那件事。谁知当时我一旦说起这事儿，他竟毫不迟疑地应对了。真是太有意思了。好几个月来，我都在忖度，等什么时候他来时一定问起。我自己也觉得有些好事，但他为何又像随时准备好了似的，立即作出回答呢？当时同样在场感到不好意思的宣方中将，却一时想不起来了。宰相中将对他说："那天拂晓吟的诗，被人家揭了短，你怎么忘了？"源中将笑道："原来如此。"这事儿做得实在有些欠妥。

和亲近的人谈起男女间的关系，常以下围棋作比喻。例如："让他一步子儿。""给他来个出其不意。"或者说："逼他退避三舍。"都是别人听不懂的话。只有同齐信君才能心照不宣。我俩正说着，源中将盯着我问："到底是怎么回事儿呀？"我不肯说，他就恨恨地对着齐信君撂下一句话："还是该说明了才好啊。"他们两个十分要好，齐信还是对他说了。

源中将看到我和宰相如此亲近,就说:"到了终局的时候了。"表示他也是知道那些隐语的含义的,想早点儿告诉我,于是便说:"有棋盘吗? 我也想下一盘哩。能让我一步吗? 我的棋和头中将的是一样的,你可不能差别对待啊。"我回他说:"要是对谁都这样,那我不就没有'棋则'{比喻人不能轻易亲密地交往,否则便成了没有节操的人。}了吗?"源中将将我的话传给那位齐信君,齐信君后来高兴地对我说:"你说得太好了,我很高兴。"对过去的事念念不忘的人,倒是挺有意思的呢。

头中将担任宰相时,我在主上面前说过:"那人很善于吟咏诗歌,'萧会稽过古庙'{《和汉朗咏·交友》:

"萧会稽过古庙,托缔异代之交。张仆射重新才,推忘年之友。"作者借此暗喻同"忘年之友"齐信离别后的落寞心情。},谁都没有他吟咏得动听。不如先不叫他当宰相,就叫他殿上侍候好了。"主上听罢大笑,说道:"你既然这么说了,那就不叫他当宰相了。"这件事倒挺有趣的。不过,他还是当了宰相,实在使人有些寂寞难耐。可是源中将自信不亚于齐信君,趾高气扬地到处转悠。我谈起宰相中将的事,说:"他念起那首'未至三十期'的诗{**本朝文萃·卷一**》源英明《见二毛》:"吾年三十五,未觉形体衰。今朝悬明镜,照见二毛姿。(中略)颜回周贤者,未至三十期。潘岳晋名士,早著秋兴诗。彼皆比我少,可喜始见迟。"二毛,头发黑白相间。},来,真是出类拔萃啊。"源中将听了说:"我为何就不如他呢? 我一定比他念得更好。"说罢,便吟咏起来。我说:"完全不像他啊。"源中将说："真是败兴的事。怎样才能赶上他呢？"我说："'三十期'那地方，他念得非常有魅力呢。"源中将听了懊恼不已。

齐信君到近卫府办理公务之后，源中将特地将他叫到一旁，对他说："少纳言这样说了，请你把那个方法教教我吧。"宰相中将便笑着交给他了。这件事我一点儿也不知情，后来有人到女官宿舍旁，吟咏诗歌时，同齐信君的语调一模一样。我好生奇怪，就问道："究竟是谁呀？"源中将便笑着答道："说起来倒挺有趣的。实话告诉你吧，宰相昨天到近卫府办事，我便向他请教，所以语调有些像他。你问是谁，听口气倒是挺亲切的。"源中将竟然特地模仿他，这事真是有趣。自那以来，只要听到源中将吟诗，我就出去找他聊天儿。他说："全都托宰相中将的福，我得对着中将鞠躬敬礼才是啊。"

有时在女官宿舍，源中将来了，我叫下边的人传话，说进宫去了。但一听到他吟诗，就立即说："说实话，我在这儿呢。"后来，我把这事也一五一十地对中宫说了，中宫也忍不住笑了。

有一天是主上避忌的日子。源中将派右近将曹名叫"光"的人为使者，送来一封叠纸信笺，上面写道：

> 本来想拜访，今日是避忌日，故无法前往。但，其后"未至三十期"，怎么样呢？

我回信说：

　　这个期限已经过了。尽管现在还不到朱买臣教妻的年龄。{朱买臣四十岁余训妻之事，见于《汉书·朱买臣传》，此处所记似有误。但可推知宣方当年三十九岁。}

源中将又是一阵悔恨，并且上奏给主上了。主上来到中宫那里说道："少纳言怎么会知道这些呢？朱买臣的确是三十九岁时教训妻子的。宣方让人家如此数落，好不难堪啊。"看来，源中将真是醉狂之人啊。

一五六　弘徽殿

住在弘徽殿的女御是闲院左大将的女儿。她身边有一位名叫"偃息"的女人的女儿，名字叫左京。人们都笑传，她和源中将说起话来很亲密。中宫住在职院时，源中将前来晋见，他说："我本应该经常前来拜问，总得有个住宿的地方才好。无奈没有得到女官们相当的待遇，所以未能很好地侍候。假如有个停宿的地方，那么也就可以切切实实办事了。"女官们说："说的也是。"我从旁插言道："可不，总该有个'偃息'{此处故意用"偃息"一词，暗讽中将同左京的关系。}的地方才好啊，那样也可以常常走动走动呀。"这回惹恼了源中将，他愤愤地说："我再也不会对你说什么了。以前我总是把你当作自己人，一直信赖你，没想到你却拾人的话头儿，有意地编排我。"我回他说："这倒怪了，我说了什么呢？惹得你这么大的气。"我一边说，一边怂恿身旁的女官，那女官说："既然没有说什么坏话，怎么会有这么大的火气呢？其中想必有些原因吧。"说罢，哈哈大笑起来。源中将说："你怕是听了她的指派吧？"于是更加不高兴了。我说："我绝不会说你什么的，即便听人家说些闲话，我心里也不舒服的。"说罢，我就进屋去了。其后，他依然有些怨恨我，说："故意歪曲事实，让人家出丑。"又说："拿殿上人的谣言前来取笑我。"我说：

"那就不能只怪我一个人了,真是奇了。"从此,源中将便不再理睬我了,一直到最后。

一五七　老旧不用的古物

老旧不用的古物：云锦镶边的铺席，如今已经露出内筋来。唐绘〔古色古香的中国绘画，以"大和绘"相对而言。〕的屏风颜色发暗，表面破损。看不见的画师的眼睛。七八尺长的秀美的假发变红了。葡萄染的织物褪色了。好色的人老衰了。明丽优美的庭树烧焦了。院中的水池依然保留，但长满了浮萍和水草。

一五八　不可靠的人或事

　　不可靠的人或事：喜新厌旧、忘却元配的丈夫。长久不进妻子房间的女婿。说话随便的人，装出一本正经的样子，仿佛真的要帮助别人。刮大风时扬帆的船舶。七八十岁的老人，心情很坏，接连躺了好多天。

一五九　读经

读经当读不断经{昼夜无区别地朗读经文，一般指十二位僧侣轮流分担读经。}。

一六〇　近而实远

近而远的东西是：宫咩祭{指由阴阳师祈祷长寿、家中安全和立身处世的俗祭。}。没有情爱的兄弟或亲族关系。鞍马山{位于京都市北部,标高五百七十米,中腹有鞍马寺,以牛若丸（源义经）从天狗习武艺之传说而知名。}的盘山道路。大年三十和正月初一之间。

一六一　远而实近

远而实近的东西是：极乐{《阿弥陀经》云："极乐位于十万亿土之远。"《观无量寿经》说："若念佛则近。"}。舟程。男女之私。

一六二 井

井：掘兼井｛位于埼玉县狭山市掘兼。"武藏野有掘兼井，有人喜欢临水栖。"（《千载·释教》藤原俊成）｝。玉井。跑井在逢坂山，也是挺有意思的。山井，为什么用来比喻薄情呢？飞鸟井，被称为井水阴凉，倒也有趣。千贯井。少将井。樱井。后町井。

一六三　野

野：嵯峨野，且不必说。印南野。交野。驹野。飞火野。湿野。春日野。旱气野，不知为何起这种名字，倒也有趣。宫城野。粟津野。小野。紫野。

一六四　三位以上的公卿

三位以上的公卿：左大将。右大将。春宫大夫。权大纳言。权中纳言。宰相中将。三位中将。

一六五　摄关、大臣家的子弟

　　摄关、大臣家的子弟：头中将。头弁{太政官的弁官，兼任藏人的头目。}。权中将。四位少将。藏人弁{五位藏人兼补弁官者。}。四位侍从。藏人少纳言。藏人兵卫佐。

权守 { 驻守上国、大国的政府官员。 }

一六六　权守

权守：甲斐。越后。筑后。阿波。

一六七　大夫

大夫：式部大夫。左卫门大夫。右卫门大夫。

一六八　法师

法师：律师{律师，日本古代僧官名称之一，次于僧都。}。内供。

一六九　女官

女官：内侍之助。内侍。

一七〇　六位藏人等

六位藏人等：没有人希望被任命此职。叙五位、某某国权守、某某大夫等人，带有板葺的狭小的住房，有新做的小桧木篱笆墙，将车子停在车库里，庭院附近，种植一尺多深的树木，拴着牛，喂它吃草。这是很可憎的事情。

庭院打扫得很洁净，用紫色的皮条系着伊予产门帘，立着布的障子。夜间吩咐道："把门锁好。"没有什么前途，不能使人满意。

自己父母的住房或是岳家的，自不必说；叔伯兄弟不住的空房，或者无主的房子，自然可以随便利用。平素关系密切的国司,到别地上任,房子空了下来。或者嫔妃以及公主的子息,有好多房屋,可以暂时租用着,等到有了好的官职,再去寻找理想的住居。这样做是很好的。

一七一　女人独居的地方

女人独居的地方，破败不堪，围墙等也不完整。有池塘的地方遍生水草。庭院里萧艾离离。随处的沙地上，微微露出青草来。一片荒凉的风情。若是自作聪明，房子修理得十分齐整，门户谨严，一丝不苟。那就显得太无趣了。

一七二　宫中女子回娘家

宫中女子回娘家，以父母双全为好。客人频繁地出出进进，内院里人马喧腾，热热闹闹。这并没有什么妨碍。

不过，有时男人们或秘密或公开地前来询问："实在不知道你归省了呀。"或者，"什么时候再进宫去呢？"既然有人记挂着自己，有什么理由不露面呢？对于这样的人，打开大门让他进来。但一方面又嫌太吵闹，有人坐到半夜还不肯回去，实在令人生厌。家人问："大门上锁了没有？"回答说："现在还有客呢。"回答的人也有些厌烦。家人又说："客人走了,赶紧把门锁上吧,近来小偷很多。当心失火。"简直啰嗦个没完,何况还有客人在。

再说这些客人的随从们,就没有什么苦恼吗?他们一定都在嘲笑这个家里的仆人,不时探头探脑地老是记挂着"这位客人到底回去了没有,回去了没有"。有的人模仿家人的口气,被家里人听了去,真不知会受到怎样的苛责啊。不太肯出面说话的人,如果对于这位女子不很着意,也不会特意到这里来。然而,过于死板的人或许说:"夜已深了,大门敞开着,是有些不安全啊。"说罢,便笑着回去了。至于那些情思特别深沉的人,虽然女人再三劝说:"快回去吧。"但依然坐着不动,直到天亮。来回巡逻的守门人，看到天色渐渐放亮，感到情况异样，就故意提高嗓门，以便让客人听到："不得了啦，大门整夜地敞开着呢。"要是还不顶用，只有到拂晓之后才把大门关起来，这实在是可憎的事。但是，同亲生父母住在一起，也不过如此罢了。假若没有亲生父母，前来拜望女子的男客，可以想象该是多么拘谨了。在兄弟家里，如果感情不太好，同样如此。

不论夜间或白天，门卫也并非十分严谨，时常有什么王公贵族，宫中女官们出出进进。大敞着格子窗，冬天夜间也是灯火辉煌。客人出门后，从屋内目送着他们渐渐离去，这也是很有意思的。要是碰到有残月当空，那就更加美好。客人吹笛而去，也不急着就寝，同女官们说说那人的闲话，互相咏唱和歌，不久就入睡了。这也是颇为惬意的事。

一七三　某个地方，有个叫作某君的人

　　某个地方，有个叫作某君的人，有个算不上名门贵族出身的女子，人们都说她风流潇洒而又善解人意。九月里去拜访他，残月在天，晓雾轻笼，明亮而美丽。临别时花前月下，难舍难离。千般言语，一心想让女子铭记此次相逢。女人目送男子远去，幽婉之情，无以名状。男人出了门又走回来，站在格子窗背后，欲去又依依。正要对女子开口时，只听她吟咏道：

　　　　秋月长明人长在。{"秋月长明人长在，愿随明月入君怀。"

（《拾遗·恋三》柿本人麻吕）}

　　女子向外窥探，月光照射着她那低垂的黑发，看上去像火光一般。莫非月光朗照的缘故？他吃了一惊，就又悄悄回到女子身边。这是他后来对人说的。

一七四 积雪不深

积雪不深，地面只是薄薄的一层，真是恰到好处。

或者，雪积得很厚，临近房屋的一端，同两三知己，围着火桶叙谈。天色向晚，炉火暗淡。于惨白的雪光映照之下，手持火筷不在意地拨动炉火，嘴里讲述着种种趣事，其乐陶陶。

黄昏过后，忽闻履声渐近。心正生疑，窥视门外，原来是那位不速之客，每每在这种时候出现。

来人说："本想早来问讯今日如何赏雪，结果

四五四

被一件无聊的事耽搁了,不觉已经到了夜晚。"正如前人所吟"山中来人"{"山中积雪道,风流见来人。"(《拾遗·冬》平兼盛)}的情景,他讲起了白昼里遇到的各种事情。虽然递给他坐垫,他也不要,坐在廊缘边,垂着一条腿。最后,山寺晓钟响了,房屋门帘内外,依然谈兴未尽。趁着黎明前的薄暗,男人临归去前,吟出"雪满河山"{"晓入梁王之苑,雪满群山。夜登庚公之楼,月明千里。"(《和汉朗咏·雪》)"群山"系指汉代梁孝王兔园中的假山。此处故意暧昧其辞。此本为谢观《白赋》中的句子。谢观,唐代进士,文学家。寿春人,字梦锡。代表作有《白赋》。}的诗句。光是女人不能坐等天明,既有男人在场,就比寻常富有情趣,男人走后,女人们也可以对男人品评一番了。

一七五　村上先帝时代

村上先帝时代{村上天皇（926—967），第六十二代天皇，醍醐天皇之子，名成明，公元九四六至九六七年在位。}，有一年下大雪，先帝叫人将雪盛在食盘里，插上梅花，于月明之夜，赐给一位兵卫藏人{女官的名字，此处的藏人乃女子。}，命她作一首歌，看她怎么说。兵卫奏曰：

雪月花时{《白氏文集》二十五《寄殷协律》："琴酒师伴皆抛我，雪月花时最忆君。"亦见于《和汉朗咏·交友》。借月夜雪上梅花，寄冰清玉洁之情。"最忆君"，亦可暗喻忆念主上，故对诗甚为机巧。}。

主上非常赞赏,说:"这种场合,作诗吟句本是很自然的事。但写得如此合乎时宜,实在不易啊。"

同时这位兵卫藏人,有一次,陪着村上先帝伫立殿上,此外没有别人侍候。看见火钵有烟冒出来,天皇问道:"那是什么烟啊?快去看看回来。"

兵卫看了回来禀奏道:

海上摇橹何所见?

渔夫垂钓归来晚。{此处日语发音相同,语义双关,如:"冲海上—燠(Oki)","摇橹—烤焦(Kogareru)","归来—蛤蟆(Kaeru)"等。}

对答得十分有趣。原来有一只蛤蟆跳进火中,烤焦了。

御生宣旨 { 这里是一个女官的名字。}

一七六　御生宣旨

　　御生宣旨制作了一只五寸高的殿上童的布娃娃，左右扎了发鬏，穿上华丽的衣裳，写上名字"友明王"，托人献给主上。主上非常高兴。

一七七　初进宫时

初进宫时，害羞的事数也数不清，为此几乎掉下眼泪来。我每个晚上都来侍候，守在中宫身旁的三尺围屏后，中宫拿出一些绘画给我看，我也不敢去接。心里实在感到困惑不安。中宫对我说："这幅画如何如何，那幅画如何如何。"高脚杯倒扣着，上面放着灯盏，光明如昼，连一根根头发都照得十分清晰。我虽然有些羞涩，但还是强忍着观看。夜气寒凉，中宫的袖口里不时闪动着光洁的玉臂，红艳似梅花。这在没有见过世面的俗人眼里，真是太惊奇了。心想，俗世间哪里会有这样天仙般的人儿呢？

　　黎明时分，巴望早一些回女官房舍，中宫说："纵然是葛城神，再等一刻也不妨事啊。"｛葛城的一言主神。因相貌丑陋，耻于昼间露面，只在夜晚出来。中宫借以调笑作者。｝既然是面貌丑陋，还是不把正面对人才好，于是一直俯伏着身子，也不打开格子窗。管理门窗的女官走来说："请把这格子窗打开吧。"别的女官听了，过来要打开窗户，中宫说道："不可。"那女官笑着回去了。中宫又问了些别的事，过了些时候，最后吩咐道："你要退下就快些回去吧。晚上可要早点儿来呀。"

　　于是，我从中宫那里膝行退出，回到女官舍，连忙打开格子窗，外头下雪了。登华殿前的板墙

〉,你是怎么来的呢?"大纳言笑道:"我想中宫想必把我当作'风雅人'吧?"

这两个人的做派都颇为高雅。正像故事书里所大肆描述的那样,惟妙惟肖。

中宫身穿白袷衣,外面套着红色的唐绫。披散着头发,那副打扮就像画中人一般,美丽而大方。现实中看不到,就像梦中所见一样。

大纳言和女官们说话,开着玩笑。女官们一一回答他,一点儿也不害羞。对于那些无根无据的事,她们随即加以抗辩和反驳。有时被耍弄得眼花缭乱,无言以对,不知说些什么好时,就一味红着脸不作声了。大纳言吃了水果,也周旋着向中宫进献了些水果。

尽皆风雅人。"(《拾遗·冬》平兼盛)

大纳言一定向女官们询问了："那躲在围屏后头的是谁呀？"我想，或许受了女官们的怂恿，大纳言会离开座位走过来。谁知竟然坐到我的身边，同我搭起话来了。他问起我尚未入宫时的一些事情，问我："是真的吗？"刚才，隔着围屏远远看着，尚且打怵，眼下面对面说话，更是感到像在梦中。以往观看行幸等仪式时，供奉的大纳言若对这边的车驾瞧过来，我就放下车帘，再用扇子挡着，生怕这边的人影儿透过去。如今真是不自量，干吗跑来宫中供职呢？想到这里，浑身冒汗，实在不知如何应答才好。必要时用来遮脸的扇子也被大纳言收走了，披散下来盖在面孔上的头发也很难看吧？"给他看到这副出乖露丑的样子，真是难为情。"我真想他快些离开，可他只顾摆弄着扇了，问道："这幅画是谁画的呢？"并不急着还给我。我只管用袖子遮着脸，低着头坐在那里，唐衣上蹭了白粉，面部一定变得斑驳陆离吧？

大纳言久久地坐着不动，中宫或许想到再不为我解围，将会招我怨恨。于是对大纳言说道："请看看这个吧，这是谁的笔迹呢？"大纳言说："到这边来看吧。"中宫道："还是到这儿来吧。"大纳言说："我被她抓住了，离不开呢。"看他那风度潇洒，衣服时髦的派头，哪里是我这般身份和年龄所能相比。中宫拿出不知何人所写的假名文字给他看，大纳言说："这是谁的笔迹呢？还是给她看看吧，现世的人物不论出自谁手，她都能认出来。"

她说得十分玄妙，目的只是为了促使我快些回答。

面前有位大纳言已经够难为情的了，不想又听到"开路"的声音。一个同样穿着直衣的人来了。这位比大纳言更加开朗、热情，爱开玩笑，女官们都对他笑脸相迎。我听女官们讲起那些殿上人这样那样的传闻，觉得他们都是妖怪变化，仙人下凡，及至习惯了宫中生活，随着时间的过去，也就不觉得怎么稀奇了。如今我所佩服的女官们，当初走出自己家门时，或许也是此种感觉吧。随着宫内生活的逐渐深入，仔细体察各种物事，自然就养成一副平静的心态了。

中宫同我说话时，总要随便问我一句："你想念我吗？"我总是回答："我怎能不想念您呢？"正说到这里,厨房突然有人打了个响亮的喷嚏{在古代,打喷嚏本为别人所思念的征兆,到后来变成不幸的意思了。}。中宫说:"唉,真是扫兴,你说的是假话吧?好了,别再介意了。"说罢,便到里屋去了。我想,怎么能说是假话呢?中宫既然这么想,看来这话非同一般。其实,那一声喷嚏才是撒了谎呢。到底是谁干出这般讨人厌的事情来呢?打喷嚏原本就是不讨人喜欢,平时即便要打的时候,也能强忍住不打出来。何况在这般节骨眼上,就更加显得既可厌又可恨了。不过,我当时进宫不久,一切还不习惯,也不好强行辩解,天一亮我就退回女官馆舍去了。当时,有人拿来一封写在浅绿色信笺上的信,上面写道:

怎能知道那不是谎言,
只能认定那就是谎言。
因为天上没有不需要证据
就能判断是非的神仙。

歌中是这么说的,中宫的想法也很清楚。

看了信,既感激又觉得委屈。心乱如麻,依然对昨夜打喷嚏的人耿耿于怀,忘却不掉。

花色浓薄总相宜,
念情深浅连喷嚏。

我蒙猜疑心郁郁，
卿似寻常浑不知。

照此意思，请给与订正。式神 { 式神，据说是阴阳师使役之神，监视人的行动。} 也自然会看到的吧。诚惶诚恐。

写好交给中宫以后，心中还是悔恨非常，叹息不已。"怎么在那时候，偏偏碰到这种不愉快的事呢？有人竟然打了个喷嚏。"

一七八　喜形于色的事

喜形于色的事：元旦早晨最先打喷嚏的人〔据《袖中抄》："四分律云：时世尊喷嚏，彼之比丘咒愿长寿也。"本来打喷嚏为凶兆，但元旦例外，却作为吉兆视之。〕。大体上那种身份的人不大会有，只有身份低贱的人，才会露出得意的神色来，亦即竞争激烈的藏人，自己的儿子任了官。还有，在除目的这一年，获得第一等国司的人。有人祝贺说："祝贺您高就。"于是应答道："哪里哪里，不就是个普普通通、流落在外的国司吗？"虽然嘴里这么说，脸上却很得意。

还有，说媒的人挤破门，经过激烈竞争，终

于中选做了女婿，想必自己也十分得意吧。

做了国司，后来又升了宰相，较之那些凭高贵身份而升任宰相的人，更显得洋洋自得，高贵无比。

一七九　官位很要紧

官位很要紧。同一个人，在他被唤作大夫之君或侍从之君的时候，谁也不在乎他们，一旦做了中纳言、大纳言或大臣等，一下子变得权大无边，备受人们的尊重。由此可知，因身份不同，差别亦很大。历任各地的国司，到了大弍｛太宰府的次官。｝、四位或三位，就连公卿们也要敬他们三分。

比起男人，女人就差远了。宫中主上的乳母，做了典侍或三位，也都颇受尊重。可是一到年老色衰，别人也不把她们放在眼里了。女人也不是全都这样。居于公卿妻妾地位的女人，丈夫做了国司，一起到任地去，一般女人中，算是很幸运，值得羡慕的了。然而，普通人家的女儿，嫁给公卿为妻，或者公卿们的女儿被选定为后妃，也都是极好的事情。

不过，男人们趁着年轻升官晋爵，实在是太幸运了。和尚顶着某一级的官衔儿到处转悠，看不出美在哪里，好在何处。庄重诵经、面目清秀的和尚，容易讨得女人的欢喜，她们都围在身边嬉闹不止。等做了僧都、僧正，仿佛佛爷出世，人们都诚惶诚恐，欢欣鼓舞，奉若神明了。

一八〇　了不起的人

了不起的人，应该首推乳母的丈夫。天皇和皇子的乳母就不用说了。就连下面各级国司官员家庭的乳母，因了各种不同的身份，周围的人都敬而远之。于是，这些乳母的丈夫们更借此而得意起来，自己也偏袒作为乳母的妻子所养大的人，狐假虎威。喂养的小孩若为女子，倒也罢了，要是男子，一定加以侍候，百般照顾，要是有人稍稍违背那男孩的旨意，就加以诘问，或者散布谗言，把他当作坏人看待。对于这人的天下，没有人敢讲心里话，所以这人就愈加得意忘形，万事都俨然一副如临大敌的样子。

孩子幼小时，身体不好。乳母就睡在孩子的母亲前边，丈夫一人睡在馆舍里。因此，到了别处，妻子就会怀疑男人有外遇，吵闹不止。假若把乳母叫到馆舍来睡，孩子的父母就会反复来催："快回来，快回来。"即便是冬夜，也得慌忙穿起衣服，赶回宫里。也真叫为难的。这在身份高贵的人家也一样，麻烦的事真是多而又多。

一八一　病

病，胸，物之怪也{意思是：胸部心、肝等脏器之疾病，皆关系生死之要疾。}。脚气。还有些病，总不想吃东西。

十八九岁的年轻女子，头发梳得整整齐齐，长长地披散于背后，发梢也很蓬松；身体很胖，颜色白皙，面容姣好，看起来是个美人。但却患有齿病，牙疼甚剧。啼哭不止，鬓发也被眼泪打湿了，纷乱地披散在两侧。她自己也不在乎，面色通红，强忍病痛坐在那里，一副颇为秀媚的风情。

八月里，一身柔软的白单衣，下边是合体的裙裤，外边罩着高级的紫苑上衣。谁知，这位女子却患有严重的胸病。同僚的女官们都来探望她，此外，还来了许多年轻的贵族公子。"好可怜啊，平时就是这么熬着吗？"也有人例行公事地问候几句。恋着他的男人，打心底里同情她，为她的病悲叹不止。倒也是很可理解。她整齐地挽起长长的秀发，说是要吐，随之坐起身来，那样子看起来好不叫人怜爱。

主上听说她的病，便差了声音好听的诵经的僧人，为她念经驱邪。在女子身旁设置了几帐，请僧人坐在那里。因为庭院狭窄，来探病的人很多，专来听念经的人也不躲避。那位僧人打坐在那里，一面毫无遮拦地望着那些女官们，一面诵经。看来，这样的僧人多半是要受到佛的惩罚的。

一八二　深通风流之道的男人

生来好色，同众多女性保持关系的男人，昨夜不知酒醒何处。拂晓归来，也不睡觉。就是这样的男人，显得很困倦，拉过砚台，仔细地研墨，并非随意乱画，而是用心抒写"后朝{"后朝"（Kinuginu），意思是共寝之男女，早晨各自穿起叠盖在身上的衣服，相互告别回家。}"的信。看他那番从容的态度，十分有趣。

好几层白衣的上边，又穿着棠棣色和大红等衣衫。白色的单衣已经打皱，被朝露濡湿了。眼看着他写完信，也不交给身边的人，特地站起来，把一个类似用人的小书童，叫到身旁来，悄悄吩咐了几句，把信交给他。那书童走后，那男子长时间沉思着，坐在那里，悄悄念诵起经文里的名句来了。里面的人在准备粥饭和洗漱用水等，有人请他过去。男子走进去，依然靠着文几，翻阅书籍。遇到有趣的地方，高声朗读起来，十分快慰。

　　洗罢手，穿上直衣，背诵《法华经》第六卷。这实在令人敬佩。这时候，那位相好的女子的家或许很近，刚才去送信的书童回来了。书童跟他递了个眼色，他突然中止了诵经，心思全都放到女人的回信上了。我觉得，他的这种有趣的表现，也要受到佛的惩罚的。

一八三　炎热的正午

炎热的正午,究竟怎样才会获得些清凉呢?用扇子扇风,风是温热的。将手浸在冰水里,正在又揉搓又嬉闹的当儿,接到一封艳红的信件,系缚着同样艳红的石竹花。于是,想起那人写信时的炎热,以及对于我的一番非比寻常的情意,于是只将一只手继续浸在冰里,而另一只手不由将扇子放下了。

一八四　南厢房或东厢房

南厢房或东厢房的房里的地板，打磨得可以映出影像来。铺上崭新的榻榻米，设置三尺的几帐帷子，看起来十分清凉。将这些推向一边，滑过地板，使之站立于比预想的更远。就在这块空出的地方，躺着个女子，穿着白绢的单衣，套着红裤裙，被子上放着紫红的衣衫，没有落尽浆水气。盖得稍微靠近上方。

点燃着灯笼。柱子与柱子之间，竹帘高卷，两位女官和童女，互相依偎在柱间的横木下，或者躺在垂下的帘子旁边。香炉里深埋着香火，馨香幽微。闲适而高雅。

夜深沉,悄悄传来了敲门声。一位一切都很谙熟的女官走来,装模作样地将男人藏在身后,躲开人眼,引他进来。这也是挺有趣的事情。

两人身旁,放着音色纯正的琵琶。谈话之间,时时以优雅的动作,轮起手指,拨弄琴弦,铿然有声,亦不发巨响。这也是很有意思的事啊。

一八五　大路附近所闻

在大路附近的人家里听闻，有个坐牛车的人，看到残月当空，随即掀起帘子，用优美的声音吟诵汉诗："游子尚行残月{佳人尽饰晨妆，魏宫钟动。游子尚行残月，函谷鸡鸣。"(《和汉朗咏集·晓》)}。"实在有趣。那样的人即使骑马打外面走过，也是很雅致的事。

在那地方听到时，泥障{覆于马腹两胁，防止泥水之物。}的声音已经传入耳鼓。到底是谁呀？放下手头的活计窥看，原来是个很腌臜的人，真是晦气。

一八六　立即觉得幻灭的事

立即觉得幻灭的事：男女会话，全都使用下流的语言，这是最令人厌恶的事情。只是说说话而已，有的高雅，有的下流，究竟是怎么回事呢？其实，持这种想法的人{作者自指。}，也并非特别优秀。这么说，如何判断好与坏呢？不过，即便如此，人世上的事怎么都可以，只是自己的心情上有这种感觉罢了。

明知是下流的语言，鄙俗的语言，但偏偏这么用，那倒也不坏。不注意修饰自己本来的语言，只是毫无顾忌地使用下去，那真叫人没办法了。

那些不该使用这种语言的老人或男子，故意遮遮掩掩地使用乡下俚语，更是讨人厌恶。不正确的语言，下流的语言，老年人厚着脸皮使用，而年轻的女子感到无地自容，羞愧难当，这是当然的道理。

　　无论如何，当要说"要做什么事""要说什么话"或"想干什么"的时候。一定不可任意去掉必要的词语，写成文字，更是不可。若用这种粗劣的语言写作小说，不但语言本身毫无价值，就连作者自己也受人轻蔑。有人说"一只车子"，也有人将"求"写成"认"{"求"（Motomu）和"认"（Mitomu）读音相近。}。都属此类。

一八七　在女官房里吃东西的人

到宫中供职的女官那里访问，在女官房里吃东西，甚是不好。供他吃食的女子也很不像话了。男人看到既然心疼自己的女人叫自己吃，他也不必紧闭着嘴，转过脸去不理不睬啊。那就干脆吃吧。假如男人喝得烂醉，即便夜深了留他住下来，也决不要做上一碗汤泡饭给他吃。我就是这么做的。假若男人以为我对他不好，以后不再来了，那就由他去。至于到了乡里娘家，厨房里做了好吃的端出来，那是没法子的事。即使这样，也不值得提倡。

一八八　风

风，当数暴风雨。三月夕暮，缓缓吹拂的含蕴着雨气的风。

八九月时节，夹着雨吹来的风，是非常具体可感的。雨脚骚然，横扫过来，盖着整个夏天一直用着的棉被，穿着生绢的单衣，那是颇为有趣的事。本来这生绢的衣服也惹得叫人受不了，谁又能料到，还会有这般凉爽的时候呢？这天气可真是有意思。

黎明时分，推开格子窗和侧窗，暴风飒然而入，凉凉地掠过面庞，十分畅快。

九月末至十月末，天气阴霾，金风送爽，千树黄叶萧萧下，令人感慨。樱树的叶子和椤树{种楝科落叶乔木。}的叶子落得早。

十月里，林木众多的人家庭院，那景象想必很美。

一八九　风暴过后的第二天

风暴过后的第二天，给人留下既深刻又有趣的印象。细目格子和篱笆墙一派纷乱，庭院的花木看着令人伤心。几棵大树刮倒了，断枝残叶，压在胡枝子和女郎花上面，真是出乎所料。每一道木格子里，都吹进了树叶，仿佛一片片嵌进去的。这实在不像是粗劣的风暴所能作出的事情。

身穿浓紫的和服，又薄又亮，外面罩着黄叶色的衣衫和罗襦的女子，看上去文静而美丽。一夜风雨，未能安睡，今朝起得晚，坐在堂屋里，装扮一番，然后向厢房走去。头发被风吹乱了，稍稍蓬松着。那黑发纷披的样子，颇多风情。那女子带着深深怜爱的深情注视着庭院，嘴里吟诵着"秋日山风"{"秋日山风多暴烈，萧萧吹来草木凋。"〔文屋康秀《古今集·秋下》〕}的诗句，看来是个多愁善感的人儿。她十七八光景，虽说不算小，但这少女不像个大人。她穿着生绢的单衣，丝线都断裂了，花色褪尽、湿漉漉的衣服上，罩着薄紫的睡衣。香发光可鉴人，发梢如芒草穗儿，长及腰身，被遮掩在衣裾下面，从旁边可以窥见。女童和年轻的女官们将各处被风吹折的草木一一扶起来了。那位少女从帘内望着这一切，十分羡慕，她也很想推开门，掀起珠帘，投入她们的行列。瞧着那背影，真是难以忘怀。

一九〇　令人辄向往之的事

令人辄向往之的事：隔着物件谛听，不像是使女在说话，而像女主人呼唤什么人的声音，悄然可闻，颇具风情。答话的是个年轻人的嗓音，随后听见衣裳的窸窣之声。或许是吃饭的时候了，隔着东西和格子窗，听到交谈中夹杂着筷子和汤匙的碰撞音响，十分有趣。那时候，酒壶的提梁倒下的声音也历历可闻。

捶打得发出光泽的衣服上，头发飒然披散下来，整齐而不紊乱。自然推想到，那定是一头长发。

收拾得整然有序的房间里，天黑之后也不点

油灯，长火钵里燃着许多炭块儿，光亮耀眼。映射着帷帐的吊钩，煞是好看。帘子的帽额和结子上的吊钩，光耀夺目，清晰可见。精心打理的火钵，炭灰平坦，边缘整齐。燃烧的炭火，映照得内侧的画面也看得清清楚楚。看起来甚为有趣。火筷子也很显眼，闪着光亮，斜斜地靠在一旁。那景象也很有趣。

夜深沉。中宫就寝了，人们也都入睡了。外头有殿上人在说话儿。屋内有人将围棋子儿装进盒子里，声音频频传入耳朵，令人怀念不已。有人尚未睡下，火筷子静静插在炭灰里。这也是很有趣的。隔着什么东西，听到别人睡下的声音，夜半突然醒来，再一听，知道有人还未睡，但也听不到说话声,有男人来访,强忍着不笑出声来。真想知道,他们究竟在商量些什么事呢。

中宫也还没睡,女官们都在侍候着。主上身边的女官和典侍{内侍司的次官。}们,都是些不好随便应对的人,他们来到跟前说话时,即使油灯熄灭,靠着长炭柜里的火,各个细小的角落也能看得清清楚楚。

对于年轻的公卿来说,新来的女官显得更加优雅。尤其那些身份不太引人注目的女官,夜深后,进宫来,衣服窸窸窣窣地响着,显得很亲切,膝行着走向前去侍候。中宫小声地吩咐着什么,新来的女官像孩子一般,羞羞答答的,回话的声音几乎听不清楚。这时候,周围一派寂静。女官们三三两两坐在各处，说着话儿。有的退下来，有的近前问候，上上下下，虽说衣服的响动不大，但都能知道是谁。这种事儿很是令人难忘。

宫中的女官房舍，住着一个很难伺候的男人。我这里熄了灯，那边的灯光从格子窗上部映射进来，虽说很黯淡，但物体的形态依稀可辨。拉近低矮的几帐一看，一对男女共寝，脸儿磕着脸儿。女子挨着几帐躺着，发型的好坏一眼就看个明白。直衣和裙裤都搭在几帐上。六位藏人青色的袍子，看来那几帐是承受得了的。说到那绿衫，我真想团作一团儿放在屋角边，使那男人拂晓回归时一时找不到。

不论是夏还是冬，几帐那边总有人睡着，并

将衣服搭在上边。从屋内悄悄窥探过去，倒是很有趣。

熏物之香，十分优雅。

五月的梅雨季节里，齐信中将来访，坐在位于清凉殿东北方的弘徽殿上中宫的房里。当时的熏香尤其优雅。感觉不出那是什么特定的熏香，大体上带着雨湿的气息，那香味浓郁的风情，虽然并非特别稀有，但又能怎样叫我不加言说呢？那香味儿浸染着帷帘，直到翌日都未消散。年轻的女官都以为那熏香非比寻常的好，实在是理所当然的事了。

比起带着一人帮高高矮矮的不太显眼的侍从，不如那些稍稍乘惯了牛车的光彩照人的赶牛娃。

他们个个都很合乎身份,被驱赶的牛奋力前进,赶牛娃则稍稍殿后,被紧绷的缰绳拉扯着,随车前行。无限风光当在我方。

身体细弱的随车人,穿着裤腿大红的裙裤,还有紫色或其它颜色的,上身是合体的紫红或黄褐色的上衫,迈动着闪闪发光的鞋袜,驰驱于迅速旋转的车轮一旁,看起来非常华彩。

一九一　岛

岛：八十岛｛秋田县象潟。｝。浮岛。戏岛｛男女相戏之意。指熊本县宇土市的风流岛。｝。绘岛。松浦岛。丰浦岛。篱岛。

一九二　浜

浜：有度浜。长浜。吹上浜。打出浜。诸寄浜。千里浜，看来是很宽广的地方吧。

一九三　浦

浦：大浦。盐釜浦。须磨浦。名高浦。

一九四　森林

森林：植木林。石田林。木枯林。瞌睡林。岩濑林。大荒木林。垂园林。应来林。立闻林。

横馆林这名字听起来好生奇怪，只有一棵松，怎么能称林呢？

一九五　寺

寺：壶坂。笠置。法轮。灵山寺｛位于京都市东山区，本尊为释迦如来。释迦说教《法华经》之地称为灵鹫山，简称灵山。｝，乃释迦菩萨之居所，故铭记于心。石山。粉河。志贺。

一九六　经

经：首推《法华经》。《普贤十愿》。《千手经》。《随求经》。《金刚般若》。《药师经》。《仁王经》下卷等。

一九七　佛

佛：如一轮观音。千手观音。不仅如此，还有六观音全部。药师佛。释迦佛。弥勒。地藏。文殊。不动尊。普贤。

文｛汉诗文。｝

一九八　文

文：《文集》｛《白氏文集》，白居易诗文集。｝。《文选》｛《昭明文选》，梁昭明太子撰，三十卷，集春秋末至梁历代诗文。唐李善注，而为六十卷。｝。新赋｛不详，疑指《文选》中国六朝时代的作品。｝。《史记》。《五帝本纪》。《愿文》｛祭祀神佛的祷文。｝。《表》｛上奏天皇的文书。｝。博士的申文｛文章博士所作晋升官位的申请书，多为他人代笔。｝。

一九九　物语

物语：《住吉》{非亲生子女受虐的故事，已佚。}《宇津保》。《殿移》。《国让》。《埋木》。《月待女》。《梅壶大将》。《道心劝进》。《松枝》。《狛野物语》中的主人公，找出一把蝙蝠扇，拿着外出的故事很有意思。《思恋物语》{已佚。}，书中的中将叫宰相生孩子，又向他索要丧服，实在可憎。还有交野的少将{根据实有人物、好色者交野少将的传记编写的故事。此人亦见于《落洼物语》和《源氏物语》。}。

陀罗尼｛即《佛顶尊胜陀罗尼经》中的陀罗尼。梵语，译作"总持"。一字一句，具有无限意义。指照原文念诵不加翻译的经文。｝

二〇〇　陀罗尼

陀罗尼，黎明听之。读经，傍晚闻之。

二〇一　交游

交游，易于夜间，不见人脸为宜。

二〇二　游艺

游艺：小弓{用小型弓射箭。}。围棋。蹴鞠{古代源于中国。以鹿皮缝制鞠球，四、六、八人共同踢之。}也有意思，虽说样子不太好看。

二〇三 舞

舞：骏河舞﹛"东游乐"之一种，只有《骏河歌》和《求子》可伴舞。主要在春日、贺茂和石清水等寺社临时祭祀时演奏。﹜。求子，亦颇有意味。太平乐﹛四人舞，皆武装仗剑而舞。源自"鸿门宴"二项（项庄、项伯）拔剑对舞的故事。﹜带着刀，形象虽不雅，但富明朗、欢快之趣。听说于唐土，是和对方共舞的。

鸟舞﹛印度舞乐，一名迦陵频，于法会时演奏。四人着天冠羽衣而舞之。﹜。拔头﹛宗妃乐。一人舞。戴恐怖假面，以青丝作乱发。﹜，挥其乱发。突着眼睛很可怕，但音乐悠扬。落蹲﹛高丽舞。舞者一二人，一名纳曾利，最后蹲踞而舞之。﹜，二人屈蹲而舞。狛龙舞﹛高丽舞。﹜。

二〇四　弹乐器

弹乐器：琵琶。其曲调有：风香调，黄钟调，苏合之急，黄莺啭等。筝琴也很好，曲调有：想夫恋。

二○五　笛

　　横笛很有意思。闻其声自远而近，非常有趣。或由近而远，其声渐微，亦颇优雅。于车中，或徒步，或马上，万事皆藏之于怀，携笛而不为人所见，未有较此可爱之物也。若所奏之曲为自己所熟知，更是妙极。天亮时，忽而发现男人忘在枕畔的玉笛，很使人高兴。待他差人来取，用纸裹好送去，看起来仿佛一封正式书信。

　　月明之下，自己乘在车中，听有人吹笙笛，实在悦耳。不过，这种乐器太大，不便于携带。而且，吹奏时那是一种什么面相啊。其实，横笛似乎也有一套吹奏法。筚篥{似笛而纵吹，上面七孔，下面二孔。}，声音喧哗。以秋虫作例，类似纺织娘，不欲临近闻之。且吹奏法低劣，令人生厌。临时祭祀之日{贺茂和石清水两祭祀奏神乐。}，均不出于主上之前，而于暗处吹奏横笛，其声悠然。此时，途中突然响起筚篥之音，非常奇特。即使梳着整齐头发的人，也会猝然倒竖起来的。一旦合琴{藏人抬琴出现在皇上面前，合着琴声而吹笛。}，乐人步出舞台，这是颇令人感动的。

二〇六　可观之物

可观之物：临时祭祀。行幸。贺茂祭回归的行列。御贺茂参拜{贺茂祭前日，摄关参拜贺茂神社的行列。}。

贺茂临时祭当天，天气阴霾，肌肤寒凉。细雪霏微，飘落在使者、舞人以及陪从等的插头花{使者以下的人物，去神社前于清凉殿东庭赐插头的绢花，使者为藤花，舞人为樱花，陪从为棠棣花。}和青花袍{舞人和陪从皆穿蓝印花袍。}上。好看极了。舞人佩刀的刀鞘，黑黝黝的，斑驳陆离。半臂上的带子展开着垂挂下来，仿佛打磨过了，闪着光亮。白地蓝花裤之间，冰般硬挺的红色的下裤，泛着亮光，其优雅真是无从言说。原想让行列再走过去些,可祭祀的使者,他们的身份虽然不高,受领时也未必双眼圆睁,但大多面目可憎。不过,那张脸掩盖于藤花之下,着实有趣。

继续目送着行列的前方,有些品位不高的陪从,柳袭{表白里青的袷衣。}之下露出插头的棠棣花,看起来虽然不相称,但响亮地拍打着泥障,高唱"贺茂祭的棉麻衣带{棉麻纤维纺制的衣带,用于神事。"贺茂祭的棉麻衣带,我没有一天不把你攀在肩头。"(《古今集·恋》读人不知)}"。这也是很有趣的事。

还有什么能和行幸相比呢?看到主上乘着御舆而来,自己甚至将朝夕陪伴在一旁的事完全忘却,只觉得神圣非常,肃穆而恭敬。就连那些平时不放在眼里的女官和姬大夫,也都显得高贵而显赫起来。那些守侍在为御舆执经的舍人身边的中将少将们,也装扮得颇为惹眼。

近卫的大将,较之任何人更为亮丽夺目。近卫府的人到底不同一般。

五月的行幸{五月端午节会,天皇于大内赐宴群臣,行幸观览赛马。自平安时代初期,延续百年。一条天皇(986—1011年在位)时废绝。},比起其他尤为优雅。但现在已经完全中断,令人遗憾。听人说起昔日往事,浮想联翩,该是如何一番风情!那天,到处铺着菖蒲,景象焕然一新。作为会场的武德殿的御栈敷{临时搭建的观览台。}也敷着菖蒲。参列的人都戴着菖蒲头饰,选美人充当菖蒲藏人,差往御前。主上向群臣赐香荷包,由女藏人传递。得到赏赐的人,起舞谢恩,将香荷包系于腰间,实在令人艳羡。……{原文注："此处十二个音节，意义不明。"}既滑稽，又有趣。主上回銮，有舞人扮狮子和狛犬舞于御舆之前。啊，竟然有这样的事，刚巧这个时节杜鹃叫了，真是有趣得很。

行幸固然壮观，但遗憾的是，看不到满载年轻公卿们的车驾，往来充塞于南北道路上。那种车子，本来都是夹在一般人的车驾之间，一起看热闹的，那才使人激动呢。

贺茂祭归去的行列十分有趣。昨日，万事周全。一条大路{宫中至贺茂下社的大道，行列必经之路。}宽广，明丽。阳光酷烈，照进车内。为防止目眩，遂用扇子遮住面孔，重新坐好，静待长久，苦闷非常，大汗淋漓。今日一早出了家门，看到云林院和知

五一七

足院一带，停靠着一些牛车，牛头以及车上的葵叶和桂枝随风摇曳。太阳出来了，但天空依然阴沉，心情总是不很安宁，很想听听杜鹃的鸣叫，以便醒醒头脑。于是坐起身子，自然等待那鸣声。杜鹃的鸣叫不光在这里，听起来好像有许多鸟一同鸣叫，实在悦耳。黄莺以老迈之声模仿杜鹃，混在一起鸣叫，虽说有些可厌，但也很有意思。盼着盼着，一群身穿红色狩衣的人打神社方向走来，我问他们："怎么样了？行列已经开始行动了吗？"他们回答："哪里哪里，还早着呢。"说罢，抬着御舆走回斋院｛这里指斋王坐的轿子，因为行列中乘牛车，故将御舆抬回斋院。｝去。一旦乘着那御舆而来，很是威风凛凛，显得很神圣吧？为什么身边会有如此身份低贱的人侍候着呢？我觉得好可怕呀。

等了好一阵子，正如那些人所说，不久，斋院回去了。陪同的女官们从扇子到朽叶色的和服，看起来很漂亮。藏人所的随从，穿着青色的袍子，腰带上稍稍夹着白袭的裙裾。看上去好似生长着水晶花的墙根，杜鹃鸟仿佛藏在花荫里｛"水晶花荫下，初闻杜鹃鸣。"（《新古今集·夏》柿本人麻吕）｝。昨日，一辆车上乘着好多人，一色的二蓝袍子和直裤或狩衣。这些不太守规矩的年轻人，卸下车帘，胡乱闹着。可今天，一旦伴着斋院赴宴，都俨然勒着正式的束带，每人乘坐一辆车，后边的座位上坐着可爱的殿上童，看起来倒是挺有趣。

行列完全过去了，紧接其后的随从们，争先

恐后挤上前来。我用扇子阻挡他们:"不用着急嘛。"随从们根本听不进去。实在没办法,遂在路面宽阔的地方,硬是将车子停下,随从们都怒目相视。这也是可以理解的。回头望着后面停下的其他的车驾,也是很有意思的。男车上不知是谁,紧紧跟在后头,比一般的车子更有趣,但看到每人都占着一块路面,那车上的男人说道:"白云山头别。"{"风吹白云山头别,无情君心亦如此?"(《古今集·恋歌》壬生忠岑)}这话倒也很有意思。也还是兴味不减,有时跟着走到斋院的牌坊附近。

斋院女官的车子回去了,喧闹非常。通过别的道路回去,那里是真正的山村,别具风情。水晶花篱笆墙荒芜了,杂乱的花枝伸展出来,花朵犹繁盛未衰。有的花蕾众多，叫人折了些来，插在车子周围。昨日的桂花已经凋残，令人遗憾。这些都很有趣。远看起来，狭窄得无法通过的地方，走到跟前一看，倒也不像想象得那么狭窄。这也很有意思。

二〇七　五月的山村

五月里，在山里游玩，心情舒畅。草叶，池水，看上去一派青绿。表面没有什么，纵向走过草木茂盛的地方，漫长的草丛下面储满了水，虽然不深，但人徒步进入，水花四溅，趣味良多。

左右两侧的篱笆不知是何种树枝组成，有的伸进车棚内，急忙抓住想折断下来，不料又滑脱了，很是懊悔。蓬艾被车子轧了，缠在车轮上，随着车轮旋转，煞是好看。

二〇八　晚凉

　　盛暑时节，晚凉渐生。周围景物一片模糊。灰暗之中，看见有男车带着开道者急驰而过，不用说这是很有趣的。即便是普通身份的人，后边车帘高卷，坐着二人或一人，驾车而过，看起来十分清凉。有的在车上弹着琵琶，吹着笛子通过，惹人向往。每当这时，嗅到未曾闻见过的牛鞦｛系在牛马尾巴上的皮革带子。｝皮革的气息，觉得很奇妙。这也很有趣。四周一片黑暗，没有月亮的晚上，前头男车中点燃的火把的松烟香气，弥漫于车内来，促人怀想。

五月四日 {五月五日端午节的前一日。}

二〇九　五月四日傍晚

五月四日的傍晚，一个身着红衣的男子，将许多青草{疑为过节用的菖蒲。}割得干干净净，背在两边的肩膀上，看起来非常有意思。

二〇　参拜贺茂神社的路上

参拜贺茂神社的路上，看到许多女人戴着崭新的盆一般的桧木斗笠，一边插秧，一边唱歌。站起身来，又弯了下去，看不到她们到底干些什么事。只见她们一个劲儿退着走，为什么呢？这是很有意思的。仔细一听，他们正在痛骂杜鹃鸟，实在令人不快。

子规，子规，
你只顾瞎嚷嚷，
听到你的鸣叫，

五二五

我们才下田插秧。

究竟是个什么人，竟然写出：

子规，你不能随便鸣叫啊。{"子规，你不能再叫唤了，听起来好难受啊。"(《拾遗集·夏》大伴坂上郎女)"子规，你不能随便鸣叫啊，愿将你的鸣声，混进五月的珠子。"(《古今集·六帖·第六》)}那些诽谤仲忠{《宇津保物语》中的主要人物。有时住在树洞里，赡养母亲，是作者所崇拜的人物。参见七九段。}幼年时代的人，说什么"子规的鸣叫不如黄莺"的人，实在是无情而又可恨。

二一一　八月末，参拜大秦

八月末，参拜大秦的广隆寺，田里稻穗摇曳，许多人吵吵嚷嚷，都在忙着割稻。古歌里说：

昨日刚插秧，不知不觉……{ "昨日刚插秧，不知不觉，稻叶摇曳秋风狂。"（《古今集·秋上》读人不知）}

确乎如此。上回参谒贺茂神社时，路上已经看到插秧的光景，不知不觉，秋来稻谷已长成。在这里，男人们将黄熟的稻子，从青青的根部握在手中割下来。不知使用什么样的镰刀，从根部割下的情景,看起来很是畅快,就连看着的自己也乐在其中了。为何要这样呢? 将稻穗铺在地上,男人们肩并肩坐在上面,很有意思。田里小草棚,那样子也很滑稽……

二一二　过了九月二十日

过了九月二十日，参谒长谷寺，住在简陋的房子里。因为实在累极了，睡得很香甜。

夜深了，月光从窗户照进来，人们横躺着，睡衣上映着惨白的月光，自是别具风情，在心中留下了深刻的印象。只有在那种时候，人们才会吟咏和歌。

二一三　参谒清水寺，爬山坡

　　参谒清水寺，爬山坡。附近人家烧柴的烟火气，侵入身上的衣衫，感觉很有兴味儿。

二一四　五月菖蒲达秋冬

　　五月五日的菖蒲，到秋冬过后。折一根惨白而干瘦的枯枝，将五月的馨香留下来，使之弥散四方，那是很富情趣的事。

二一五 充分薰香的衣物

充分薰香的衣物,昨天,前天,今天,忘记穿了。打开和服,当时的余香尚存,比现在的薰香更浓烈。

二一六　月光皎洁

　　月光皎洁之夜，坐牛车渡河。随着牛行，河水飞溅，犹如水晶迸裂。十分有趣。

二一七　越大越好的东西

越大越好的东西:房子。食品袋。法师。水果。牛。松树。砚台的墨。男佣的眼睛若太细巧,则像女人;当然,若硕大如铁碗,那也很可怕。火桶。酸浆果。棠棣花。樱花瓣儿。

二一八　短而适当的东西

短而适当的东西：急用时的缝衣线。身份低贱的女人的头发。未婚女子的声音。室内照明的灯台。

二一九　家庭用的东西

　　家庭用的东西：曲曲回廊。稻草垫子。三尺高的几帐。个儿大的童女。品行好的用人。侍从的休息室。饭盘。悬盘。中盘。大原木。屏风隔扇。记事板。装饰漂亮的食物袋。阳伞。棚架。酒瓮。酒铫子。

二二〇 出行的路上

出行的路上，看到有面目清秀的男子，拿着细长的立封{用白纸卷裹的书信。}，急急地走着。随即注目而视，真想问一声：要送往哪里呢？

还有，看到长相标致的童女，穿的衣服并不显眼，已经有些破旧了，但展子的颜色却很鲜亮，展齿上沾着很多泥土。白纸里包着很大的东西，或者箱盖子里放着几册故事书。真想叫到身边看看手里的东西。她从门前通过时，我叫她进来，谁知她理也不理就走过去了。可见使唤她的主子究竟是一副怎样的人品了。

二二一　寒碜的车子最讨人嫌

比什么都讨人嫌的，是坐着装饰寒碜的车子去看热闹。要是听讲经，那倒也罢了，因为是为了消灭罪愆嘛。即便如此，过分简陋的话，也总觉得太可怜了。尤其那贺茂祭等，最好不要这样去看。车子上没有帷帘，只是垂挂着白色的单衣袖子。我们极力为那天设想着，特地准备了崭新的帷帘，心想这回不用感到遗憾了。不料一看到比自己更加漂亮的车子，遂感到为何乘着这种简陋的车子来呢？这种寒碜的车子上的主人，还有什么心情观看风景呢？

五三八

为了选个好地方停车，催促着侍从们一大早离开家门，坐进车子等待着。有时站起来一会儿。等待的期间闷热不堪，这时，为斋院做陪客的殿上人、藏人所的职员、弁官、少纳言等，乘在七八辆车子上，接连不断地从宅院那边驶过来了。突然想到，行列已经准备好了，心里很是高兴。

在看台前停下车子观看，也非常有意思。殿上人对着我的车子打招呼，请藏人所的前驱者吃水泡饭。阶梯旁边的前驱者们，都把马牵过来，殿上人的杂役走下来，为那些贵公子们揽住辔头。这是很有趣的。而对那些没有什么地位的人，连看都不看一眼，未免太招人同情了。

斋院的御舆过来了，所有的车子全部垂下了

帷帘，一旦走过去，又都连忙卷起来。那情景实在有意思。对于那些想在自己前头停车的人，极力加以制止。对方的车副问："为何不能停在这里呢？"说罢，便硬是停下了。这回对于对方的车副不好再说话，便直接跟车上的主人说明情况。这也是很有意思的事。车子没有空位，只好拥挤着停下。贵人的车子以及从人的车子络绎不绝，究竟再停在哪里呢？御前驱们都纷纷下马，将已经停在那里的车子硬是拉开，空出地方来，连从人的车子也一同停下。这真是来头不小啊！那些被驱逐的简陋的车子，只得再套上牛，摇摇晃晃朝空的地方走去。看起来实在窝囊。对于那些光辉灿烂的车子，不会如此蛮不讲理地将其赶走。有的车子看起来还算干净，却显得很土气，很难看，不断吆喝用人们下车，让他们坐在易于观看行列的地点上。

细殿 {后殿，女官宿舍。}

二二二　不可住在细殿的男人

有人传言说："一个不应住在细殿的男人，天亮时打着伞出去了。"仔细一听，这事与我有关。这个人虽说是地下人{不许登殿的五位以下者。}，但看起来也并不怎么讨人喜欢。心里正疑惑着，这时，清凉殿有人送中宫的信来了，还说要赶快回信。到底是什么事呢？打开一看，画着一把大伞，不见人影，只有一只撑伞的手臂。下面写着一行字：

山头微明时，

五四二

一早有人出。{"身着湿衣好奇怪,三笠山人借伞去。"(《拾遗集·杂货》藤原义孝)。中宫以此询问作者:"有个男人打着伞,一大早从你那里出去了。谣言纷纭,究竟是怎么回事呢?"}

中宫对于细小的琐事感觉敏锐,很令人佩服。有些难言而心烦的事情,本不想让她知道,可眼下又再起风波,真是遗憾。但中宫的信写得很有趣,于是我就在另外的纸上,画了一幅正下着大雨的画,下边缀道:

不是雨,原是浮名{谣言,男女艳闻。}落上身,
好似穿着湿衣裳。

如此回了过去，中宫嬉笑着说给右近内侍们听了。

三条宫 { 二条宫烧毁后,中宫于长保元年(999)移居大进生昌邸(临时行宫)。翌年二月,道长长女彰子册封为中宫,定子为皇后。道长势力渐长,定子为其所压,岁暮郁郁而陨,年方二十四岁。} 五四四

二二三 住在三条宫的时候

皇后住在三条宫的时候,五月五日,卫府里载着菖蒲的车子,奉送香荷包来了。年轻的女官们和御匣殿 { 定子的妹妹,道龙四女。第一皇子敦康亲王的养母。} 都制作了香荷包,给公主和皇子们戴上了。别的地方也献了十分风雅的香荷包,我把青色的薄纸铺在风雅的砚台盖上,说:"这是隔着栅栏的东西。" { "隔着栅栏吃青麦的小马驹,我的难以贴近的所爱。"作者借此表达对定子的一番忠贞不渝的感情,不为政情变化所扰。} 将其中叫做青麦馃子的东西放上去,呈献给皇后。皇后却撕下一角薄纸,在上面写道:

五四五

人家都在说花呀蝶呀的时候，

你送了青麦馃子来，

只有你是我的知心人啊。{定子皇后的歌，对作者或赠送者表达谢意。}

这事很值得纪念。

日向｛疑为乳母丈夫的任地，位于宫崎县。｝

二二四　乳母大辅到日向去

中宫的乳母大辅命妇要到日向去。中宫赠给她的扇子中，有一把一面画着朗照的太阳，地面上有许多田园馆舍；另一面画着京城，大雨沛然而降。中宫亲笔题着一首歌：

走向光明的太阳的人呀，

要记住，

有人沉浸于长雨不晴的京都，眺望着你呢。｛歌中的"走向太阳"暗喻着"日向"，"长雨"暗喻着"眺望（Nagame）"。｝

看了这首歌,感到十分亲切。将这般多情的主君置于不顾,要远行的人也很难上路了吧?

二二五　住宿清水寺

我住在清水寺的时候，中宫特地派人送信来，在大红的唐纸上写着草书文字：

夕暮山寺钟声响，
声声传递相思情。
你竟如此长久地逗留于外地啊！

行色匆匆，临行前忘记带上不至于失礼的用纸来了，只好写在紫色的假花莲花瓣上，作为回信，差人呈送上去。

驿站 {途中供人马休息的地方。}

二二六　驿站

马驿站：梨原。望月驿。山驿，曾经听说，这里发生过悲哀的事情{似指《今昔物语》的故事：金峰山僧转乘因持《法华经》而知前生为毒蛇。}，近来又有悲哀的事{伊周流放时，因病滞留于播磨之国。}，前后联想，感慨至深。

二二七　神社

　　神社：布留社。生田社。旅之社。花渊社。杉之御社，就以此为目标吧。{奈良县樱花井市的三轮神社。"翻过三轮山，就是我的家，门前有棵大杉树。"(《贯之集》)}不是很有意思吗？诸事灵验的明神，感到很值得信赖。"单单听别人的祈愿，也会有悲叹的日子。"{"单是听人家的祈愿，神社本身也会化作悲叹之林。"(《古今集·俳谐歌·赞岐》)}想到这里，颇感同情。

　　蚁通明神{位于大阪府泉佐野市长泷。}，贯之的马生病时，据说是这明神令其得病的，贯之作歌以献之。这事也很有意思。之所以称为蚁通，有着下面的

传说,不知是真是假:

　　古时候有位皇上,一味喜欢年轻人。将四十以上的人全给杀了。年老的人都逃亡远方躲避,京城里没有年老的人了。有个中将,当时颇有威望,人也很聪明。他家中有将近七十岁的双亲,老人们说:"既然四十岁都杀了,将近七十的人还能活命吗?"看到父母如此惶恐不安,非常孝顺的中将,不想让父母住在远处,每天务必要见一次面。于是在家中掘土打洞,洞里盖房子,将父母藏在里面,这样随时都能见面。对别人和朝廷都说失踪了,不知躲到哪里去了。皇上何必这样呢?躲在家中的人,权当不知道好了。真是个讨人厌的世道。这对父母是不是公卿并不清楚,但有个中将的儿子。他心地贤良，无所不知。中将虽然年轻，但名重一时，断事如神，皇上正考虑对他委以重任呢。

当时唐土皇帝，正想方设法欺骗本国皇上，企图夺取本国。时常测试皇上的智力和进行问答比赛。因此，皇上感受到了威胁。有一次，将一根木头削得浑圆而又光亮，约有二尺长，很是好看。送给皇上，问道："这段木头，哪端是头，哪端是梢？"皇上全然不知，正在困惑之时，中将看了很是同情，便到父母那里，一五一十地说了这事。父母告诉他："很简单，只要站在水流湍急的河边，将木头横着投到水里，这时木头转个弯儿流下去。朝向前方的那一头就是木梢。你用笔写好了送去吧。"中将进宫,表示自己已经破解,说道:"我来试试吧。"随即带着人去河边,将木头投进水流,将流向前方的那一端作了记号送回唐土,果然说对了。

接着,唐土又把同样长的两条二尺的蛇送给皇上,问道:"这蛇哪条是雄,哪条是雌?"这是谁都无法知道的。中将依旧去问父母。父母说:"将两条蛇并排放着,用小树枝触及尾部,尾巴不动的就是雌的。"照此做了试验,真的一条动,一条不动,于是又做了记号送了过去。

唐土皇帝好久之后又送来一颗宝珠,珠子很小,中央贯通,有七曲,左右开口。吩咐道:"将这珠子穿进绳鼻儿,这在我们国内,人人会做。"

"不论什么能工巧匠都无法办到。"公卿们和殿上人,以及所有的人都这么说。中将又去问父母,他们说:"抓两只大蚂蚁,腰间拴上细丝,后头再续接稍粗的线。一侧的口上涂上一点蜜水,试试看。"

中将照旧对皇上说了,将蚂蚁放进孔内,蚂蚁闻到蜜味儿,真的很快就从对面的出口爬出来了。于是,就用丝线串起来,将珠子送回唐土。唐土的皇帝说:"朕知道了,日本是个贤能之国。"自那之后,唐帝再也不出难题了。

皇上认为中将是个立了大功的人,问道:"朕想奖赏你,授予你什么样的官职呢?"

"什么官职,什么爵位我都不要。我只想把年老的父母找回来,恩准我们一块儿住在京城里。"

皇上随即说道:"这好办。"随即恩准了中将的请求。众多人家的父母听闻后都非常高兴。皇上对中将加以重用,从公卿一直升任到大臣。

因为有这件事,其后,中将的父母死后成神,夜间,对于来参拜神社的人显灵道:

  钻过七曲珠,串起细丝绳,
   谁知"蚁通"义,蚂蚁立大功。

有人对我讲述了这件事。

二二八　一条院如今称内里

一条院，如今称内里，主上住的御殿是清凉殿，北边的御殿是中宫的住所。东西都有渡廊，主上时常到北殿去，中宫也时常主动来晋见。前院是中庭，广植花木，一道篱笆墙，颇见风情。

二月二十日，风和日丽的一天，渡廊的西厢房内，主上吹玉笛，高远｛藤原高远，关白实赖之孙。｝兵部卿是主上吹奏笛子的师傅。主上和高远两支笛子，反复吹奏催马乐《高砂》，说吹得非常好，也就是世间寻常说法。高远兵部卿禀奏关于吹笛的体会，讲解得非常出色。女官们都聚集在御帘边倾听，看到眼前这番情景,心中完全没有歌里那种"采芹{"采芹"一语,当时古歌中用来形容心中有不快之事。}"的不满了。

藤原辅尹这位木工允{木工寮的三等官。},是一个藏人。他为人粗野,名声不好,殿上人和女官们给他起了诨号,叫"露骨氏",且作歌曰:

难怪这位露骨氏,

本是尾张人的后裔。

是说辅尹是尾张人兼时之女所生。主上用笛子吹奏这首歌,我在一旁附和道:"请用高亢的音调吹奏吧,辅尹他是听不懂的。"

主上回答:"那怎么行,即便这样,他也听得出来。"

　　说罢依旧低声地吹奏着。这时，便从对面的清凉殿走向这边中宫的御殿，说道："他不在这里，就高声地吹吧。"然后就尽情地吹了起来。这事实在很有趣。

转生而为天人｛佛教中指居于欲界、色界，身披羽衣，飞翔于天空的女子。｝

二二九　转生而为天人的人

转生而为天人的人，也不过如此。以普通女官而供职的女子，当上了乳母，就是一例。不着唐衣，亦不套裙裳，陪着皇子睡。御帐中占有自己的席位，对女官们吆五喝六，指派她们到自己的馆舍里做这做那，收发信件。那不可一世的样子，一言难尽。

杂色｛藏人所的杂色，无职，定员八名。因着杂色衣，故名。｝一旦升为藏人，则霸气陡增。去年十一月，贺茂临时祭时还抬过和琴，当时并不怎么样，而今却同贵公子们走在一起，简直不知是打哪里来的人了。

藏人所以外的杂色升任藏人者,却不像他们那样。

二三〇　积雪很深，如今仍在瑟瑟而降

积雪很深，如今仍在瑟瑟而降。那些五位或四位、容貌端丽的年轻人，袍服炫烨，还留着腰带的印痕。仅仅是值宿的装束，露出紫色的裤子，映着雪色，更加鲜艳。大红袷衫，或者是棠棣色的，从下边露出来。手中撑着大伞，风雪横斜地向身上扫来，半屈着身子向前奔走。深靴或半靴都沾满白雪，看起来很有趣味。

二三一　细殿后门很早打开

细殿后门很早打开,有殿上人从御浴场{位于清凉殿西北隅,天皇洗浴处。}的长廊上走过来。穿着破旧的直衣和裤子,露出各种颜色的衣衫。他一边向里塞着;一边向北侧的朔平门走去。因为要打女官们敞开的门前经过,只得将帽缨子挽过来遮住脸面,那样子很是滑稽。

二三二 冈

冈:船冈。片冈。鞆冈,遍生竹丛,情境优雅。语冈。人见冈。

二三三　天降之物

天降之物：雪。霰。霓，夹杂白色雪粒而下，颇见风情。

雪，降于桧树皮葺的屋顶，尤其可观。稍微融化了点儿更好。降了不很多的雪，每片瓦上都积了些，看上去，黑黑的，圆圆的，尤其好看。

时雨、霰，当降于板葺的屋顶。霜，亦当落于板屋和庭院。{听而有声，观而有色，故云有趣。}

二三四　日

日:落日。落日近山端,余光攒射,一派艳红。一带黄色的薄云拖曳,观之令人兴起。

二三五　月

月：残月映于东山，纤巧而出，尤为雅洁。

二三六 星

星：昴星。牵牛星。金星。长庚星，稍有趣。流星，要是不拖着长尾，就更讨人喜欢了。

二三七　云

云：白的。紫的。黑云亦美。风儿吹断雨云颇可观。

黎明时分，黑色的云淡了，渐渐明亮起来，特具风情。正如汉诗里所咏叹的"去似朝云"{不详，一说据白居易诗《花非花》："花非花，雾非雾。夜半来，天明去。来如春梦几多时，去似朝云觅无处。"}一样。

明丽的月面有薄云流过，更显风姿绰约。

二三八　吵闹的东西

　　吵闹的东西：哔剥有声的炭火。板屋上乌鸦争食斋饭〔众生饭。佛家取食一部分，所余施以饿鬼，或置于屋顶，供鸟雀食之。〕。十八日去清水寺宿庙，天黑下来，没有点灯。来了好些外地人，一派忙乱。尤其是家中主人由远方乍来京城，更是忙乱。有人说附近有火灾，却也没有烧起来。

二三九　毛糙的东西

　　毛糙的东西：下等女官的发髻。中国画皮带{皮带，制作精巧，缀以玉石，部分着于背后。据说唐服着于前面，背后则不见。}的背后。高僧的举止行为。

二四〇　言语粗鲁者

言语粗鲁者：巫师读祭文。划船的人。雷鸣之阵｛雷鸣音高三度，近卫的大将、次将，携弓箭守侍于清凉殿一角。将监以下者，则着蓑衣聚集于紫宸殿。称为"雷鸣之阵"。｝的舍人。相扑｛日本式摔跤的大力士。｝。

二四一　小聪明的事

小聪明的事：现时三岁的小童。为幼儿祈祷，揉肚子治病的女子。要人准备好各种器具，制作祈祷用的东西。她将很多纸叠在一起，想用钝刀裁开，看起来一张纸都难以裁开。但决心裁下去，以至于歪着嘴巴拼命用力。做成切口众多的冥币，用竹子夹住，一切都虔诚地准备好了。

一边颤动着身子，一边祈祷，显得胸有成竹："某某王公、某某贵家的公子，染上了重病。而我手到病除，全给他治好了，受到许多奖赏。以往，他们找过好多人治疗过，都没效果。现在，找了我这个老婆子来，多亏他们的恩顾了。"嘴里叨咕着，那表情令人生厌。

　　身份低贱之家的女主人，多为愚钝者。但她还是充当小聪明，动辄去教训真正聪明的人呢。

二四二　说过即过的东西

说过即过的东西：扬帆的船。人的年龄。春，夏，秋，冬。

二四三　不易为人所知的事

不易为人所知的事：凶会日﹛历书上所谓阴阳相向或相尅的日子，每月三天至十四天，一年七十九天。因为过多，不易为人所注意。﹜。人家母亲的老去﹛父亲或外面活动较多，易为人所知，而母亲多居于家中不易被社会知晓。﹜。

二四四　信中言语粗俗的人

信中言语粗俗的人，实在叫人受不了。那种写法和用语，简直是在蔑视社会，实在可恨。不过，在身份一般的人那里，使用过于恭敬的语言，也是滑稽的事。语言粗劣的书信，自己收到时不用说了，如果发给别人，那是很招人厌恶的。

即使面对面谈话时，说出过分失礼的话，那是很叫人无法忍受的事。何况是身份显贵的人，使用那种无礼的言辞，实在是荒唐之极。如果是乡巴佬，说话简慢，显得滑稽，那倒也合乎身份。

对男主人使用不好的语言，是要不得的行为。

对自己的下人，动辄"是的"或"恭请"等敬语，也是很可厌的事。要是用这种词儿，还不如直接来个"在下"这种说法，反而容易听进去。对于那些爱发窘的人，我说："你说话太不客气了，为何要用那种粗俗的语言呢？"听的人和被说到的人都会笑起来。但因为有了这种感觉，便挑人家说话的毛病，叫人说什么"真是多管闲事"，那可就没面子了。

　　对于殿上人和宰相等，毫不客气地直呼其名，这是很令人难堪的。不过，对于那些在女官房舍做事的一般身份的女人，不明确地喊出她的名字，而是称"那位"或什么"君"之类，她们因为很少听到这种称呼，所以对这样呼叫她们的人大加赞赏。

殿上人和公卿子弟，除了在尊贵的主上面前之外，只称他们的官职名。在主上面前，公卿们之间互相说话，或遇到主上垂询，不说出自己的名字，而为何自称"本人"呢？当着主上的面，不称自己"本人"，难道有什么难处吗？

二四五　肮脏的东西

　　肮脏的东西：鼻涕虫。打扫粗劣地板的扫帚尖儿。殿上的合子{殿上人用的带盖子的朱漆饭碗，据说五年一换，脏污难堪。}。

二四六　可怕的东西

可怕的东西：夜间雷。邻居家进了强盗，不知何时会闯到自家来，吓昏了头脑，一时不知所措起来。附近失火，也是很可怕的事。

二四七　快慰的事

快慰的事：病中，众多法师为之祈祷。心情不爽时，真正爱护自己的人，说着安慰的话。

二四八　费尽心血招来的女婿

费尽心血招来的女婿，过不多久不来了。再与岳父见面时，是否感到难为情呢？

有人入赘于当时很有权势的人家，只过了一个月就不来了。这家人立时吵吵嚷嚷，女人的乳母诅咒这位女婿不得好报，谁知第二年新年，这位女婿却当了藏人。世上的人都说："这就怪了，有了这样的关系，怎么还会升任呢？"外面的风言风语，那位女婿也定会听到一些吧？

六月，有人举办"法华八讲"，人们都聚拢在会场里听讲。当时，那位做了藏人的女婿，穿着绫罗外裤，黑色半臂{夏日所着薄袍和内衣之间的短褂。}，打扮得十分光鲜，坐在被他遗忘的女人的车子上。他同她坐得很近，衣带几乎挂在车子的鸱尾{牛车后面突出的辕木。}上了。"她看了会怎么想呢？"乘在车子上的人也都知道这件事，大家都可怜那位女子。不在场的其他的人，后来都说："难为他怎能坐得下去呢？"

那男子既没有什么同情心，似乎也不懂得别人会怎么瞧他。

二四九　世上最忧心的事

世上最忧心的事，莫过于遭人忌恨。一个人不论如何古怪，都不会情愿遭别人忌恨。然而，很自然，在供职的场所，在父母、同胞兄弟姐妹之间，皆有爱恨亲疏之别，这是很令人遗憾的事。

身份高贵的人自不必说，出身低贱的人们之间，有的孩子受父母的宠爱，别人也另眼相加，注意听取他的意见，一直被社会所重视。这样的孩子，自然有受到重视的理由，从小为父母所喜欢，又怎能不受到别人的青睐呢？至于那些极其一般的孩子，也获得了父母之爱，这也是人之常情，正因为是父母，所以益发感到亲情的可贵。

　　父母也好，主君也好，或者在偶有交往的人们之间也好，受到他人的情爱总是值得庆幸的大好事。

二五〇　男人这东西

男人这东西，在女人眼里，实在是少有的怪物，他们的内心叫人很难理解。有的男人抛弃如花似玉的美女，竟然将丑八怪娶进家门。那些出入宫廷的人，或者名家子弟，周围美女如云，完全有条件选择佳丽为其妻室，即使那些看起来高不可攀的名媛美姬，只要情之所系，舍出性命，也能追求到手。

一般地说，男人对于那些讨人喜欢的姑娘，或者尚未见面者，只要听说是婧好女子，总是千方百计娶来为妻。可也有这样的男人，偏偏喜欢上那些在同类看来也毫无魅力的女子。这究竟是怎么回事呢？

　　容貌秀丽、心地娴雅、写一手好字、又善于吟诗作句的女子，给男人写信，倾诉了满心闲愁。那男人的回信，也写得有情有义；但就是不肯到女人这里来，抛下可怜的她，而投向别的女子的怀抱，故使她独自悲泣，愤愤难平。这类事在第三者看来，也觉得过意不去，但男人只想到自己，全然不懂得女方痛苦的心境。

二五一　最可贵者是同情心

最可贵者是同情心，男人自不必说，这在女人也同样如此。虽说是一句平常语言，也并非发自肺腑，但对于应该同情的人，说句"太令人同情了"；或对于可怜的人，说句"实在是，真不知那人会怎么想啊"，这些话一旦从别人嘴里听到，要比面对面说出来更叫人高兴。对于这些对自己怀有好意的人，总想让他们明白，自己是深深懂得他们的一番心意的。

那些时刻想着自己，经常来访的人，心怀好意理所当然，并不需要特别感激。但那些本不会如此关心自己的人，哪怕一句应答，也会给自己带来温暖，其态度是可喜的。这虽然是小事一桩，但却极为珍贵。

那些心地善良、富有才气的人，无论男女，都不多见，但也还是有一些的。

二五二　为闲话而生气的人

听人说闲话而生气，实在是没有道理。有什么法子能不让人说话呢？有谁不是抛开自身不谈，而专门非难和谴责别人呢？不过，播弄他人谣言总是不好，被说的人一旦知道，自然衔恨在心，耿耿于怀，各方面都不自在。

还有，对于那些关系亲密，时时想着自己的人，也就不忍说他闲话，而大度待之，即使有什么不好，也闷在心里不说；若没有这层亲密关系，就会张口而出，赢得一阵大笑之后而作罢。

二五三　人的相貌

　　人的相貌看起来有特别美的地方。每次看到，都觉得难得的美。绘画看得多了，便不再吸引人的注意。竖立在身边的屏风绘画，十分美丽，但也不是特别引人注目。但人的相貌是很有意思的。看起来有些可厌的家具中，自然也有引人注目的。反过来，如果说不好的地方也一定会引人注意，那也令人难以接受。

二五四　古人的布裤

古人穿布裤的姿势，实在是马马虎虎。先将裤子的前面贴紧身体，再把上衣的下摆全都塞进去，后腰上的带子先放着不管，等前面全部整理好了，再伸手到后面，就像猴子被捆住两臂一样。看起来，假若碰到紧急情况，再要站起来解开结子，那也来不及了。

二五五　十月十日过后

十月十日过后，月光皎洁之时，出外散步看风景。女官十五六人，一律着紫色和服，分别反折着前裾。这时，中纳言君{随侍中宫的中纳言典侍。}身裹红色和服，将头发向前高耸着，实在令人遗憾。简直就像寺庙里的墓塔一样。"小典侍"{所指不详。}同年轻的女官们，为中纳言君起诨号。接着，站在中纳言君身后笑着，中纳言君一点儿也不知道。

二五六　成信中将

　　成信中将听到有人说话，立即就能分辨是谁来。住在一起的女官们，不经常听到声音的人，是很难分得清的。尤其是男人，根本不知道是谁的声音，谁的笔迹。但这位成信中将却有这个本事，哪怕极其细微的声音，也能够听得出来。

大藏卿 {藤原正光,兼通第六子。长德二年(996)任藏人头、左中将,长德四年十月,任大藏卿(大藏省长官)。}

二五七　大藏卿的耳朵

大藏卿的耳朵最灵敏,据说蚊子落到睫毛上的声音也能听见 {《列子·汤问》:"蚊集于睫而相触。"}。住在御曹司西面 {那里有作者的馆舍。} 时,我正同大殿 {大殿,这里指左大臣道长,新中将是指新人的中将藤原成信,即道长的养子。} 的值班新中将闲谈,旁边的女官低声对我说:"告诉这位中将扇子上绘画的事吧,说不定他马上就走了。"那女官的声音非常小,连他自己都听不见。我问她:"你说什么?你说什么?"坐在远处的大藏卿回应道:"真遗憾,这么说,今天我走不成了。"他是怎么听到的呢?真叫人纳闷儿。

二五八　高兴的事

　　高兴的事：尚未读到的故事书，读了第一卷，还想看下去，又发现剩下的第二卷。不过，也有些想不到的遗憾的事情{抑或二卷远不如一卷。}。

　　拾取人家撕毁的信笺，读着上面留下的好几行文字。

　　不知怎么回事，做起了噩梦，正在心惊肉跳的时候，解梦的人说，不用怕，什么也不会发生。这是令人高兴的。

　　身份高贵的人，有好多人伺候着，不管是谈论过去，或者是话说当今，大家的目光都一起朝我看着，使我感到甚是欢喜。

且不说遥远的人，就是同一都城的人，彼此不住在一起，对自己来说挺重要的人物生病了，时时感到不安，"到底怎么样了呢？"正在叹息的时候，忽然来了消息，说已经好多了。这也是令人高兴的事。

自己所爱的人，受到人家的赞扬，又被高贵的人所赏识，说他不是寻常之辈。

过去一个时期所作的和歌，或者人们之间互相赠答的歌，一时传唱于社会，并被许多人抄写、记忆，这也是令人高兴的事，哪怕并非自己经历过的。

不太熟悉的人吟出一句古歌，自己不知道，

后来听人讲明白了,心中很是高兴。其间,又在书本上查到了,随之快活地嘀咕一声:"原来出自这里。"于是更觉得当初那人很了不起。

陆奥纸{一般指檀树皮制作的高级纸。},即使一般的纸,得到质量上乘的纸,也是使人高兴的事。

一切都高于自己的优秀的人,来询问和歌的上句和下句时,猝然浮于脑际,自己也觉得很高兴。因为平时记得的事,人家一旦问起,便忘得一干二净,这样的时候很多。

急着寻找某种东西,忽然看到了,也是很令人开心的。

分辨优劣{左右两人,各持相同一物,竞争优劣,谓之"物合",有"歌合""香合""贝合""绘合"和"根合"等。}的游戏,取胜的一方,怎么能不高兴呢？使得高傲自大、趾高气扬的人驯服，也是值得高兴的。女人之间不大在意，要是男人，就会感到欢欣鼓舞。想到对方不会善罢甘休，总要进行反扑，自然会时时警觉起来，那也是很有意思的。对方呢？故意装得十分坦然，一副毫不在乎的样子，以此松懈我方的斗志。这也是很有意思的。

自己一直憎恶的人，遇到了倒霉的事儿，就会幸灾乐祸起来，虽然明知道这样想会受到天罚。

为了参加某种仪式，拿出和服捶打，使衣服放光，变得焕然一新，和刚做成时一个样儿，心中自是欢喜。

将插梳磨得亮光光的，看着很是高兴。〔原注：此

〔此处意义不甚贯通，似有脱漏。〕还有很多其他高兴的事儿呢。

生了数日数月的病，一旦痊愈，满心欢喜。要是自己所爱的人，比自己病愈还要高兴。

在中宫御前侍候着，女官们济济而坐，我坐在稍远的柱子一旁。中宫对我说："到这边来吧。"大家都一起为我让路，我被召到中宫跟前，内心里十分快慰。

二五九　中宫御前的女官们

中宫御前有好多女官侍候着，趁着中宫说话的兴头，我插嘴说："世上的事儿，尽让人生气，有时真不想活下去了。随便寻一处清静的地方，如能有洁白而光亮的普通纸，上等的笔，或者弄到银白的色纸、陆奥的檀纸，心情就会为之一变，觉得还是活着的好。再有，眼见着那黑白绫子绲边儿的铺席，交织着菊花与云纹，遂感到人世可爱，决心不舍，拼出性命也要活下去。"中宫听罢，笑着说："一些小事儿就能轻易使你获得慰藉，那么弃老山上的月亮，究竟是什么人看了呢？

更级舍姨山月，我心亦难得到慰藉。"（《古今集·杂上》读人不知）。"舍姨"，即"弃老"之意。}"侍候着的女官们也都随声附和："这倒是简单的祈求救命息灾的好法子呀。"

过了一段时光，心中有些烦恼，回到乡下时，中宫寄来二十帖漂亮的纸，并且传话说："早点儿回来吧。"接着又说道："这纸是因为想起你曾说过的话，送给你的。不是什么上等品，所以不能抄写《寿命经》。"得了这信，很是高兴。我倒全忘了，中宫还记得。别说中宫，就是一般人，也是件很开心的事。欢欣之余，不知如何是好，随手写了一首歌。

欲言又止难开口，

神纸同音｛汉字"神""纸"皆读作Kami。｝,
或许活到鹤龄寿。

实在有些大言不惭了,敬希鉴察。

就这样写了呈送上去。

台盘所的杂役作为特使送来了,我赏了她一件青绫单衣。

我把纸张订成一本笔记本,折腾了一阵子,心中的烦恼随之消泯,浑身感到轻松愉快。

过了两天,穿着红衣的男子送来铺席,说了声:"这个,拿进去。"使女问他:"你是谁呀?那么不客气。"男人不置可否,放下铺席就走了。我叫使女问清楚是谁送的,使女答道:"已经回去了。"抬进来一看,是上好的绳边黑白绫铺席,十分漂亮。心中想,莫非是中宫所赏赐?但还是没把握,差人去寻,那男子早已无影无踪了。大家只顾议论着,毫无办法,要是送错了地方,自然还会来找的。派人到中宫御所去问,万一不是中宫,那也是怪难为情的。但除了中宫,又有谁会这么做呢?抑或是有人根据中宫的旨意而行事吧?这事真是有意思啊。

过了两天,杳无声息。随即想到,这无疑是中宫所为,于是我便写信给右京君{或指中宫身边的女官名。}:"有这样一件事,请你暗暗观察一下情况,然后告诉我。要是看不出有什么异常,就不要把我对你说的话泄露给任何人。"右京君回信说："这是中宫极为秘密做出的,千万别说是我告诉你的,今后也请保守秘密。"果然如此！正像所预料的,实在有趣。我写了信,叫人偷偷放在中宫御前的栏杆上,没想到送信的人慌乱之中,将信丢落在台阶下面了。

二六〇　关白道隆公

关白道隆公，二月二十一日，于法兴院积善寺大殿，举行《一切经》供养{将《一切经》重新抄写，奉纳与寺院。《一切经》，又称《大藏经》，佛教圣典的总称。}时，因为女院{东三条女院诠子，兼家之女，一条天皇生母。}亦应到场，二月初，中宫就迁到了二条宫来。当时我很困倦，什么也没有看清。翌日早晨，阳光朗朗地照着才起来。只见大殿崭新洁白，明亮而又美丽。御帘等一切也仿佛是昨天才挂上去的。御座的安置以及狮子狛犬，也不知何时进入殿堂，一切摆设都很停当。樱树高达丈余，繁花缀枝头，立于玉阶之畔。"开得好早啊,梅花不是才开吗?"仔细一看,原来是假花。从整体上看,花色艳丽,几可乱真。看来,制作时一定很费功夫吧? 一旦下雨,就会湿漉漉的,令人遗憾。本来这里有许多小屋,都拆除了,造起新宫殿来,看不到树木美景了。不过,宫殿的样式很好看,使人觉得赏心悦目。

关白公来了。穿着蓝灰色平织的布裤,樱花直衣下面,衬着大红御衣三领,外面罩直衣。中宫及女官们红梅浓色或淡色衣衫,平织无花纹,侍立一旁。看起来五光十色,灿烂夺目。其中,唐装有萌黄色,也有柳绿、红梅色的。

关白公坐到中宫面前,同她说起话来。中宫妙语如珠,应答得体,我在一旁看着,真想让乡

六〇八

下人也都能来一观她的风采。关白公环顾一下女官，说道："不知中宫如何想，看到这么多美人坐在这里，实在羡慕得很。一个也不弱另一个。她们都是千金小姐，名门闺秀，要好好爱护她们，使她们愉快地做事才好啊。还有，大家是否充分了解中宫的性情，才一齐来到这里的呢？你们可知道，这位中宫很是小气，打从我生下了她，没让我少费功夫，可她从未省下一件旧衣服与我。这可不是背后说坏话啊。"他说话很是有趣，女官们听罢都笑了。关白公又说："是真的呀，把我当傻子，看她那笑，自觉地难为情啊。"正说着话的当儿，宫中的式部丞某｛据后文可知为源则理，正历二年（991）正月十三日为式部丞。｝参见。大纳言｛伊周，正历三年八月为权大纳接了过来,献给关白公,关白公接下信说道:"难得一见的信简呀,要是获得中宫的许可,真想打开看看哩。"接着又说:"那可不合适啊,实在惶恐得很呢。"说着将信交到中宫手里。中宫接过信来,也不急着打开,看她那副从容不迫的态度,十分娴雅。女官从御帘内拿出坐垫来请信使坐下,三四个女官并坐在几帐一旁。"到那边去,领取赏品吧。"关白公说着站起身来,这时中宫才开始读信。回信写在红梅色的薄纸上,是和身上的衣服同样的颜色。两两映衬,艳丽无比。但却未有人在一边仔细欣赏,实在是件遗憾的事。今日特别由关白向信使赠送奖品。一件女人的装束,外加红梅细长{较为窄小的外褂。}。准备了酒菜,原打算请信使痛饮,但他拒绝说:"今日还有重任在身,请务必给予谅解。"他向大纳言道了谢,起身告辞了。

关白公的女儿们个个打扮得光彩照人,人人都穿着红梅衣衫,不相上下。三女儿玉匣殿,比二女儿身材高大,似乎更像是关白夫人了。

关白夫人也来这里了。她靠近几帐,也不肯同我们这些新来的女官们见面,心情似乎有些忧郁。女官们聚拢一起,有的在商量供养当日应该穿什么服装,发什么扇子。时而竞争着,时而又守着秘密:"我应该作何准备呢?反正穿现成的得了。"别人都厌恶地说:"你老是说这种话,装什么糊涂。"到了夜间,许多人回了乡下,因为是为了当日的穿戴,中宫也不便加以阻止。

六一

关白夫人每日都来，夜间也住在这里。女儿们也都一齐来了，所以中宫御前有好多人侍候着，十分热闹。宫中的御史每日都来问安。

大殿前园中的樱花，并未因夜露而增色，经太阳一晒就蔫了，比起当初更不像样子了，令人扫兴。再加一夜雨淋，第二天早晨起来，"泪眼相观，胜过离愁满面{"樱花含露凄，恰似泪眼相别时，二情长依依。"(《拾遗集·别离》读人不知)}"。关于这濡湿的樱花，中宫听了我的一番话语，惊讶地问道："看来昨夜真的下雨了，樱花到底怎么样了呢？"正在这时，关白府上来了众多侍从，走到樱花树下，一株株扯倒，悄悄拿走了。他们说："关白公嘱咐趁着黑夜收拾完毕，现在天大亮了，真糟糕。快，快点儿。"这事儿看来很有意思。随即联想起兼澄{源兼澄，公忠之孙，信孝之子。著有《兼澄集》。现有的歌集中没有这首歌，或者当时有，或者是前文所述《后撰集》中的"山守之歌"，作者记忆有错，将素性误以为兼澄。}的歌"想说就尽情说"，不就是这种情况吗？假若对方是富有教养的身份，我会用这首歌相问，但我没有这样做，只是问道："盗花贼是谁呢？这万万不可呀。"我这么一说，他们拉起樱花树，慌忙逃走了。看来，还是关白公用心周到，一枝枝樱花被雨水打湿，团团粘在一起，那是多么难看。想到这里，我没再说什么，随即走进屋子。

扫部司的人来了，拉起了格子窗。主殿寮的女官打扫完毕，中宫这才起来。看到樱花没了，问道："好奇怪呀，那些花都到哪儿去了呢？"接着又说："天亮闻说有盗花贼，以为只是折下两三枝，竟然全都没了。那是谁干的呢？看到了没有？"我便答道："哪里能看得到呢？天很黑，看是看不见的。只是发现有穿白衣服的人在折断花枝，所以才问了一声。"中宫说："即使盗花，也不会团在一起全都拿走了，指不定是老父亲给藏起来了吧。"说罢笑了。我说："这个，不见得是这样，或许是因了春风｛"山间田野忙插稻，莫将落花罪春风。"（《贯之集·第一》《古今六帖·第二》）｝的缘故吧？"中宫说："这是你想这么说，因而瞒住了真情。那也不是什么盗花贼，而是受了雨淋，才变得陈旧了。"中宫言语虽属一般，但应对得很是巧妙。

六一四

关白公来了。我怕刚睡醒的脸被他瞧见了,不好意思,就回屋里了。关白公一来到,就故意惊诧地问道:"那些花都没有了? 怎么会被人盗走了呢? 女官们好懒散啊,光知道睡觉。"我轻声嘀咕一句:"有人抢在我先头{"残月赏樱出门去,有人抢在我先头。"(《忠见集》)}。"谁知,关白公早听到了,说道:"我已有预料,绝不是别的人看见的,除非是宰相君或是你看到的。"说罢大笑起来。"少纳言却以落花罪春风。"中宫也跟着笑起来,实在是高兴的事。关白公说:"少纳言随便推给春风,眼下可是插秧季节啊。"随之,吟咏了古歌,那样子甚是优雅。关白公说."尽管如此,很可惜,还是被人发现了,尽管小心又小心。我们家还是有人时刻盯着啊,真糟糕。"接着他又说:"所谓春风,应对得真夗啊。"又吟了一遍那首歌。中宫说:"即便是寻常话语,也颇费了心思,绕着圈子说了出来。那么,今早的樱花到底是个什么样子呢?"说罢也笑了。小若君{中宫女官的名字,一说是道隆四女。}说道:"不过,少纳言早已看到了,对于'濡湿于晨露'的诗句,说了'真丢脸'吧?"关白公觉得很是懊悔。这真是有趣的事。

过了八九天光景,我要回乡下去了,中宫说:"等日子近了再走吧。"可我还是回家了。一个比寻常更加晴明的中午,中宫来信说:"花心开未何?
{"九月西风兴,月冷露华凝。思君秋夜长,一夜魂九升。二月东风来,草坯花心开。

六一六

思君春日迟,一日肠九回。"来信询问"思君之情","君"乃中宫自指。回信表示,眼下虽非秋天,"思君"之情,一夜魂九升。}"我回信说:"秋天虽未至,一夜魂九升。"

中宫由皇宫去二条院那天晚上,行车乱无序。女官争先恐后地乘上车,闹嚷嚷的,实在可厌。我对一些要好的女官说:"乘这种车子,太吵闹了,就像贺茂祭归来的行列,似乎就要跌倒的样子。那种乱哄哄的场面,看了真是难受。咱们稍微等等,没有车坐,就无法前去,到时中宫自然会为我们派车的。"大家站着说话儿,女官们打我们前面走过,她们挤作一团,争争抢抢上了车。宫司问道:"就这些人吗?"我们回答:"这里还有。"那职员走过来说:"都有谁和谁呀?"又嘀咕道:"好生奇怪,本来以为全都乘上车了,到底为何这么慢啊? 这辆车原是为御膳房的采女们预备的,真是没料到。"说着,便惊讶地将车子靠过来了。

"还是给那些预先想到的人乘吧,我们等下一轮好了。"听到我这么一说,那职员应道:"哪里话,别再坚持了。"我们只好上车了。这车的确是为御膳房女官们准备的车子,车灯很黯淡,我们说说笑笑来到了二条宫。

御舆早已进来了。房屋设施齐备,中宫坐在里边,吩咐道:"叫少纳言到这里来。"于是,右京和小左近等年轻女官对参见的人一一查问,"在哪里呀,在哪里呀?"一直等待我进去,但就是不见我的身影。女官们按照下车的秩序，每四人一组前来晋见，中宫说道："真奇怪，没有呀，究竟是怎么回事呢？"我却全然蒙在鼓里，直到大家全都下车，好容易才发现了我，都说："中宫一直在找你，怎么这样迟？"随即把我领到御前参见，一看，中宫仿佛落座于常年的住居，感到很有意思。

中宫问道："怎么回事？她们怎么到处找不到你呢？"我不知说什么好，同乘一辆车的女官禀奏道："实在没办法，坐了最后的车子，怎么可能早些到达呢？而且，这车也是御膳房的女官出于同情，特意转让给我们的。车厢很暗，一路好担着心呢。"中宫听罢说道："这都怪管理车驾的人员做得不好。你们怎么不说呢？不了解情况的人倒也罢了，右卫门{疑为与作者同车的年龄大的女官。}应该说明情况呀。"右卫门应道："话虽如此，但我们又怎好抢先上车呢。"一旁的女官们，听了一定很不服气吧。"争争抢抢成何体统，即便上了高级的车子，也不算有本事。还是要遵守秩序，保持品格为好。"中宫似乎有些不悦。我接着说："或许她们生怕下车的时间耽搁得太久，所以才抢先上车的吧。"硬是将场面掩护过去了。

为了在积善寺供养《一切经》的事，明日中宫要行幸那里，于是我今晚先去了。到了南院的北厢房，看到好几处灯台亮着灯火，两三人或三四人，关系亲密的同僚，隔着几座屏风正在闲谈。

有的默默地坐在一块儿,缝补衣裳,缀腰带扣,或专心化妆。这些都不必多加言说。还有的热衷摆弄发型,好像过了今天就再也没机会整理了。一位女官告诉我:"听说寅时{凌晨三时左右。}中宫就要过来的,怎么现在还未到呢?还有人在找你,要把扇子拿给你呢。"

我想,当真寅时就要动身吗?赶紧整装以待。眼下天色大亮,太阳就要出来了。因为"自唐式西厢房乘车出发",人员有限的女官,全体通过渡殿。此时,有些新来的女官,显得羞羞答答的。西厢房是关白公的住居,中宫先到这里来,说要看看关白公让女官们如何乘车。御帘内并排站立着中宫、淑景舍、三女与四女,还有关白夫人和着说着，太阳升起来了。包括女院在内，御车十五辆，尼车四辆。御车一辆乃为唐车｛车顶为唐式破风（人字形），顶盖、两厢以及车身，均敷以槟榔叶。为上皇、皇后、东宫、亲王和摄关等举行仪式时最高级用车。｝，接着是尼车。车后缀水晶数珠、薄墨的裙裳、袈裟等，衣饰华丽。不拉起上帘，下帘乃为薄紫色。下面是女官车十辆，樱花色唐衣，薄紫色的裙裳，大红的上衫，香染或薄紫色的外衣，优雅瑰丽。阳光灿烂，天空蔚蓝，云霞拖曳，同女官的装束相映生辉。高级的织锦，甚至比五颜六色的唐衣更加鲜艳美丽。

关白公同几位弟弟都聚集在这里，护送着女院的车子，场面令人感动。这边中宫的车驾望着，都齐声赞叹。我们一排车子共有二十辆，跟着女院前进的人们,看到我们这边的情景,同样也会大加赞扬吧?

等待中宫尽快出行,为此花了很长时间。到底怎么样了? 实在有些沉不住气了。这当儿,八位才女骑着马,有人牵着走出御门来。湛蓝的裙裳、裙带、领巾,随风飘扬,好看极了。一位名叫丰前的采女,本是典药头重雅{丹波康赖之子,名重雅。长德四年(998)任典药头。}的情人,她穿着葡萄紫的织锦裤,山井大纳言{道赖。}笑道:"重雅室被允许使用禁止色{古代衣饰及颜色,均按等级,由天皇许可区别着用。}的。"采女们都跨上马背,排列着。中宫的御舆出动了,比起受到赞扬的女院的行列,这边车队的灿烂优雅,无可比拟。

朝阳朗照，葱花车顶金光闪耀，御舆的车帷艳丽夺目，非比寻常。随着纤缆的牵拉{御舆四角系缆绳，防止晃动。}，御舆的帷子晃晃悠悠，令人头发直竖。这话实在不是夸张，看到此番情景，头发杂乱的人{作者暗喻自己，映照前文。}，也会找到借口了。望着无可言说的庄严的队列，想到自己能在这样的人儿身边供职，深感不同寻常。御舆打面前通过之后，我们的车子从辕台上放下来，慌忙套上牛，紧跟中宫御舆后面而行，那种欢愉的心情真是难以形容。

到达积善寺，为迎接中宫，于大门外左右分别演奏高丽乐和唐乐，跳狮子舞和狛犬舞。急管繁弦，钲鼓合鸣。音声达于天际，令人振奋不已，莫非活生生进入了佛国？跨入门内，五彩缤纷的锦幄，挂着青青帷帘，四面围着帷幕，简直不像寻常人世。车子靠近观览台前，先前那两位兄弟又走向前来，说道："请快下车吧。"乘车时已经经过一次，如今又现身在众人眼皮底下，我添了假发整理后的头发，在唐衣内胀鼓鼓的，真不知是一副什么样子。一定是黑红鲜明，惹人注目吧。想到这里，真不打算急着下车了。大纳言说："请后排的人先下吧。"或许他也和我一样心情吧，于是说："请您后退些，这样太难为情了。"大纳言笑道："又害羞了不是。"好容易下了车，他又靠近来说："中宫叫你瞒着致孝{原文为假名，疑为藤原致孝，与作者关系

高坏　　たかつき
高脚杯
见页四五九。

就在附近，地方窄小，雪景很好看。白天里，中宫时常派人来说："你今天也来当班吧，雪天阴暗，人脸看不清楚。"馆舍的女主管也竭力撺掇我说："真是看不惯呀，就这么一直闷在屋里吗？中宫喜欢你，才叫你到她跟前侍候呢。违反她的旨意，真是说不过去啊。"我也没了主意，只得进宫去，实在羞愧难当。看到烧火处屋顶上堆满雪，心中好奇地要命。中宫面前，照例燃着很旺的炉火，那里却看不到一个人。上席的女官在中宫身边侍候，中宫面对一只沉香木的梨子绘泥金画的火桶坐着。相邻的房子里，女官们团团围在长形地炉边，穿着长垂的唐衣，泰然自若地在那里，看了好不叫人羡慕。那些女官们，或坐或立，来来往往，一个个取走信件,不慌不忙,说说笑笑。我心想,自己何时才能同她们融合在一起呢?想到这里,心里就有些自馁。里屋有三四个人聚在一起观赏绘画。

过了一会儿,听见"喝道"的声音,女官们说:"好像是关白公来了。"于是把散乱的东西收拾了一下,我也打算退下去,但又很想知道一些情况,便一动不动地缩着身子,从围屏缝隙里瞟了几眼。

进来的不是关白公,而是大纳言{中宫的兄弟,权大纳言伊周。},紫色的直衣和缩腿裤,映着雪光,炫目生辉。他坐在柱子边,说道:"昨天和今天都是避忌日,但下了大雪,老是记挂着放不下心来,所以就来了。""想是山里'本无路'{"山中降雪本无路,来者

葱花輦 そうかれん
葱花辇
见页三三九。

一二〇 羞惭的事

羞惭的事：男人的心。醒来的夜间祈祷或诵经的僧人。有谁知道，小偷躲在幽暗之处，正在窥视呢？定是想到有人藏身暗处，窃取他人财物的吧？

夜间读经时常打盹的僧人非常难为情。年轻的女官团团而坐，一味谈论他人，时而狂笑，时而恶言恶语，又嫉妒，又气馁。她们的话字字句句听在耳里，实在不是滋味。"好啦，吵死人啦！"中宫身边的女官们气呼呼地加以提醒，还是不听，最后累了，这才各自睡去。这是很叫人难为情的事。

男人对女人，虽说"她很难对付，不像自己设想的那样，有好多不讨喜的方面"，一心想谴责她。但当着她的面，还是花言巧语，百般讨好，使她依靠自己。作为女人，我深感气馁。那些世上早有定评的一往情深、拈花惹草的风流男士，个个都要表演一番，不想让女人们觉得自己冷淡。他不仅心里这般想，还要大讲特讲，把对这个女人的不满说给那个女人，又把对那个女人的不满告诉这个女人。其实，她们根本不知道自己都已被戳了脊梁，还自以为男人肯对自己大讲别的女人的不好，正是"获得他特别的爱"的缘故呢。正因如此，一旦遇到一个对自己略施所爱的人，就会想

立蔀　たてじとみ
板墙
见页一六八。

的人过高或过矮，那会怎么样呢？世上还是普通身材的人才能恰到好处。

举办贺茂的临时祭时，殿上奏起舞乐来，那声音很动听。主殿寮的官员高举着长长的火把，脖子缩进衣领内走着。火把的火苗几乎燎到东西上了。这时奏着美妙的音乐，乐师们吹着笛子，我们的心情也非寻常可比。公卿们一律正装，姿态威严地站在房舍前，同女官们搭话儿。他们的随从为自己的主人充当前驱，低声喝道｛为主人做先导，呼叫路人为之回避让道。同下文的警跸。｝，吼叫声和音乐混合在一起，听起来十分有味儿。

门户一直敞开着，等待乐师们归来。公卿们放声唱道："荒田长出富草花。"｛富草花，稻子的别称。"荒田长出富草花,采来一枝带回宫。"(《风俗歌·荒田》)} 这回倒是有些意思。不过有的人死守规矩,很快就退出去了。大伙儿取笑他,不知是谁喊道:"请等一等,还有一曲《为何急着舍此良夜》{日语中"夜"和"世"同音,故"舍此良夜"亦有"舍此人世"之意。}哩!"不过那人可能心情不好,走路跌跌撞撞的,生怕有人追上来拽住他,慌慌张张跑掉了。

遣戸　　やりど
拉门
见页六九。

三〇 槟榔毛车

槟榔毛车,慢慢走,最好。走得快了,看起来,不稳重。网代车{用竹子、苇草等编成席子,覆盖于车体之上。},适合快些跑。打人家门前一溜风地通过,猛抬头,只能看到随从人紧跟在后面,心里琢磨,车主能是谁呢? 这是挺有意思的事。网代车要是慢悠悠,花了很长时间才走过去,那是非常令人扫兴的。

三一　讲经师

讲经师，长得好看些为好。人家一直盯着你的脸看，自然就觉得讲的内容很是尊贵了。否则，脸望着别处，立即就忘了听讲。所以听其貌不扬的讲经师讲经，总感到是犯了什么罪。这事儿先不说了，要是年轻时候，也许会写出带有罪恶感的故事来，到了我这般年纪，很害怕因冒渎神灵而受到责罚。

还有，一听说有讲经的地方，就说什么"太难得啦，我的求道心很强啊"，头一个抢先坐进去的人，也会像我一样感到罪业深重吧？其实，大可

小袿　こうちき
小褂
见页六三〇。

她的妹子。

女官们的车子左右分别是大纳言{伊周，二十一岁。}和三位中将{隆家，十六岁。}，他们打开上帘，拉起下帘，让我们上车。要是大家一起登车，围成一团儿，也会有隐蔽的地方，如今四人一组，按名单顺序上车，小林，铃木，喊着名字。被叫到的人，众目睽睽之下走向车边，那种心境实在难以言表。御帘内好多人，尤其是中宫，可怜见地望着我，实在叫人受不了。因为流汗，整埋好的头发似乎也倒竖起来。好容易走过女人地带，来到车边，看见两位美艳的男人，心里真不是滋味儿。大纳言和三位中将，笑嘻嘻地看着我，使我恍惚如在梦中。但终于没有晕倒，能走到那里去，是凭着自己的坚强还是厚脸皮，连我自己也弄不清楚。

众人都上了车，车子出了御门，在二条大路上架起车辕{牛车卸去牛，用台架支起，以保持水平，台架即作为上下车脚蹬使用。}，如观览车般地一字排开，看起来十分有趣。沿途的行人也定是这么看的吧？想到这里，十分激动。四位、五位、六位的人很多，出出进进，有的来到我们车边，装模作样地问这问那，无话找话说。明顺朝臣{高阶明顺，中宫母贵子胞兄。正历元年（990）十月，中宫得势后，于正历四年四月任但马守。}意气洋洋，一副昂首挺胸的样子。

最先迎接女院的行列，关白公以及殿上人还有地下人都来了。女院之后便是中宫，因为中宫参谒寺院去了，所以大家以为要等待些时候。说不详。},偷偷下车来。所以我才如此接近,真是不好意思。"大纳言说着,照料我下了车,领着我们去参见中宫。"原来中宫对大纳言这样说了。"尽管这样想着,中宫如此关照,依然令人惶恐不安。

拜见过中宫,最初下车的女官,八个人一起,围坐在观览台的一端。中宫坐在一尺余到二尺余的座席上。大纳言说:"我没叫人看到,将她带来参见了。"中宫问:"她人呢?"说着,走到几帐这边来了。中宫依然穿着御裳和唐衣,甚是优雅,外加一套红色的御打衣。中间是唐绫柳色御袿,葡萄染的五重袭的织锦,红色的唐御衣,白地蓝花的唐薄绢上叠着象眼纹的御裳,色彩艳丽,同当时的场面十分和谐。

"我的装束怎么样呢？"中宫问我。我回答道："太好了。"因为要用语言表达，也就只能是世上寻常话语。接着，她又说："等待很久了吧？这期间，大夫｛中宫大夫道长。｝陪伴女院时穿的下袭，给人瞧见过，现在再穿同样的服装不太好，另外缝制了一件，所以晚了。他有一副爱风流的心啊。"说完，笑了。此时，天气晴朗，中宫容光艳发，亭亭玉立，额前的头发向上鬐起，金钗绾结，界限分明，看上去如斜月微坠，娇媚无比。

三尺几帐一双，交错放置，同这边女官们的座席相间隔，几帐后面放一枚草席，铺在木板上，上面坐着两位女子：关白公叔父右兵卫督忠君的女儿中纳言君，以及富小路右大臣的孙女儿宰相君，

六二九

两位女官坐在长木板上观看。中宫环顾一下周围,说:"宰相,你到那边去,坐在女官们坐的地方去吧。"宰相君明白中宫的意思,应道:"这里可以坐三个人,可以清楚地观看。"于是中宫对我说:"你坐过来吧。"说着就安排我坐在长木板上了。那些坐在长木板下面的女官们笑道:"就像允许升殿的小舍人一样。"我说:"是特地为了让大家发笑吧?"另有人搭讪道:"还不是让她做个赶马人{这是调侃的语言,宰相君之父重辅的官职是右马头,坐在宰相君身边的少纳言就成了赶马人。}吗?"总之,我坐了上座,觉得很光荣。自己主动表现出来,自我宣扬一番;同时,也会使中宫高贵的身份被看轻,让那些对自然物事有感于心,对世间发泄种种不满的人说什么"竟然宠爱那样的人物"。要是这样，那就太对不起中宫了。不过，我还是应该把事实写出来，因为我受到的宠爱实在远远超过我的身份了。

能一眼看到女院的观览台和其他众多的观览台，真是太好了。关白公参见中宫之前，先到女院那边参见，然后再到这边来。两位大纳言{指权大纳言伊周和权中纳言道赖。道赖任权大纳言是半年以后的事，即正历五年（994）六月。}陪伴着他，还有三位中将，在近卫所做警卫，身负弓箭道具，样子十分相配。此外，殿上人，四位五位的人，互相簇拥，共同坐在那里，陪伴着。

关白公走上观览台，望了望中宫，所有的人，包括御匣殿，都穿着御裳、御唐衣。关白夫人，裙裳外面罩着小袿。关白公说道："大家都像画中人

六三一

一样好看。只有一人，今日打扮得寻常一般｛指大人贵子，此乃关白公的玩笑话。｝。"接着又说："三位君｛指夫人高阶贵子，依然属于玩笑话。｝，给中宫脱去御裳吧，这里的主君就是中宫。观览台前设置近卫的阵势，这也是寻常事嘛。"说罢，激动地流下泪来。女官们也深有同感，一个个泪水涟涟。关白公看到我穿着红色的外衣和樱花五重的唐衣，说道："法衣｛僧人正装，僧都以下者，着红色袍裳。｝刚才缺了一件，随之慌乱一团，借了这一件不是很好吗？看来是独一无二吧？"大纳言坐在稍后的座席上，听了这话，随机应道："看来，这定是清僧都｛戏指作者。｝的法衣喽。"虽然是一句诂，但说得很有意思。

那位僧都君｛隆圆僧都，伊周的弟弟，当时十五岁。｝，穿着红色薄纱衣服，外面披着紫色袈裟，几层淡紫的衬衣，再套一件布裤。头皮刮得青青的，很是可爱，像个地藏菩萨。他夹持在女官队列里走着，样子显得很滑稽。大伙都笑着说："在僧纲{僧纲，僧正、僧都和律师的总称。}中，尚不具威仪，样子不足观，来到女官之中，又会怎样呢？"

松君{伊周长男道雅的幼名，当时三岁。}从大纳言的观览台上被人领到这边来，他穿着葡萄染的织锦的直衣，深色的槌打过的绫缎衣服，以及红梅的织锦。和平时一样，在台上有四位五位等好多人陪侍着。有位女官把他抱了来，或许不高兴了，大声哭喊，使得会场气氛立时活跃起来。

法会开始了。将《一切经》装进一朵纸做的红莲花中,一朵花里一部经卷。僧俗、公卿、殿上人、地下人、六位,以及其他人等,都用手捧着鱼贯而行,颇具尊严。导师{主持法会的僧人。}来了,讲经开始,演奏舞乐。观看了一整天,眼睛疲倦,身体劳累,苦极了。宫中御史五位藏人到达,观览台前设胡床{折叠椅子,或马扎。}供他坐下,挺有派头的样子。

夜晚时分,式部承则理来了,传旨道:"中宫今晚进宫,则理陪侍。"因此他本人不回去了,待在这儿。中宫说道:"先回二条宫再说吧。"但又有藏人弁参见,对关白宫也有旨意,命他力劝中宫回返。因而,中宫就直接回宫了。

女院的观览台上寄来和歌《近的盐釜》{"陆奥

虽离盐釜近,苦于不得会那人。"(《续后撰·恋二》读人不知)借此暗喻二人相距虽近,但不得会面,为此而感到遗憾。},我也做了同样趣旨的回赠,真是令人高兴的事。仪式结束,女院回返了,院司和公卿们,一半都陪侍着回去了。女官们还不知道中宫要直接回宫,以为要先回二条宫,所以都在等着我们。但仍不见影子,这时夜已深了。陪侍进宫的我们这些女官,等着侍从值宿的衣类来,但一直没有消息。穿着鲜艳的礼装,身子不习惯,又冷,都在生侍从们的气,但又有什么用呢?第二天早上,他们来了,大家对他们说道:"怎么如此不经心呢?"侍从们极力辩解,大家也都理解了。

第二天,下雨了。关白公对中宫说道:"昨日不下雨今天下雨,足以证明我前世的积善。你怎么看呢?"他的自赞是理所当然的事。

然而,当时认为很好的事情,对比现在的情况来看,万事并非一律。因而感到忧郁,因为还有好多事情没有记载下来。

二六一　尊贵的东西

尊贵的东西：九条锡杖｛举行法会时，念诵九条经文，每念完一条，振动短柄锡杖一次，故名。｝，念佛的回向文｛自己施行的功德或善行，回向惠及他人，以祈求往生净土。｝。

歌谣 ｛歌，歌谣。｝

二六二　歌谣

歌谣：风俗歌｛各地民谣、贵族歌谣等。｝，其中有"门前种植一棵杉｛"我庵就在三轮山，恋慕我者请上山，门前种植一棵杉。"《古今集·杂下》读人不知｝"。神乐歌｛祭祀神祇时唱的歌。｝也很有意思。今样歌｛现实风格的歌谣，流行自平安中期。｝长而曲折，富有变化。

二六三　指贯裤

　　指贯裤：浓紫色。萌黄色。夏用二蓝色。酷暑时节的萤绿色，感觉凉爽。

二六四　狩衣

狩衣：香染{丁字染。}的薄地。白色的绢纱。红色。松叶色。绿叶。樱色。柳色。还有青藤色。男人穿哪种颜色都好。

二六五　单衣

单衣：白色。正装穿红色单衫为宜。但还是以白色为佳。身着黄色单衣者，令人厌恶。亦有穿淡黄色者，不过，单衣最好是白色的。

下袭 {男用袍服下的衬衣。}

二六六　下袭

下袭：冬为杜鹃花色。樱红色。练红色。苏芳袭{表薄茶色里红色，打磨放光。}。夏二蓝色。白袭。

二六七　扇骨

扇骨：厚朴木。色为红色。紫色。绿色。

桧扇 ｛桧木薄片和绢丝制成，男性用物。当时官人着衣冠，穿直衣，抱笏，持扇。｝

二六八　桧扇

桧扇：无纹。唐绘｛中国绘画。｝。

二六九　神社

神社：松尾{京都市西京区岚山宫町的松尾大社。}。八幡{京都府八幡市八幡高坊的石清水八幡宫。主神乃应神天皇、神功皇后、比咩大神。}，祭神为日本国之帝王{即应神天皇。}，故而伟大无比。主上{指天元二年（979）三月，圆融天皇行幸。}行幸时，乘葱花辇前往，非同寻常。大原野{京都市西京区大原野南春日町的大原野神社。据说长冈京迁都之顷（一说嘉祥三年）。}。春日{奈良市春日野町的春日大社。}亦颇壮丽。平野神社有间空屋，问："此屋作何用？"答曰："寄存神舆。"令人肃然起敬。斋墙上爬满藤萝，叶色缤纷，想起纪贯之"难敌秋色"{"斋墙布满藤萝，到底难敌秋色。"（《古今集·秋下》纪贯之}的歌，停车坐爱久之。分水神社﹛分配山水流向备地，奈良县吉野的分水神社最有名。一说是守护加茂川水源的贵布祢神社。﹜也很有意味儿。还有稻荷神社。

崎 {海、湖、池等突出水面的地形。}

二七〇　崎

崎：唐崎{滋贺县大津市琵琶湖。}。美保崎。

二七一　屋

屋：茅屋。草亭。

二七二　报时

报时是很有意思的。严寒的夜间，履声踏踏，擦地而来。鸣弓弦以除魔，高声叫道："某某人，丑时三刻｛凌晨二时。｝，子时四刻｛凌晨零时半。｝。"远方传来挂起时牌｛清凉殿有时牌（表示时刻的木牌），昼夜十二时每四刻更换一次。｝的声响，颇有意思。乡里人常说："子时九刻，丑时八刻。"其实每个时辰都挂牌，也就是限于四刻。

二七三　阳光灿烂的午时

阳光灿烂的午时，或者漆黑的夜半，也就是子时吧。主上是否已经安歇了呢？正在推想的时候，听见主上叫道："藏人前来。"声传内外。夜半时分，忽闻御笛｛一条帝喜吹笛召侍者。｝声起，亦令人振奋不已。

成信｛源成信，致平亲王之子，长德四年（998）十月，右近权中将。长保三年（1001）二月出家。四品兵部卿。｝

二七四　成信中将

　　成信中将，入道兵部｛村上帝皇子致平亲王，四品兵部卿。｝卿宫之子。容貌端丽，心性柔和。这位中将不忘伊予守兼资之女。父母携女至伊予，该是如何可怜！女子拂晓离京赴伊予，中将前一天晚上前往话别，残月当头，照着他那身穿直衣归去的身影，那女子看了又是一番怎样的心情？

　　这位中将君，常来这边坐坐，说说话儿，人家若有什么不是，也能直言出来。｛此处与下文难以衔接，似有脱漏。｝

　　有位女官很是讲究忌讳，在宫中总是用人家

的姓作称呼。她已经做了别人的养女,改姓"平",但她的原姓名,依然是年轻女官们谈笑的话题。这人没有什么特别的姿容,也几乎没有任何情趣,但很喜欢抛头露面。中将说她在中宫周围转来转去"不堪一瞥",但人们都觉得这话用心不好,没有一个暗地里告诉她。{一说"中宫不赞成以平氏女子当作笑料的女官们的态度"。原文意义不明,故无定解。}

一条院内盖了一间房子,是绝对不许那些被嫌弃的人靠近的。厢房正对东御门,环境幽雅。式部和我白天夜晚都在那里,主上有时也去看看。有一次,我说:"今晚就住在这里吧。"我们两个就在南厢房睡下了。忽然有人呼叫,声音很大。我们都说:"烦死人了。"便装着睡着的样子。但呼叫声依然不止,只听得中宫说:"把他们叫起来,只怕是装睡来着。"那位兵部女官前来呼叫,我们只是装睡。兵部告诉那人说:"总是叫不醒哩。"于是,他们就坐在门口聊了起来。本以为一会儿就将离开,可一直聊到深夜。我们都猜想:"看来是权中将,他们究竟坐在那里聊了些什么呀?"随之不由窃笑起来。我们的话语他们怎么会知道呢?权中将直到拂晓才回去。这时,兵部开门走进来说:"那位中将君真叫人生厌,下次再来,绝对不会理睬他。有什么事要一直谈到大天亮呢?"说罢笑了。

翌日早晨,只听小厢房内,兵部正同什么人在说话:"下大雨的日子里,来访的男人都是很可怜悯的,即便平时薄情而招你不满,这回可是浑身透湿而来,即便有满心痛苦,也都忘得干干净净了。"她为何要这么说呢？话虽如此,但假若昨夜、前夜和从前的夜晚,那男人频频来访,今夜下大雨也照样来临,夜不虚席,女人定会感激涕零。假如平素很少到来,令人过得很不安稳的男人,纵使挑个雨天前来,那也算不上是有情有意的主儿。或许是各人看法不同吧。遇到那些多情、懂事、善解人意的女子,同她好起来,同时还有其他相好的去处,原来的妻子也还在,根本无法频繁往来。但他特意冒雨而至,这只是做给人看看,以求得赞扬罢了。但如果对那女子毫无情感,又何必苦心孤诣,特意前来幽会呢？再说,每逢降雨，我就心情悒郁，今朝之前的晴朗天气毫无所见，即使住在御殿中的豪华的后殿，也感觉不到它的好处了。何况住在简陋的房屋内，真巴望那雨快点儿停止为好。因为，实在感觉不到有什么特别的趣味。

与此相反，月明之夜，脑子里浮现出过往之事或未来之事，心中念念不忘，那种感动之情，无可比拟。月明之夜来访的男人，哪怕隔了十天，二十天，一个月，或者一年，甚至七八年之后，想起相逢的场面，也是很令人难忘的。即便是不适合见面的地方，或者应该避人眼目之处，因了某种理由，也一定要站着说句话儿再放他回去，或者碰到可以留宿的地方，干脆留他住下来。

望着月光，寄意遥远，过去的悲喜忧欢，如今一同涌上心头，这是从来未有的事。《狛野物语》{今已亡佚。}，一无情趣，言辞陈旧。所见不多，然表现月夜忆旧的男人，拿出虫蚀的蝙蝠扇来，口诵"只靠马识途"{"黑夜难循旧路走，回乡只靠马识途。"(《后撰·恋五》读人不知)}之歌，往访旧好，令人感佩。

抑或觉得下雨缺乏风情的缘故吧，久雨不停实在叫人厌烦。宫中高贵的庆典，本该令人心情舒畅的事，或者一项盛大的活动，一碰上下雨，就会黯然无光，成为遗憾之事。一个淋得湿漉漉的傻瓜的到来，有何值得珍视的呢？那位非难交野上将的落洼少将{即右近少将藤原道赖，《落洼物语》的主人公，与交野少将｛左近少将｝争夺落洼君。｝之所以很有情意，正表现在昨夜、前夜陆续到来这件事上。雨夜来访女子，结果要洗脚｛书中说左近少将雨夜访女子，踏上污物，故洗涤之。｝，弄得很不愉快，想必踩脏了鞋袜吧。

风吹荒漠之夜晚，男人来访更有信赖感，也一定很高兴。

雪夜来客愈是难得。独自吟咏着"怎能忘记你"｛未详。原文所列诸歌，皆与雪夜无涉。｝，偷偷而来，自不必说；即便一般场所，穿着直衣当然很好，哪怕是袍服，藏人青色的袍子，那又冷又湿的风情，也一定使人难忘。即使是六位人员穿的绿衫，被雪水浸湿了，也不会引起什么不快来。据闻，昔日的藏人，夜间去会女子，穿着寻常的青色袍服，即使经雨濡湿，也会用手绞干了的。如今白天也不穿了，似乎只是继续穿着绿衫。卫府的官员所穿的，倒是很有品位哩。

听说我如此批评雨夜来访，男人不见得就因此不来了吧？不过，月明之夜，鲜艳的红纸上写着"今宵月"｛"愿君共看今宵月，你我二情同心结。"（《拾遗集·恋三》源信明）｝的歌置于廊上，映着射入西厢的月光，使人看了颇有意味。降雨时，哪会有如此情趣呢？

二七五　时常来信的人

时常早晨惜别{原文"后朝"(Kinuginu)，男女共寝，晨起各自穿衣惜别而归。}后寄信的人，忽然说道："同你算是什么缘分呢？再说也没有用了，就此分手吧。"说罢回去了，第二天也没有音信。翌日天明，女人不见来信，心中甚是不安，但却说："干脆这样断了也好，知道那人的心了。"随即过起了寻常日子。

第二天，大雨骤降的中午，还是没有消息，遂自语道："那人完全不再想我了。"夕暮黄昏，坐在廊下，见一持伞者送来一封信，急忙拆开，上面写着：

雨后河水涨。{出处不详。疑据下面短歌:"雨后刈泽水初涨,我之恋情亦增长。"(《古今集·恋二》纪贯之)}

这比写下数首和歌都富有情趣。

今朝不像要下雪的天空,一派阴霾,眼看就要下雪的样子。满怀不安向外一看,眼见着地面变白,越积越多,随之大雪纷飞。这时,一位清瘦、细长的男子,持伞自侧门进来,送来一封信简,颇令人高兴。雪白的陆奥纸或雪白的色纸,封缄之处的墨色似乎冻结在一起了,下方墨色较为淡薄。下侧的开口处卷着细长的结子,有凹陷的细细的褶痕。墨色时黑时薄,末尾行间极狭,表里文字很乱。翻来覆去看了好久，内里究竟写了哪些事情呢？别的人看着也是很有意思的。何况看到收信人笑微微地读着，更想知道信的内容了。但对于坐在远处的人，只能猜测，正读着是那段黑色的文字吧？

鬓发长垂、容貌秀丽的人儿，天黑时接到来信，来不及点亮灯火，随手夹起火钵里的炭火，艰难地一字字阅读着，也是很可怀念的事情。

二七六　辉煌的东西

辉煌而威严的东西：近卫大将为主上开道的情景。《孔雀经》{《孔雀明王经》，三卷，唐不空译。}的读经法会、御修法会。五大尊{真言密宗所创立的五坛明王，即中央坛不动明王、东坛降三世明王、西坛大威德明王、南坛军荼利夜叉明王，以及北坛金刚夜叉明王。}的御修法会。御斋会{自正月八日的七天内，于大极殿为国家护持讲解《最胜王经》的法会。}。藏人式部丞{藏人兼式部丞。}，于白马节的日子里，在大庭练步{大庭即指建礼门或春花门南庭(《西宫记·拾芥抄》)。据载：白马节日，式部丞率史生省掌等，进入永安门。大庭散步胜景，供外部观看。}。当日，卫门府的职员，撕毁白马节禁止穿用的褶衣。尊星王的御修法{尊星王，妙见菩萨的辅星,北斗星。除病延寿之修法。}。**季节读经法会** { 春秋二季（二月和八月），公众举行《大般若经》读经法会。}。**炽盛光的读经法会** { 以金轮佛顶为本尊,被除天乱病变等灾厄。}。

二七七　雷鸣之时

　　雷鸣之时，雷阵{雷声剧烈时，清凉殿和紫宸殿前临时设置的警备阵。}颇为可怖。左右近卫大将、中将少将等，守候于清凉殿御格子一旁，愈见壮观。雷鸣结束，大将下令道："解散！"

《坤元录》{中国古代地志,已散佚。}

二七八　《坤元录》御屏风

《坤元录》御屏风,十分有趣。《汉书》{班固所撰《前汉书》。}屏风上的中国绘画,令人辄向往之。月次{绘有每月风俗画面。}御屏风,亦颇有趣。

二七九　季节变换

季节变化之前夜，为避忌阴阳变道{此处指春分前一天，参见二三段《扫兴的事》。}，一时宿在别处的人，天未明赶回家来，冷得发抖，似乎下巴就要冻掉了。好容易回到家里，将火桶拉到身旁。火团很大，不见少许黑色，非常暖和。将火炭儿从细灰里掘出来，也是很有意思的事。

还有，聊天的当儿，坐在那儿，火不知不觉即将熄灭了。又来了其他的人，再添炭生火，觉得很麻烦。不过，最好把炭堆在火周围。要是将火炭全都取出,将新炭堆在中央,重新把火炭架在上头,那是叫人很不愉快的事。

二八〇　积雪很深

积雪堆得很深，一反寻常地落下格子窗来。炭柜里生了火，我们女官们一边聊天儿，一边在中宫身边侍候着。中宫说："少纳言呀，香炉峰的雪是什么样子呢？"于是我就叫女官拉起格子窗，将御帘高卷，中宫笑了{《白氏文集·第十六》:《香炉峰下新卜山居，草堂初成，偶题于东壁》五首中第四首:"日高睡足犹慵起，小阁重衾不怕寒。遗爱寺钟欹枕听，香炉峰雪拨帘看。匡庐便是逃名地，司马仍送老为官。心泰身宁是归处，故乡可独在长安。"}。大家都说："这诗句谁都知道，有的写在歌里了，只是没有立即想到罢了。最适合在这里侍候的，看来只有你了。"

二八一　阴阳家的侍童

阴阳家身边的侍童，非常懂事明理。遇到禳除祈祷之类事，主人用阴阳师朗读祭文，别人只是随便听着，而侍童却跑里跑外，不等阴阳师吩咐"备酒、注水"，就自动忙着去做，井井有条，不需主人开口，真令人羡慕。如此聪明的少年，真想物色一个放在身边使唤啊。

二八二　三月的避忌

三月里,遇到避忌时,就到人家借住些时候。院子里有各种树木,但没有什么太名贵的。杨柳也不像平素那般婀娜多姿,叶面宽广,不值得珍惜。"或许是别一种树木吧?"我说。主人回答:"也有这样的柳树的。"我便做了一首歌:

> 此庭柳眉执意阔,
> 春光惨淡无颜色。

那时候,同样为了避忌,退居此处。翌日中午,

六七〇

无聊之极,恨不得马上回宫去。这时,中宫来信了,我喜出望外,连忙打开来。浅绿的信笺上,是宰相君{中宫身边的女官。}娟秀的笔迹:

过去月日如何过?
无聊昨日又今日。

中宫在给我的信中说:

到了今天,大有一日三秋之感。明日一早,快点儿回宫吧。

单是宰相君的文字,就足以使人高兴了,何

况中宫也有附言,实在不可漫然对待啊。于是写了一首"返歌":

> 云上春色尚无聊,
> 何言此地风景少。

在给宰相君的信里说道:

> 难耐今宵浑无绪,
> 明朝或许做深草{古代深草少将迷恋美女小野小町,许以非经"百夜访问"不得如愿,但于九十九夜忽然死去。谣曲《卒塔婆小町》皆言其事。此故事发生较晚,难于从其说。}。

六七二

　　天亮后进宫参见,中宫说:"昨夜的返歌,说什么'春色无聊',实在不好。大家都给予恶评。"真是大出意料之外啊,想来或许也有道理。

二八三　十二月二十四日

十二月二十四日，中宫举办御佛名会，听过半夜的导师{御佛名将一夜分为初夜、半夜、后夜三段时间进行，导师各异。"半夜"即自子时三刻至丑二刻。}读经完毕而出来的人，想必是过了半夜之后吧？

接连下了几天雪，今日停了。风，猛烈地刮着。垂挂着长长的冰柱。地面上黑白斑驳，建筑物上却一片白色，就连简陋的平民屋顶也被白雪遮盖了。弯月无所不至地辉耀着，颇有情韵。屋脊上美艳如白银，一根根冰柱如水晶的瀑布，有长有短，冰清玉洁，无可言状。一辆未挂车帷的车子，上帘高卷，月光照进车厢内部。车上的女子穿着薄紫、白色、红梅等七八件衣饰，加上浓紫的外衣，映着明月，艳丽无比。一旁的男子，穿着葡萄染的固纹裤，多层白色单衣，外面闪露出棠棣色和红色的衬衫，雪白的直衣敞开了纽扣，从肩头滑落下来，一端耷拉到车外来。一只裤脚，伸出车辕之外，路上的人看见了，一定觉得很风流吧？

月光明丽，女子有点害羞，随即将身子向车厢内缩了缩，几次都被男子拉住，让外面全能看到她。那女子的窘态，显得很有意思。男子反复吟咏着"凛凛冰铺"｛"秦甸之一千余里，凛凛冰铺。汉家之三十六宫，澄澄粉饰。"（《和汉朗咏·十五夜》）｝，十分有味儿。真想一整夜都跟在后面，但目的地已近，甚是遗憾。

二八四　女官们的退职

在宫中供职的女官们，退职返家，相聚在一起，各自讲述着主君的事情，赞不绝口。互相聊着宫殿内外的各种情景。她们的主君在一旁听着，实在很有意思。

照理说，只要自家房宅宽阔，看起来漂亮，自家的亲人也能亲切待之的人，最好留她在自己屋内住居下来。有机会，大家聚在一起，说话吟诗，畅所欲言。遇有寄来的情书，大家一起观看，写回信。有时相好的男人来访，将房屋打扫干净，迎他住进来，逢到雨天不能归返的时候，更加殷勤招待。各自要进宫参见主君的时候，便帮忙照料，送出门去。

　　身份高贵的人的日常生活，又是一番怎样的情景呢？

二八五　看了要学的事

看了要学的事：哈欠。幼儿们。

二八六　不可大意的事

不可大意的事：被当成坏人的人，但比起那些被人说成善人的人，显得心胸更加坦荡。

舟旅途中，太阳朗朗照着，海面风平浪静，宛如一枚烫平的浅绿的布幔，看上去，丝毫都不觉得可怕。年轻女子穿着单衫，和青年侍从一同摇橹，高唱船歌，热闹非常。他们很想让那些高贵的人们看一看。这时，狂风骤起，海面巨浪滚滚，大家拼命将船划向预定的停泊场。其间，波浪撞击着船头，四处飞溅。转瞬之间，先前平静的海面再也看不见了。

六七九

　　细思之，冉也没有比出门乘船旅行更危险、更可怖的事了。即使水不太深，乘着一只很不可靠的小船，是不可能划到远方去的。况且不了解船底下的情况，说不定是万丈深渊呢。装载着满满的东西，船板和水线只有一尺间隔，可那些船夫一点儿也不害怕，随便走动着，一不小心就会沉下去的。但他们却能把五六棵长二三尺的浑圆的大松树树干，澎咚澎咚扔进船舱，真是了不起！

　　船篷内安设船橹，坐在里面很可安心。站在船头的人，却要头晕眼花了。有一种名叫"橹索"｛固定船橹的绳索，一端连接船底板，一端系在橹柄上。｝的东西，是固定船橹的索子，但很细弱，一旦断绝将是何种结果啊！一下子就会沉落到大海里。即便如此重要，也还是不够粗。

我所乘的船,造型美丽,有窗户,有格子门,也不觉得船板和水面一样平,简直就像住在小屋里一般。

在船上远看别的小舟,非常可怕。远海上,遍布着竹叶般的小船,泊船的地方,每只船上点亮着灯火,看上去一片明丽。

有一种名叫小舢板的,是很小的船,坐着划向远海,那早晨的情景令人难忘。古歌里说的"船后翻白浪"{"俗世何物堪相比? 明朝船后翻白浪。"(《拾遗·哀伤满誓》)},的确一个个都消失了。平常的人,还是不要乘船旅行为好。陆地上的徒步走动有时也很恐怖,但那是脚踏地面而行,着实叫人放心。

既然大海那么可怕，海女下水捕获猎物，尤其艰难危险。腰间系的绳子一旦断了，那又怎么办呢？假如叫男人去干，那还好说，女人干这类事，那就不一般了。男人乘在船上，一边唱着歌，一边将楮绳浮于海上，划向远洋。这样做难道不觉得冒险而时时担心吗？海女打算浮出水面时，要拽一下绳索为信号。男人自然会连忙用手向上拉动。上来的海女压着船舷，不住喘息，看着的人也会为之流泪。将海女沉入大海，在水面上悠悠划船的男人，是个什么样子呢？真是叫人看不下去啊。

二八七　右卫门尉

右卫门尉，有个地位低贱的父亲，怕人见到了不光彩，困惑之余，从伊予国{如今的四国爱媛县。}上京的途中，就把父亲推到海里去了。人们都说："人心殊可憎。"七月十五日，这人连忙为其父设"盆供养"{盂兰盆节时，为救赎在地狱里受苦的冤魂，举行死者迎灵仪式。}，道命阿阇梨{藤原道纲长子，天王寺别当。宽弘元年（1004）十二月，为阿阇梨。著名歌人，有家集一卷。}看了作歌云：

忍心将父沉大海，

又设盆供救倒悬。

实在滑稽可笑。

小原殿之母〔"小原殿",不明。或为"小野殿"(藤原道纲)之误。其母这首歌见于《拾遗集》。道纲母乃藤原伦宁之女,兼家之妻,前段道命之祖母。《蜻蛉日记》作者。〕

二八八　小原殿之母

还有,小原殿之母,在普门寺举办"法华八讲",人们听闻后,次日,众人集合于小野殿宅第,管弦嗷嘈,题诗作文。这位母亲吟咏道:

砍柴供佛昨日终,
法华八讲一本经,
无需山里观棋局,
烂柯小野丝竹中。

这是一首很好的歌。

业平 { 在原业平,元庆元年(八八七)近卫中将,元庆三年为藏人头。}

六八五

二八九　业平中将

还有,业平中将的母亲{伊登内亲王,桓武天皇之女,阿保亲王妃。贞观三年(八六一)九月十九日薨。},寄给儿子一首歌"越来越想见面"{"老来终有一别离,母子何时再相逢?"(《古今·杂上》亦见于《伊势物语》八十四以及《业平集》)}的歌,满含亲情,也很有意味。业平打开信笺阅读时,自然可以想象出她的心情来。

二九〇　有趣的歌

自己认为有趣的歌,抄写在册子上,却被不懂事的使女拿去念诵,实在是令人生气。

二九一　使女称赞的男人

一些相当有身份的男子，一旦被使女称赞为"有情义的人"，那男子就会立即遭到贱视。被她们恶评的人，反而幸运。被使女赞扬者，即便是女人也不好。还有，使女想表扬谁，弄得不好，反而成了对他的污蔑。

左右卫门尉 {卫门府的第三等官。}

二九二　左右卫门尉

为左右卫门尉特别加了"判官"{卫门尉兼。}这一名称，被大家看作可畏而又了不起的人物。夜间巡回时，钻进女官们的后殿躺下就睡，实在太不像话了。将白布裤搭在几帐上，把长袍儿随便团作一团儿，挂在上头。简直是不择场合。{参看四三段。}袍子的长裾拖曳在太刀后面，在后殿周围随处走动，倒也好说。要是穿着规定的秞尘青色的袍子，看起来多么风流{"秞尘"，黄绿色，属禁色。六位藏人着用的袍子。但判官不穿这种袍服，而爱用绿衫，为作者所厌恶。（参见二七四段）}！"犹如残月当空。"{未详。}忘记这是谁的歌了。

大纳言 {伊周。正历三年(992)八月二十八日权大纳言。}

二九三　大纳言参见

大纳言参见，向主上禀奏汉诗文事，照例谈到深夜。御前的女官们，一个个，一双双，都躲到几帐和屏风后面睡觉去了，只剩我一人，强忍困意继续侍候着。报时的人奏道："丑时四刻。"

"似乎人快亮了。"我自言自语。大纳言说："现在不用再睡了。"好像这时候不睡觉是当然的事。我心想："不好了，我为何要说那样的话呢？"假若还有别人在，我还可以溜出去睡觉。主上背靠着柱子，稍稍睡了，大纳言对中宫说："请看，现在已经天亮了，这样靠着睡能行吗？"中宫看了笑道："可不是吗。"主上浑然不觉之间，有位宫女使唤的女童，捉了一只鸡抱来，说"明天要带回老家去"，随之藏了起来。不知为何，被狗看到了，紧追不舍，那鸡逃到廊板间高声鸣叫，人们全都被吵醒了。主上也醒了，问："这里怎么会有鸡叫呢？"大纳言随口高声吟咏道：

声惊明王之眠。{"鸡人晓唱，声惊明王之眠；凫钟夜鸣，响彻暗天之听。"（《和汉朗咏·禁中》都良香）鸡人，通报时刻的官员。此诗亦见于《本朝文粹》。}

这实在对应得很巧妙，我的困倦的双眼也随

之睁大了。"真是合乎时宜的吟咏啊!"土上和中宫也有了兴致。这真是很难得的事啊!

第二天夜晚,中宫去寝宫安歇了。夜半时分,我到廊下叫人{作者送走中宫后欲回官舍,遂召唤使女。}。大纳言问:"要回去吗? 我来送你吧。"我把唐衣和裙裳搭在屏风上,退了出来。月光明媚,大纳言的直衣洁白如银,下身长裤拖曳。他紧抓我的衣袖,说:"别跌倒了。"这样走着的时候,大纳言随口吟道:

  游子犹行于残月。{"佳人禁饰于晨妆,魏宫钟动;游子犹行于残月,函谷鸡鸣。"(《和汉朗咏·晓》)}

这也是很巧妙的应对啊！大纳言笑道："这种事儿，也值得你如此称赞吗？"他说着笑了。无论如何，这是很有意思的事，我不能不深深叹服。

二九四　僧都的乳母

我同僧都的乳母嬷嬷，一起坐在御匣殿居室里的时候，一个男人走到廊子上说："我遇到倒霉的事，可以对谁诉说呢？"他说着，眼看就要哭出声来。我问他什么事，他回答："我出外一会儿，房子就被大火烧了，现在寄居在别人家里。是从马厩的料房里着起来的，我家和那里一壁之隔，寝室内熟睡中的妻子也差点儿给烧死了。家里的东西全都没有拿出来。"御匣殿听见了，大笑起来。我写了一首歌：

春日马草刚吐芽,

何来大火焚闺阁?

写好之后吩咐道:"把这个拿给他吧。"女官们嬉笑着,嚷嚷道:"这位听说你家里失火,深表同情,写了这个东西,送给你吧。"说着递给了那男子。他打开望着说:"这是赠品的清单吧?给了多少东西呢?"女官说:"你看看就知道了。"那人说:"我不识字,哪里会晓得?"女官说:"找人代读一下吗。刚才主上有召唤,我们可要进宫了。你得到这么多宝物,还担心什么呢?"说着,嘻嘻哈哈地离开了。来到中宫御前,乳母嬷嬷说:"那人要是让人看了那首歌,回到乡下指不定会多么生气啊!"中宫笑道:"你们怎么能干出这种离谱的事儿呢?"

二九五　失去母亲的男人

失去母亲的男人，只剩父亲一人。这位父亲虽说很疼爱自己的儿子，但自从娶了后妻，儿子就无法自由出入父亲的房间了。就连儿子的穿着，也有乳母或亡妻的陪嫁用人一应侍候。

东西配殿里，布置了整洁的客室，室内的屏风、隔扇障子上的绘画，也都极尽风雅之趣。作为一名殿上人，公务殷勤，主上也很满意，时常奉诏到御前一起歌舞游乐。但他依然长吁短叹，觉得世俗颇不随意，一副痴爱风雅之心非同寻常。

有位公卿的妹妹，公卿深宝爱之。男子待她

似亲姊妹。她也喜欢和他亲切私语,使他心灵获得了慰藉。

二九六　一位女官

　　一位女官，恋上了远江 {远江，即静冈县浜名湖一带。} 守的儿子，可是那男子又和这位女官同在宫中供职的女子好上了。女人知道了，恨恨难平。男子对她说："我叫父亲做保人对你起誓，那只是荒谬的谣言，我连做梦也未见过她呢。"女子问我怎么办，我为她作歌曰：

　　　　远江神明立誓言，
　　　　　未见浜名桥一端。{浜名桥，远江的名所。此处的"守"与"神"（读音 Mori），"桥"与"端"（读音 Hashi），字音相谐。}

二九七　不方便的地方

不方便的地方，同一个男人说话时，心里直发慌。"为什么会这样呢？"他问。随作歌以答之：

逢坂会有情，
心如流泉涌。{逢坂关以流泉著名。}

二九八　离开京城

"不久就要离开京城回乡下,这是真的吗?"有人问。我写了首歌权且作答:

尽管事前未曾想,
竟是何人对君言?

附录

抄本

———◆———

众抄本中之一种,于《洁净的东西》一段(本书一四二段)之后,尚有以下诸段落。

一　夜间愈美者

夜间愈美者：浓红的练绢。弹松了的真丝。额头宽阔、香发端丽的女子。琴音。面颜稍逊、心地温良之人。杜鹃。瀑布。

二　灯下不宜观者

　　灯下不宜观者：紫色的织锦。藤花。一切紫色之物。红色不宜于月夜观之。

三　听而不快者

听而不快者：嗓音恶劣的人有说有笑，手舞足蹈的样子。躺着读陀罗尼{梵语佛经原文经典。}一边染黑牙齿一边说话。没有什么的特别的人，边吃东西边说话。练习筚篥的时候{参见二〇五段。}。

四 "形""义"不合的汉字

Itameshio（炒盐）。Akome（袙）。Katabira（帷子）。Keishi（屐子）。Yusuru（泔）。Oke（桶）。Fune（槽）。

五　华而不实者

　　华而不实者：唐绘的屏风。涂漆的石灰墙。上供的供品。桧树皮葺的屋顶。浓妆艳抹的游女。

六　女子的礼服

女子的礼服：表里均薄紫色。葡萄染{表紫里红。}。萌黄。樱花色。红梅。一切均色淡者类。

七　唐衣

唐衣：红衣。藤色。夏着二蓝｛介乎蓝与红之间的颜色。｝。秋着枯野色｛表黄里淡蓝。｝。

八 裳

裳：大海 { 集波浪、海松、贝壳以及洲浜等海边风景，织成花纹的织物。}。

九　汗衫

汗衫：春着杜鹃花色，樱花色。夏着青朽叶{表蓝里黄。}，朽叶{表棠棣色，里黄色。}。

一〇　织物

织物：紫。白色。红梅虽好，观之则厌。

一　绫子的花纹

绫子的花纹：葵色。酸浆草{参见六四段。}。霰状纹。

一二　色纸

色纸：白色。紫色。红色。刘安染{野草茎和叶染成的草黄色。}。蓝色亦好。

一三　砚箱

砚箱：双重描金绘有云鸟图案者。

一四　笔

笔：冬毛{动物冬季生长的毛。}笔，使用时好看而又得心应手。兔毛笔。

一五　墨

墨：圆形为佳。

一六 贝

贝:贝壳。蛤。小型梅花贝。

一七　香盒

香盒：描金花鸟图者尤佳。

一八　镜子

镜子：直径八寸五分。

一九　描金画

描金画：蔓草花纹。

二〇　火桶

火桶：红色。青色。白底有绘画者。

二　榻榻米

榻榻米：高丽缘｛用白底带有云、菊花纹的黑色绫缎镶边。｝。还有，黄色绫子镶边。

槟榔毛车 ｛此段与三〇段相重复，或为前者之断片。｝

二二　槟榔毛车

槟榔毛车，悠然而行。网代车，急急而奔。

二三　松树高耸之邸

松树高耸之邸，东面和南面的格子窗都拉起了，看起来凉爽而明亮的堂屋。其中立着四尺的几帐，前头放着圆形蒲团。一位约莫四十多岁的僧人，看起来还算讨人喜欢，身穿墨染的法衣，薄紫的袈裟，手捏香染的扇子，打坐着专心念诵陀罗尼。

这家主人抑或为妖魔所祟，苦恼非常，寻得一位大个儿童女，她穿着生丝的单衣，鲜丽的长裤，膝行而来，坐在一旁几帐的前边。僧人扭过身子，望着那里，将闪亮的金刚杵｛祈祷用的佛具。｝交给童女拿着。随即拜了拜,继续念诵陀罗尼。显得至为尊贵。

众女官围坐一起,一直观望着。等了不长时间,女童的身子震颤不止,随即昏过去了。僧人继续祈祷,佛心也愈加显得灵验了。这场面十分感人。

病人的兄弟姊侄出出进进。假若童女以平常之心望着这至尊而紧凑的场景,她该是多么羞愧而痛悔啊!童女自己感觉不到痛苦,而周围的人看到她那伤心恸哭的样子,深为同情,坐到童女身边,为她整理凌乱的衣饰。

这当儿,病人心情略有好转,僧人吩咐,"喂她汤药。"于是,年轻的女官到厨房提来药罐子,急急赶到病人这里来。这些女官们穿着漂亮的单衣，淡雅的裙裳，一副光洁瑰丽的打扮。

勒令妖魔忏悔一番之后放走了。这时，童女说道："本以为坐在几帐里面，怎么会出乎意料地来到众人面前呢？究竟出了什么事？"她有些不好意思，脸孔藏在下垂的头发下边，正想悄悄躲进里屋，这时僧人叫她等等，再加护抚，关切地问："怎么样？心情变得舒畅了吧？"说罢笑了。他那落落大方的表情很令人感动。他还说："本来还可以待些时候，但已到了念经的时辰了。"大伙儿留他再坐一会儿，但他急着要回去。此时，年长的女官膝行至帘外，说："法师真是来得太好了。本来不堪忍受，现在似乎好多了，实在感谢。明日要是得空，请再次光临吧。"僧人说："看来是个道行极深的妖魔，千万大意不得。既有好转，实在是可喜的事。"僧人言语无多，但很有效用。此乃甚至使人觉得，似乎是神佛借助僧人形体而显灵。

清净爽洁的童男，漂亮的头发，大块头儿，生有髭须；但须发出奇得端丽，体格壮硕，毛发浓密得可怕。还有，随从众多，法事繁忙无暇，而且名闻遐迩，等等。对于法师们来说，或许是最为理想的了。

二四　奉事之所

奉事之所：大内。后宫。后宫出生的一品宫｛"一品宫"乃皇族中被授予亲王或内亲王之最高阶位者。宽弘四年（1007）正月二十日，第一公主修子内亲王叙一品；同八年六月二日，第一皇子敦康亲王亦叙一品。本文或以此为背景。｝之所。斋院罪深｛贺茂斋院因侍奉神祇，对于佛教有诸多忌讳，故曰罪深。｝孽重，但很有趣。还有其他诸宫。另有春宫之女御｛女御于后宫中地位低下，但若为春宫之御母，则地位显赫。｝。

二五　荒废之家

　　荒废之家，蓬艾丛生、荒草离离之庭，月色皎洁，万里无云。或者，月光映照在那破败的屋脊之上。不很狂烈的风声。

二六　有水池的地方

　　有水池的地方，五月里久雨不晴的季节，实在是感受深沉。池子里密密生长着菖蒲和茭白，池水青草，绿意盈盈。池子和庭院连成一片，愈见宏阔。身在这样的地方，望着阴霾的天空，整天沉沦于遐想之中，令人颇多感慨。有池水之所，总是充满情趣，令人流连。冬日，池水冰冻，不用说是引人向往的。较之特意修整的水池，那些放置不管、水草丛生的汪塘，透过青绿冥蒙的水面，映着青白的月色，那情景使人销魂。

　　总之，月光在哪里都是富有情趣的。

二七　参谒长谷寺

参谒长谷寺，进入馆舍｛长谷寺内供贵族留宿之所。｝里时，由身份低贱的男侍，各自拉着和服的后裾，并排而坐，那情景令人生气。

下了很大决心前往，河水的声音着实吓人。攀着廊缘栏杆登上去，极为疲惫，巴望着早点儿拜谒佛颜。此时，一位身穿白衣的法师，还有穿着犹如蓑虫一般的人，集中一处，时立时坐，叩头礼拜。那种毫无顾忌的样子令人生畏。其他寺院也是一样。

身份高贵的人们参谒时，馆舍前边禁止闲人

过往。但普通身份的人，就苦于难以禁止了。明明知道有这样的事，可一旦出现在眼前，还是有些受不了。

　　好容易洗干净的梳子掉进污水里，也是惹人气恼的事。

二八　女官的进退

女官进宫或退去，有时要向别人借牛车。车主高高兴兴借给了她，但赶车的人，比起平素常用的牛，更加苛待借来的牛，用鞭子抽打，令牛疾走。这样做实在可厌。但跟车的男人们，更是不通情理，竟然说："应该快走，趁着夜还未深。"由此，可以揣摩牛主的心情。看来，他再也不会借牛供这些人役使了。

惟有业远朝臣｛高阶业远，中宫母高内侍之父成忠之子侄。丹波守，春宫亮，正四位。｝的车子，不论夜间或黎明，若有人借用乘坐，毫无不快之表现。他教导那些用人，

七三六

假若途中遇见女车,车轮陷落深沟里,拉不上来,而赶车人又一味发怒。逢到这种时候,业远就叫自己的随从用鞭打牛,帮助拖拉上来。平素,业远就是这样告诫随从的。

跋

文

七
三
九

　　这部草子，只是将自己亲眼所见、内心所思的事情记述下来，本来并不打算供人阅读。只是乡间闲居，无聊之时，随时写了下来。都是些寻常琐事，毫无可取之处。不过，对别人来说，有些地方言过其实，不够妥帖之处，本想固守不加泄露，想不到竟然已为世间所知晓了。

　　一次，内大臣向中宫进献了册子，中宫说："用这个写些什么呢？主上原说过，要抄写《史记》的。"我说道："要是给我，那就做枕头吧。"｛枕头，

抑或作者借此透露写作《枕草子》的初心。一说"枕言"（题词）之意。又一说缘于《白

氏文集》中题为《秘省后厅》的诗:"(前略)尽日后厅无一事,白头老监枕书眠。"其他诸说纷纭。}"好,那就给你吧。"说罢就给了我。于是,我就在这上面写了些奇奇怪怪的事,东拉西扯,把本子的纸全都写完了。其中有不少莫名其妙的事情。

大凡这世界上有趣的事和杰出的人,选择一些写下来,附上和歌,再连带上花草虫鱼之类的话,人家就会批评说:"写的不如设想的好,文笔还是不成熟啊。"其实不然,我只是以一副游戏的笔墨记录下我的一颗心和自然的思考,要想夹在别人的著作中以赢得一般的评价,那是不可能的。尽管如此,依然有读者评论说:"使人感动得五体投地。"这真是令人奇怪的事啊。可细想想也不无道理，这部分读者早已洞悉我这个作者专门表彰他人之所憎、批评他人之所爱的一番用心。因而，我很不情愿我的这部草子为人所传读。

左中将{源经房。长德四年（998）十月二十二日为左中将，长和四年（1015）权中纳言。}在做伊势守那阵子，他到我乡下的住所来，我从屋角捧个坐垫儿给他坐，不巧这本册子也放在上面。我慌忙想收回，但已经来不及，就被他拿去看了。过了好长时间才还给我。打那时候起，就在世上流行开了。

《枕草子》

译后记

长年以来我所爱读并断断续续翻译的日本古典名著《枕草子》，临近年末终于完稿了。关于此书与作者，中日学界都有诸多论述，我在这方面既缺乏研究，又无新的见解，不想多所赘言。但考虑有些读者朋友不一定都看过先贤和同代师友们的有关著作，故以作者、版本与《枕草子》研究发展历程为重点，略作介绍。

《枕草子》作者清少纳言，具体生卒年月无可考，根据推断，大致生活于公元一〇〇〇年期间。基于日本文化历史中女性观的通例，即使是那些名媛才女，往昔的论说也多半模糊不清，语焉不详。清少纳言也一样，除了她本人所著《枕草子》一书外，没有留下什么确凿的历史资料。

近年来，随着《枕草子》各种研究的进展，尤其是《清少纳言集》和同时代私家集被纳入视野，原来朦胧的轮廓，随之略略明晰起来。将诸家研究成果稍作归纳，本书作者的生涯可以概述于下。

清少纳言（Sei Shyounagon）大约生于公元九六六年，卒于公元一〇二五年，其存世时期相当于北宋诗人林和靖和稍晚的范仲淹。她和《源氏物语》作者紫式部，以及《和泉式部日记》作者和泉式部，同是日本平安时代杰出的女流文学家。

清少纳言生于文学世家，曾祖深养父（Fukayabu）是著名和歌诗人，作品入选《敕撰集》和《古今集》等，传诵后世。父亲清原元辅（Kiyoharano Motosuke，908—990），在世八十三岁，亦为著名和歌诗人，官位虽止于肥后守，但作为和歌所寄人（Wakadokoroyoryuudo）{宫中处理敕撰和歌的临时机构，"寄人"即为其中职员。}，曾参与《后撰和歌集》的"撰进"（编修）和《万叶集》的"训点"{为汉文训读注音和添加符号。}，入选《敕撰集》一百余首，歌风清俊飘逸，为人洒脱不拘。

元辅的子女，即清少纳言的兄弟姐妹则有：雅乐头为成（Utanokami Tamenari）、大宰少监致信（Munenobu）、花山院殿上法师戒秀（Kaisyuu）以及作为藤原理能（Masatou）之妻的姐姐。由此可见，清少纳言乃为父亲五十八九岁时生下的最小的女儿。但详细情况不得确认。

清少纳言最初与橘则光（Tachibanano Norimitsu）结婚，生一子名则长（Norinaga），不久离异。元辅去世两三年后，大约于正历四年（993）春或冬，她入宫奉侍日本六十六代一条天皇的中宫（仅次于皇后）藤原定子（Fujiwarano Teishi/Sadako）。定子是关白藤原道隆（Fujiwarano Michitaka）的长女，册封时十七岁左右，清少纳言大约长于定子十岁。两人虽为"君臣"关系，但感情深厚，亲如姊妹。定子册封皇后，不久去世，道隆之弟道长之女彰子遂册封为中宫。

清少纳言宫居生活不到十年，长保二年（1000）十二月十六日，定子皇后崩御，清少纳言为之守丧一年余而后出宫，再嫁摄津守藤原栋世（Fujiwarano Muneyo），生有一女，名叫小马命妇（Komano Myoubu）。不久，栋世去世，她在摄津住了一个时期，晚年落饰为尼，笼居于京都郊外月轮寺。卒年则无可考。

　　日本自古以来是男权政治国家，清少纳言所生活的时代，社会文化层面，由吸收唐文化逐渐过渡到建立本土文化。日本借汉字创造假名文字，假汉文化滋育本族文化，使之逐渐沉淀凝聚为大和文化之主体。其文化趋向不再师法汉唐和倡导汉诗，而是着力于推行物语、和歌，以及古典随笔等文学领域的建造与创新。逐渐迎来一个繁荣的平安朝文学时代。与普及和歌、俚曲等韵文学相对跻，散文文学方面出现了《源氏物语》《大镜》《荣华物语》等，其中，随笔文学方面除《枕草了》外，还有《土佐日记》《蜻蛉日记》《和泉式部日记》和《紫式部日记》等名作。

《枕草子》作者，一代才女清少纳言，生活在王朝贵胄麇集出入之宫禁，奉仕于天皇宫妃之身旁，凭借高尚的人格、丰富的学养以及特具的女性魅力，大展天才与智慧，周旋于高官显宦之林，同男性一体化的权贵社会相颉颃，赢得当时社会文化界众多精英名流的尊重与热爱。诸如权倾一时、炙手可热的公卿"藏人头"藤原齐信（Fujiwarano Tadanobu），学者、文官藤原公任（Fujiwarano Kintou），书道家藤原行成（Fujiwarano Yukinari/Kouzei）等，都是她常来常往的同调者、座上客。

《枕草子》有诸多版本、写本和藏本。其中，主要有三卷本、能因本、前田家本和堺本四种。这四种本子目录编排和内文各有不同，因年代长久，诸说并立，孰优孰劣，无法确认。但根据日本学者对《枕草子》诸本的各方考证，作为现代"枕学"研究之最新成果，认为三卷本的内文和能因本内文，其语句形态更具古典色彩（后者稍逊于前者）。因此，如果将三卷本和能因本看作更加接近清少纳言原作之笔墨，那么，前者就是初稿本，后者就是再稿本。

单就三卷本系诸本来说，又因立卷方式、章段条目次第之各异，而有第一类和第二类之别。第一类，上、中、下全三册，自首段《春天的黎明》至七五段《无聊的事》正文阙如，而自七六段《令人愉悦的事》为始。第二类也是上、中、下全三册，中、下两册章段开始虽同于第一类本，但上卷自《春天的黎明》为首，因此上册分别较之中、下册内容较多，不甚均衡。

属于这一系统的主要现存传本如下，几乎都是近世时期的写本：

第一类本——阳明文库藏本（室町时代，自《令人愉悦的事》以下为底本）、宫内厅书陵部藏本等；

第二类本——相爱大学、相爱女子短期大学图书馆藏本、弥富破摩雄氏旧藏本（至《无聊的事》以上为底本）等。

日本小学馆分别于一九七四年初版、一九九七第二十四版发行以能因本为根据的"日本古典文学全集11"《枕草子》，又于一九九七初版、一九九九年再版二刷发行了以三卷本为根据的"新编日本古典文学全集

18"《枕草子》。

中文本即根据一九九九年最新版本正文翻译。

下面简单介绍一下《枕草子》的研究历史。现存的最古研究当数安贞二年(1228)的"耄及愚翁(Boukyuuguou)",即藤原定家,(Fujiwarano Sadaie/Teika)三卷本的书写与勘物(Kanmotsu)。此勘物中所记述的有关人物的注记、事件、年代的考证,已经成为现代研究的基础,获得高度评价。至于中世时期{镰仓、室町时代(1185-1573),相当于南宋孝宗淳熙十二年至明神宗万历元年。}的系统研究,今日已不再传。

到了近世{安土桃山、江户时代(1573-1867),相当于明万历元年至清同治六年。},随着《枕草子》古活字本十行本、十二行本、十三行本的出版，广泛普及于世，作为背景注释研究盛行，号称加藤盘斋（Bansai）所著的《清少纳言枕双纸抄》（1674）、北村季吟的《枕草子春曙抄》、冈西惟中的《枕草子旁注》等，相继刊行。其中，《春曙抄》流布最广，尤其是注释极为优秀。但根据现今之研究，此书已成能因本之末流，多重因素杂然交混。不过，江户时代以降，能因本借此得以广泛流传，因此，依然应给予足够重视。

明治大正时代，注释愈加精微细致，取得飞跃的发展。由于日本文学大系注释家山岸德平氏的一册《清少纳言枕草子》（1925）的问世，开始向社会提供三卷本本文（即上述以宫内厅书陵部所藏桂宫本为底本的第一类本），结束了春曙抄本为主流的时代，成为三卷本"枕学"研究全盛时代之嚆矢。

另一方面，随着研究的深入，《枕草子》一书本身所存在的复杂的问题，也逐渐显露出来。历史学家和文学家的学际跨界研究令人注目，尤其是上世纪末期，用新的视点读解本书的气运高涨，主眼于作品论、文体、语言、表现等所谓文本（text）研究愈趋琐细、繁密，使得现代枕学研究变得更加复杂起来。

《枕草子》和稍稍晚出的《方丈记》以及《徒然草》，堪称日本三大古典随笔，也是我最钟情的日本古代典籍。多年前，曾经零星翻译过三部书中的一些篇章，此次有机会将《枕草子》作为一部完整的译作交付出版，我感到非常高兴。感谢人民文学出版社，感谢多年合作的责任编辑陈旻先生,感谢长年以来各界读者的关爱和鼓励,希望朋友们继续给予批评、指正。

译者

二〇一五年(乙未)岁暮